西村京太郎

十津川警部捜査行
東海特急殺しのダイヤ

実業之日本社

実業之日本社文庫

十津川警部捜査行　東海特急殺しのダイヤ／目次

愛と死の飯田線

第一章　ローカル線への誘《いざな》い

1

久我は、彼女たちに諏訪湖で会った。

湖の近くにあるペンションでの出会いだった。

まだ夏休みのシーズンに時間があったし、梅雨も明けていない、中途半端な時期のせいか、客もまばらだった。

久我は、二十八歳。東京に本社のある工作機械メーカーの社員で、彼は設計を担当していた。

まだ独身で、趣味の一つが旅行だった。

それも、休暇をとり、ひとりでふらりと旅に出るのが好きだった。

今度も、日曜日を入れて月、火と二日間の休暇をとって、松本へ出かけたのである。

別に、夏山へいったわけではなかった。第一、山登りは苦手《にがて》だったし、まだ夏山のシーズンでもない。

今頃なら、ゆっくりと松本周辺を歩き回れるだろうという気持ちからだった。

日曜日の六月二十三日に、新宿から松本にいき、市内を見て回った。

日曜日なので、さすがに観光客の姿も多く、修学旅行の団体客もいたが、それでも、夏の盛りにこなくて良かったと思った。

自分が山が苦手なせいか、登山姿でだらだらと歩き回る若者たちは、嫌いなのだ。

二十三日の夜は、どこで泊まろうかと迷った末、諏訪湖まで足を延ばし、湖に近い「ピッコロ」というペンションを選んだ。

夕方から、梅雨の走りのような小雨が降り出した。

小さなペンションである。

経営者は脱サラの夫婦で、二年前からここで始めたのだという。

「昨日はたくさんお泊まりでしたけど、今日は全部で三人だけですよ」

と、いった。

その二人が、彼女たちだった。

階下の食堂での夕食のときに、初めて会った。

東京のOLだという二人の片方に、久我は、会ったとたんに惚れてしまった。

美しい。が、どこか暗さを感じさせる美しさだった。それを神秘的だと久我は感じたのかもしれない。

名前は、若宮夕子といった。

もう一人は、小林みどりである。同じ会社に勤めるＯＬだという。

そこそこに可愛らしい顔立ちなのだが、久我は、彼女にはあまり魅力を感じなかった。

夕食のあと、小雨に煙る湖に眼をやりながら、久我は、彼女たちと夜おそくまで話し合った。

といっても、久我がひとりでお喋りをしていることが多かったと思う。男というのは、好きになった女の前では自分のことをわかってもらいたくて、急にお喋りになるものらしい。普段はどちらかといえば、口数の少ない久我が自分の子供の頃のこと、大学時代のこと、そして現在の自分の仕事について、熱っぽく喋った。

彼女たちのうち、みどりのほうはよく喋ったが、肝心の夕子のほうは黙って微笑しながら、久我の話をきくだけだった。そのことも、久我が彼女に好意を持った一つだったかもしれない。

「明日は、どうするんですか？」

と、久我は二人にきいた。このまま明日になったら別れるのは、嫌だなと思っていた。

「明日は、すごく早く、ここを発《た》つんです」

と、みどりがいった。

「早いって、何時頃ですか？」

どうせ七時頃だろうと思ってきくと、

「午前四時には、ここを出るんです」

と、夕子がいった。

「そんな早くに、どこへいくんですか？」

びっくりして、久我はきいた。

「飯田線に乗ろうと思って」

と、みどりがいった。

「私たち、旅行に出たら、なるべくローカル線に乗ろうと思ってるんです。今度は飯田線に乗ってから、東京に帰ろうと思って」

「僕も、ローカル線というのは好きですよ。しかし、そんなに早い列車に乗るのですか？」

「東京に、午後二時までに帰らなければならないの。だから、どうしても辰野《たつの》を午前四時四八分発の電車に乗らないと」

「そりゃあ、大変だ」

「久我さん。一緒に乗りません？　天竜川沿いに走るんで、景色がとても素敵なんですって」

「そうねえ」

久我が迷っていると、夕子が見かねたように、

「久我さんだって、いくところがおありになるんだから、あんまりお誘いしては失礼だわ」

「いや、行き先は、決まってないんです」

と、久我はあわてていった。

その時もう、彼女たちと一緒に、飯田線に乗る気になっていたと、いってもよかった。

2

午前四時に、ペンションの主人が、車で辰野駅まで送ってくれることになった。

ペンションを出て、しばらく湖岸を走った。雨はあがっていたが、まだ暗かった。

走っているうちに、少しずつ明るくなってきたが、湖面は、ぼうっと霞んでいた。

「まるで、墨絵みたいだわ」

と、夕子はじっと湖面を見つめながらいった。

国道142号線を、かなりのスピードで辰野に向かった。

辰野の町に入ったのは、四時半だった。

「間に合いましたね」

と、ペンションの主人がほっとした顔でいった。

辰野の町は、まだ眠っていた。まもなく、初夏の太陽が、町を明るく染め始めるだろう。今日は、いい天気になりそうである。

飯田線の辰野駅というより、中央本線の辰野駅といったほうが正解だろう。それだけに、二階建て、前面ガラス張りのモダンな駅だった。

豊橋までの切符を買い、ここまで送ってくれたペンションの主人に礼をいってから、久我たちは、改札口を入った。

飯田線の豊橋行は、もうホームに入っていた。

だいだい色と、グリーンのツートンカラーの、いささか古びた車両である。それが、四両連結されていた。

何となくなつかしい電車だなと思って、じっと眺めているうちに、ああ、昔、湘南《しようなん》方面を走っていた電車だと、久我は気がついた。

東京の近郊電車は、どんどん新型に替えられていく。古い電車はどうなっているのだろうと考えたことがあったが、こんなローカル線で最後の御奉公だったわけである。

車内は、横に長いベンチと、四人掛けの向かい合ったボックスとが、混合で配置されている。

真ん中の通路に、つかまるための棒があったり、吊り革があったりするのは、昔の湘南電車の車両だからだろう。

久我たちは、四人掛けのボックスシートに、向かい合って腰を下ろした。

車内は、三十パーセントぐらいの乗車率だった。

ガラガラだが、それでも、ローカル線としては、まあまあだろう。

「この電車は、天竜川と一緒に走ってるみたいですね」

久我は、信州の観光地図を見ながらいった。

天竜川は諏訪湖から出て遠州灘《えんしゅうなだ》に注ぐのだが、その三分の二ほどまで、飯田線が川に沿って走っている。

「だから、景色が素敵なんだわ」

みどりが、したり顔でいった。

「それにしても、各駅停車だと、終点の豊橋まで七時間かかるんですね」

久我は、感心したようにいった。

時刻表を見ると、辰野から豊橋まで、百九十五・八キロである。それを七時間かけて走る。単純計算すれば、時速二十八キロということになる。

これは、飯田線が単線なので、上りと下りのすれ違いに時間がかかるからで、実際にはもっと速いスピードを出しているだろう。

それに、駅がやたらに多い。百近い。そのすべてに停車するのだから、時間もかかるはずである。

発車するとすぐ、みどりがペンションで作ってもらったお弁当と、びんに入ったお茶を取り出した。

久我もお腹がすいていたので、三人で窓の外の景色を見ながら、食べることにした。

小さな川にかかる鉄橋を渡った。この川は、天竜川に合流する。

すぐ、宮木《みやき》駅に着いた。駅間の距離が、二キロないのだ。

天竜川が蛇行して、近寄ってきたりする。

眼を遠くに向けると、北アルプスの連山が、まだ雪をかぶっているのが見えた。

伊那市駅に着いたのが、五時一九分である。

伊那の勘太郎の故郷である。

陽が昇るにつれて、中央アルプスの連山が近くに見えてきた。

まるで、この電車がその麓を走っているような気がする。反対側が、天竜川の流れだったりする。

　素晴らしい景色の連続だった。

　だが、そんな景色でも、一時間、二時間と見続けていると、久我はあきてきた。

　いやそれよりも、夕子ともっと話がしたいのだが、傍にみどりもいると、どうしても当たり障《さわ》りのない話題になってしまう。

　ちょうどいい具合に、みどりが席を立った。

（トイレにでもいったのだろう）

　と、久我は思っていたが、彼女は、なかなか戻ってこなかった。

　久我はいい具合だと思っていたのだが、夕子は心配そうに、

「どうしたのかしら？」

　と、腰を浮かした。

「いいじゃないですか。すぐ、戻ってきますよ」

　久我は放っておくようにいったが、夕子は、

「ちょっと見てきますわ」

　と、いって、席を立っていった。

　彼女は、五、六分して、戻ってきた。

「ごめんなさい」

「彼女、よっぽど眠たかったとみえて、隣の車両の空《あ》いた席で、気持ちよさそうに眠っているんです」

「どうしたんです？」

「今朝は、早かったですからね。いいじゃないですか。眠らせておきなさいよ」

「でも、飯田線に久我さんを誘ったのは、私たちなんですもの。それなのに、眠ってしまうなんて失礼だわ」

「あなたまで眠ってしまうと困るけど、あなたが話し相手になってくれれば、僕はかえって、そのほうが楽しいんですよ」

久我は、本音をいった。

3

「夕子さんは、会社でどんな仕事をしているんですか？」

久我は、眼の前に座っている夕子を、改めて美しいと思いながらきいた。

「私は、太陽興産で部長秘書をしています。みどりは、会計の仕事ですわ」

「なるほど。あなたは、部長秘書ですか」

久我は、感心した。やはり、魅力的なわけだなと思った。

「秘書というのは楽しいですか？」

「ええ」

「じゃあ、結婚なんかより、仕事のほうがいいということですか？」

「仕事は楽しいですけど、結婚もしたいと思いますわ」

「もう結婚する相手は、決まっているんですか？」

たぶんそうだろうと思いながら、久我はきいてみた。

夕子は首をかしげて、

「なぜ、そんなことをおききになるの？」

「何となく、ききたくなったんです。ごめんなさい」

「まだ、そんな人はいませんわ。私ってちょっと陰気だから、親しい男の人って、できないんです。自分でも嫌な性格だから、直そうと思っているんですけど」

「直す必要なんかありませんよ。あなたがちゃらちゃらした性格だったら、ぜんぜん似合わない。物静かだから、あなたの美しさにぴったりなんです」

久我は、一生懸命に夕子を褒めた。別に、お世辞をいっている気持ちはなかった。

彼女の美しさは、静かな美しさだと思う。

夕子は、微笑した。照れ臭そうな笑い方だった。

「でも、みどりさんのような明るい女の人のほうが、男の人にはいいんじゃありません？」

「彼女は、悪いとはいいませんがね。あれは、どこにでもいる普通の女の子ですよ。新宿や渋谷にいけば、掃いて捨てるほどいますよ。だが、あなたみたいな人は、めったにいない。素敵な人ですよ。あなた自身、自分の美しさに気付いていないかもしれないけど」

久我は、いつになく雄弁になっていた。どちらかといえば、久我自身寡黙で、意地の悪い物の見方をするほうだった。それが、人が変わったように、口数が多くなっている。

女性の美しさは、男を雄弁にするものらしい。

夕子は、また微笑した。

「久我さんとお話をしていると、自信が持ててくるみたいな気がする」

「不思議だな。本当に、自信がなかったんですか？」

「ええ。学生時代はネクラの夕子で通っていたし、みどりさんからも、もっと明るくしないと、男の子から嫌われるよって、いつもいわれるんです」

「それは、同性のひがみですよ。あなたが美し過ぎるから、彼女たちが、わざと意地悪くしているんですよ。これは、間違いありません」

「そんな――」

「そうですって」

「今度は、久我さんのことを話してくださらない？」

「昨日、ペンションで、いろいろと喋ったような気がするんだけど」

「まだ、話してくださっていないことがありますわ」

「何かな？」

「久我さんの恋人のこと。どんな人なのか、興味があるわ」

「いませんよ」

「なぜ？」

夕子は、じっと久我を見つめた。

久我は、なぜか、ひとりで狼狽《ろうばい》して、

「いないんですよ。本当に、いないんです」

と、くり返した。

別に強調するようなことでもないのに、夕子の前では必死に強調したくなってくるのだ。

「よかった――」

夕子が小声でいって、ニコリと笑った。

「よかったって、何が――？」

一つの答えを期待して、久我がきいた。

「久我さんと、お友だちになりたかったから」

と、夕子がいった。

期待していたのはもう少し甘い言葉だったのだが、それでも久我は嬉しかった。

「僕もぜひ、友だちになりたいな。名刺をあげておきますから、会社のほうへも訪ねてきてください。近くに美味《うま》いコーヒーを飲ませる店があるから、昼休みでも、退社後でもつき合いますよ」

久我は、ポケットから名刺を出して、夕子に渡した。

彼女が会社に訪ねてきたら、同僚はきっとびっくりするだろう。羨ましがらせてやりたい。どこで知り合ったんだときかれたら、どう返事してやろうか。

そんな楽しい想像が、久我の頭に浮かんだりした。

電車がいくつの駅に停車したのか、久我は覚えていなかった。

――次の天竜峡で、十七分停車いたします。

という車内放送があった。

「ちょっと、降りてみませんか」

と、久我は、夕子にいった。

4

久我たちの乗った上りの電車が、先に着いた。

単線なので、ここで上りと下りが、すれ違うのだ。それで、停車時間が長いのだろう。

ホームに降りた久我は、思い切り大きく伸びをした。

そんな久我を、夕子は、微笑しながら見ている。

「今度、天竜下りの舟に乗りにきませんか」

と、久我は、夕子を誘った。

「みどりさんも、喜ぶと思いますわ。起こしてきましょうか？」

夕子がきく。

「あなたと二人だけで、今度はきたいんですよ」

「え？」

「彼女は、寝かせておいてやりなさい」

「ええ」

「ちょっと、改札口を出てみませんか？」

「でも、時間が――」

「大丈夫ですよ」

と、久我は、いった。

下りの辰野行の電車が、近づいてくるのが見えた。

あとから着いた下りのほうが、先に発車し、その十分後に、上りが発車する。

「いきましょう」

久我は、強引に彼女の手をつかみ、改札口に向かって歩き出した。細く冷たい指先だった。

切符は、途中下車の印をつけてもらって、改札口を出ると、駅前には観光地らしく、土産物屋《みやげものや》や食堂が並んでいる。

歩いて五分で、天竜峡である。

そこから少し歩くと、有名な天竜下りの舟の乗り場がある。

二人は、駅前の土産物屋をのぞいた。時間に追われているので、久我は何を買っていいかわからず、結局、自分と彼女たちのために、絵はがきを何組か買った。

すぐ駅に引き返した。

ホームに戻ったとき、夕子は息を弾ませ、上気《じょうき》した顔になっていた。

「楽しかったわ」

夕子は息を弾ませながら、久我にいった。

その顔は、急に子供っぽく、可愛らしくなったように見えた。

久我は、一層彼女が好きになった。

二人が乗り込むと、ほとんど同時に、電車は天竜峡駅を発車した。

この先は、天竜川を堰《せき》止めたダムが、続く。

まず、小さなダムが、車窓に見えてきた。

泰阜《やすおか》ダムである。堰止められたために、天竜川が細長い湖になっているように見える。

急に、小さなトンネルが多くなった。

トンネルとトンネルの間に、小さな駅がある。

平岡ダムを過ぎてしばらくすると、電車は、長野県から静岡県に入った。

この先に、有名な佐久間ダムがあるのだが、このあたりは、天竜川が飯田線から離れていくので、佐久間ダムは、電車からは見えない。

相変わらず、小さなトンネルがやたらに続く。

久我は夕子と二人で、一つ、二つと、トンネルを抜けるたびに数えていたが、二十、三十といくらでも続くので、途中で止《や》めてしまった。

通りかかった車掌にきくと、百五十以上の小さなトンネルがあるのだという。

それをきくと、夕子がクスクス笑って、

「そんなに数えていたら、疲れちゃうでしょうね。途中で止めて、よかったわ」

「同感」

と、久我もいった。

彼女の美貌を見ているのが、楽しいのだ。

こんな気分になったのは、久我にとって二度目である。一度目は、初恋の時だった。

久我は、初恋の時と同じような、胸のときめきを覚えていた。

天竜川と別れて、しばらくして本長篠《ほんながしの》駅に着いた。

このあたりにくると、トンネルも少なくなり、周囲の景色も変わってくる。

深い山峡から、やっと抜け出すからである。

「そろそろ、彼女を起こしてきますわ」

と、夕子が腕時計を見て、いった。

「終点の豊橋へ着いたら、いやでも起きてきますよ」

久我は、いった。

それでも、夕子は席を立って、隣の車両に、迎えにいった。

久我が腕時計を見ると、あと十分ほどで、十一時である。

終着の豊橋駅が一一時一六分着のはずだから、夕子が起こしにいった理由も、わからなくはなかった。

それでも久我は、これで彼女と二人だけの時間がなくなってしまって、残念な気がした。もっと夕子自身について、いろいろときいておきたかったことが、あったような気がしたからである。

夕子がみどりと一緒に、戻ってきた。

みどりのほうは、しきりに眼をこすっている。

並んで久我の前に腰を下ろすと、みどりが、

「ごめんなさい。眠っちゃって」

「いいですよ。眠いのは、当然だもの」

「私って血圧が低いから、朝早く起きると、身体がぐったりしてしまって」

みどりは、ベラベラと喋り始めた。

そんな彼女を、夕子のほうは、にこにこ笑いながら、見ている。

久我のほうは、一応微笑はしていたが、

（ここまで、寝てくれていて助かったな）

と、思っていた。

みどりを、悪い女とは思わない。明るくて楽しい女なのだが、夕子に惚れてしまった久我には、ちょっとうるさい女に映るのだ。

電車は、平野部に入っていた。

眼の前に迫っていた山脈《やまなみ》も、視界から消えてしまった。

豊川に着いた。

豊川稲荷《いなり》で有名なところである。

辰野からずっと単線だったのが、ここからやっと複線になる。

駅と駅の間の距離も長くなってくる。

豊橋には、予定どおり一一時一六分に着いた。

小さな駅ばかり七時間も見てきたので、豊橋のステーションビルは、いかにも巨大に見えた。

「私たちは、これから東京に帰りますけど、久我さんは？」

と、夕子がきいた。

「僕は、休暇があと一日余っているから、久しぶりに京都へでもいってみますよ」

「ごめんなさい。私たちのために、予定を狂わせてしまって」

夕子が、詫びた。

「とんでもない。行き当たりばったりの旅行が好きなんです」

と、久我はいった。半分は本音だったが、半分は、夕子に好かれたいためのセリフだった。

東京に帰る二人を、新幹線の上りホームに見送ってから、久我は、下りのホームに移っていった。

「こだま」に乗る。

五年ぶりに京都へいくことになった。

5

京都は、好きな町だった。それなのに久我は、清水寺、金閣寺、御所、南禅寺と歩き回っても、楽しくなかった。

豊橋で別れた夕子の顔が、ちらついて離れないからである。

（いっそ、一緒に東京へ帰ったほうがよかったな）

と、久我は思ったりした。

（本当に、彼女が好きになってしまったらしい）

とも、思う。

京都駅前の旅館に泊まることにしたが、もう京都にいる気になれず、久我は夕食をすませたあと、あわただしく勘定をしてもらって旅館を出た。

二〇時一四分京都発の「ひかり106号」に乗った。

東京に着いたのは、二三時〇四分である。

おかしなものだった。夕子がいる同じ東京に着いたことで、久我はいらいらが直っていた。

中野のマンションに着くと、久我は、手帳を取り出した。

夕子とみどりの住所と、電話番号が書いてある。みどりのほうには関心はないのだが、夕子にだけ、住所や電話番号をきくわけには、いかなかったのである。

(明日にでも、電話してみよう)

と、久我は思った。

それを楽しみに、久我は眠った。

翌日、久我は出社すると、昼休みに二人の勤めている太陽興産へ電話してみた。

総務部長秘書の若宮夕子さんをというと、今日はきておりませんという返事が、かえってきた。

休んでいる理由も、わからないという。

仕方がないので、久我は会計課に回してもらったが、ここでも、みどりは今日は休みだといわれた。

「病気ですか?」

「連絡がないので、わかりません」

事務的な声が、戻ってきた。

久我は、急に心配になってきた。二人揃って会社にきていないというのは、何かあったとしか思えなかった。

自宅の電話番号もきいてあったので、久我は、夕子の自宅のナンバーを回してみた。

だが、ベルは鳴っているのだが、彼女は、電話に出なかった。

みどりの自宅にかけても、同じだった。

いくら鳴らしても、誰も電話に出ないのだ。

これはもう、彼女たちの身の上に、何かあったとしか思えなかった。

久我は、だんだん不安になってきた。さまざまなことが、頭をかけめぐった。

自動車事故とか、誘拐といった嫌な言葉が、久我を怯えさせた。

昼休みがすんでも、仕事が手につかなかった。

早退して、二人の自宅を訪ねてみようかとも思った。いや、これは正確ではない。

みどりのほうは、あまり心配しなかった。心配だったのは、もっぱら夕子のほうだった。

だが、休暇を貰って、旅行をしてきたばかりである。

出社したとたんに早退は、しにくかった。

五時まで会社にいて、急いで夕子の自宅を訪ねてみることにした。

彼女が教えてくれた自宅は、小田急線の経堂《きょうどう》にあるアパートだった。

アパートは、すぐ見つかった。

その二階の角《かど》部屋に「若宮夕子」と、小さく書いてあった。

彼女は、嘘を教えたわけではなかったのだ。

久我は、ドアの横についているベルを押してみた。

部屋のなかで、甲高く鳴っているのがきこえた。

だがいっこうに、夕子が現れる気配がなかった。

（ひょっとして部屋のなかで、彼女は殺されているのではないだろうか？）

久我は、そんなことまで考えてしまった。

確か、そんな小説だったか映画が、あったような気がした。

旅先で会い、好きになった男が東京に戻ってから、彼女のマンションを訪ねる。ところが、彼女は殺されていた。そんな出だしの小説か映画だった。

久我は、ドアのノブに手をかけた。小説か映画のストーリーでは、ドアに錠がかかってなくて開いてしまい、男がなかをのぞきこんで、死体を発見するのである。

だが、現実のここでは錠がかかっていて、ドアは開かなかった。

久我は、腕時計を見た。

午後六時になったところである。

（近くで時間をつぶして、もう一度きてみよう）

と、久我は思い、駅の傍《そば》にあった喫茶店へ、コーヒーを飲みにいくことを決めた。

久我が階段をおりたとき、ちょうど入口を入ってきた二人の男が、おやっという顔で久我を見た。

「久我さんじゃありませんか？」

と、一人がきいた。

「なぜ、知ってるんです？　僕は、あなた方を知らないけど」

「ああ、失礼」

もう一人がいい、ポケットから警察手帳を見せた。

久我の顔色が、変わった。夕子かみどりの死体が発見され、犯人と思われる人間を警察が捜しているのではないかと、思ったからである。

「若宮夕子さんのことですか？」

と、久我はきいた。

「それと、小林みどりの二人のことですよ」

「どんなことなんですか？　思わせぶりはやめて、ずばりといってください」

久我は眼をとがらせて、二人の刑事を睨んだ。

「若宮夕子さんを、訪ねてきたんですか？」

と、刑事の一人がきいた。

やたらに質問するばかりで、いっこうに、久我の質問には答えてくれない。それが警察のやり方なのだろうが、久我は不愉快だった。

「そうです。彼女がどうかしたんですか？　何かあったんですか？」

久我は、重ねてきいてみた。

「彼女は、無事ですよ」

と、やっと片方の刑事がいってくれた。

久我は、ほっとした。

「それなら、いいんですが、今、どこにいるんですか？」

「警察にきてもらっています」

「なぜ？　彼女が、何かやったんですか？」

「一緒に、きてもらえますか？」

と、刑事の一人がいう。

またこちらの質問には答えず、向こうが一方的に、きいてくる。

「どこへですか？」

癪《しゃく》に障るので、久我も質問を連発してやった。

「それに、どうなるんですか？」

刑事二人は、顔を見合わせてから、

「若宮夕子と小林みどりのことで、あなたに、おききしたいことがあるのですよ」

と、いった。

6

久我がパトカーに乗せられて連れていかれたのは、桜田門の警視庁だった。

この巨大な建物に入るのは、久我は初めてだった。

久我が通されたのは、応接室である。

二人の刑事に代わって、十津川という警部が、応対した。

「どうも、わざわざおいでいただいて、恐縮です」

と、十津川は丁寧にいった。

「それはいいんですが、なぜ、僕が連れてこられたのか、まず、それから説明してください。それに、彼女はどうなったんですか?」

「それを、これから説明します。その前に、こちらが――」

と、十津川は、彼と一緒にきた三十歳ぐらいの男を、

「愛知県警の真田刑事です」

と、紹介した。

「真田です」

と、相手は、ぶっきらぼうにいった。

久我も、小さく頭を下げた。

いぜんとして、久我にはここへ連れてこられた理由がわからないし、愛知県警の刑事が、なぜ自分にあいさつしたのかもわからなかった。

「六月二十四日の昼頃、名古屋のホテルで、初老の男の死体が発見されました」

と、十津川が改まった口調で、いった。

久我は、それがどう自分に関係してくるのだろうと、眉をひそめてきいていた。

二十四日どころか、ここ何年か、名古屋にはいっていなかった。

「男の名前は、青柳恒夫で、東京の新宿で中堅のサラリーローンの会社をやっている人間です」

「サラ金ですか？」

「まあ、そうです。この会社のやり方は、ＯＬに狙いをつけて、独身のＯＬに大金を融資するというやり方でしてね。ずいぶん、そのために泣かされたＯＬがいるわけです」

「暴利をとるんですか？」

「法定内の利息ですが、独身のＯＬというのは独身貴族といって、競って海外旅行をしたり、高いブランドものを買ったりしますからね。どうしても、お金が欲しいわけです。その虚栄心につけこんで、大金を貸しつけるわけです」

「それで、どうなるんですか？」

「返済不可能になるＯＬが、出てきます。青柳は、同じ新宿でソープランドもやっていましてね、名義は別人になっていますが、青柳が本当の経営者であることは、明らかです。金を返せなくなったＯＬは、会社を辞《や》めて、このソープランドで働いて返済することになります」

「そんなの、ひどいじゃありませんか。なぜ、警察は逮捕しないんですか？」

　久我がいうと、十津川は、

「そうしたいのですがね。やり方は、あくまで合法的ですからね。青柳は法定内の利息しかとっていないし、ＯＬは、一応自発的に会社を辞め『さくら』というソープランドで働くわけですからね」

「形なんか、どうでもいいじゃないですか？」

「警察は、正義感だけで動くわけにはいかんですよ」

　と、十津川は苦笑した。

「それで、その男が殺されたことと、若宮夕子さんと、どう関係してくるんですか？」

久我は、先を促した。

7

「ソープランド『さくら』では、元一流企業の美人ＯＬが皆様にサービスしますという謳《うた》い文句で、はやっていたんです。先月の十八日に、この店の女が、一人自殺しました。前は、太陽興産で働いていた新井由紀という二十五歳の女性です」

「太陽興産――？」

それなら、若宮夕子や小林みどりが勤めている会社ではないか。

「そうです。太陽興産です。ところで、名古屋のホテルで殺された青柳ですが、どうも、女に殺されたと思われるんです」

十津川がいうと、それまで黙っていた愛知県警の真田刑事が、

「寝巻姿のまま、背後から十ヵ所以上も刺されて、殺されていたからです」

「それで、うちが協力して捜査することになったんですが、自殺した新井由紀と、とても仲のよかった二人のＯＬがいたことが、わかりました」

と、十津川がいった。

「若宮夕子さんと、小林みどりさんですか？」

やっと久我にも事態が呑み込めてきた。

「そうです」

と、十津川は肯いてから、

「昨日から今日にかけて、二人にきてもらって、いろいろときいているわけです。二人とも、青柳恒夫を殺した覚えはないと否定しています」

「当然ですよ。彼女たちは人殺しなんかできませんよ」

「久我さんは前から、二人を知っているんですか？」

「いや、二十三日に諏訪湖のペンションで知り合って、二十四日に一緒に飯田線に乗っただけですが、人柄は、わかりますよ」

「青柳恒夫は、二十四日の午前九時から十時までの間に、殺されています」

愛知県警の真田刑事が、横からいった。

それを、十津川が引きとって、

「問題は、その間のアリバイということになるわけです。若宮夕子と小林みどりは、その時間には飯田線に乗っていたといっているんですよ。そして、証人は旅先で一緒になったあなただというわけです。それで、あなたを探していたんですよ」

と、いった。

これで、すべてが呑み込めたと、久我は思った。

久我は、微笑した。

「彼女たちのいうとおりです。三人とも、その時間には飯田線に乗っていましたよ」

「間違いありませんか?」

真田刑事が、きつい眼で久我を見つめた。

久我の言葉を、信じていない表情だった。

久我は、そんな相手の表情に反発を覚えながら、

「間違いありませんよ。ぼくは、彼女たちと一緒に乗っていたんですから」

「辰野から乗ったんですね?」

「そうですよ。彼女たちが、いったでしょう?」

「そうですが、あなたからも、直接ききたいんですよ」

と、真田はいった。

「辰野から乗りましたよ。午前四時四八分発の豊橋行の電車です。各駅停車の電車です」

久我がいうと、真田は眉を寄せて、

「いやに早い時間に乗ったんですね」

「いけませんか?」

「いけなくはありませんが、その電車に乗ろうといったのは、あなたですか? それ

とも、彼女たちですか?」

「彼女たちです」

「やっぱりね」

「何が、やっぱりなんですか?　午後二時までに東京に戻らなければならないと、いっていました。そうなると、午前四時四八分の電車に乗るより仕方がないんです」

「朝早く起きるのが、辛《つら》くはありませんでしたか?」

「少しは辛かったですが、楽しい旅でしたよ。飯田線というのは、天竜川沿いに走っていて、景色が美しいですからね」

「そして、豊橋まで乗ってきたんですね」

「ええ。豊橋で、彼女たちと別れたんです」

「豊橋着は、何時でした?」

「定刻どおりだから、――一一時一六分です。ねえ、刑事さん。僕は、嘘はついていませんよ。別に、嘘をつかなければならない理由は、ありませんからね」

久我がそんなことをいったのは、真田刑事の態度が、癪に障っていたからである。この刑事は明らかに、久我の話を疑ってかかっているのだ。

真田は、まだ顔をしかめたままで、

「彼女たちの一人が、飯田線に乗らなかったということはありませんか?」

と、なおも質問した。

「なぜ、一人だけ乗らずにいるんですか？」

と、久我はきき返してから、

「ああ、一人が飯田線に乗らずに、名古屋へいって、何とかいう男を殺したと思っているんですね？」

「青柳恒夫です。もう一度ききますが、二人とも、間違いなく飯田線に乗ったんですね？」

「乗りましたよ。そうだ。彼女たちの写真を撮りましたよ。近所の写真屋に出してあるから、持ってきましょう。そろそろできているはずだから」

「それは、われわれが持ってきます」

真田刑事が、堅い表情でいった。

「僕を信用しないんですか？」

久我は呆れて、相手の顔を見てしまった。

だが、真田刑事はその質問には答えずに、

「その写真店の場所を教えてください」

と、いった。

8

久我は今度の旅行で、三十六枚撮りのフィルムを三本撮っていた。

松本と京都の写真が主で、彼女たちを撮ったのは十二枚だけだった。

諏訪湖のペンションで撮ったものが五枚、飯田線の辰野駅でが二枚、車内二枚、天竜峡駅で降りて、土産物店で買い物している夕子を一枚、そして、豊橋駅でが二枚である。

真田刑事が、その十二枚を机の上に並べた。

警視庁の十津川警部は、黙って見守っている。

「これ以外に、彼女たちを撮った写真はありませんか？」

と、真田がきいた。

久我は笑って、

「初めて、諏訪湖のペンションで会ったんですよ。そんなにパチパチ撮ったら、失礼じゃないですか。だから、遠慮したんです」

「この車内の写真ですが、間違いなく、六月二十四日に撮ったものですね？」

「他の日のはずがないじゃありませんか。二十三日に諏訪湖のペンションで泊まって、二十四日に乗ったんですよ。他の日に乗っていたら、二十四日に京都へいけないじゃありませんか」

久我は、肩をすくめた。

真田刑事は、じっと写真を見つめていたが、

「ここに、若宮夕子がひとりで、土産物店にいるのが写っていますね」

と、その写真を手にとった。

「ああ、それは天竜峡駅で停車時間が十七分もあったんで、駅の外へ出てみたんです。駅前の土産物店で、絵はがきを買いましたよ」

「天竜峡駅着は、何時ですか？」

「七時半頃だったと思いますがねえ」

と久我がいうと、黙ってきいていた十津川が、

「七時三六分着で、七時五三分発だよ」

と、いった。

真田刑事は「ありがとうございます」と、十津川にいってから、また久我に向かって、

「ここには、若宮夕子しか写っていませんね。もう一人の小林みどりは、どこで、何をしていたんですか？」

と、きいた。

「車内で、寝ていましたよ」

「寝ていた？」

「ええ。彼女は低血圧で、朝が弱いんです。四時四八分の電車に乗るために早起きしたので、眠くなって、車内で寝てしまったんです」

「ずっと、寝ていたんですか？」

「僕は、終点まで寝かせておいてやりなさいといったんですが、若宮夕子さんが、途中で起こしてしまいましたよ。だから、豊橋で撮ったとき、小林みどりさんは不機嫌そうな顔をしているんです」

と、久我はいった。

豊橋駅で、彼女たちを新幹線の上りホームまで送っていき、写真を撮ったのだが、よく見ると、久我のいうとおり、夕子はにこにこしているが、みどりのほうは顔をしかめている。

「この写真を、しばらくお借りしていいですか？」

最後に、真田刑事がきいた。

第二章　愛の深まり

1

翌日、夕子から、会社にいる久我に電話が入った。

「釈放されたんですね」

と、久我はいった。

「ええ。久我さんのおかげですわ。みどりさんも喜んでいます」

「とにかく、よかった。お祝いしなきゃいけませんね」

「それで、今日、夕食を一緒にしていただきたいんですけど」

「喜んで。僕がいい店を知っているから、おごりますよ」

久我がいうと、夕子は、

「今日は、私と彼女に、ご馳走させてください」

と、いった。

あまりに、彼女が強くいうので、久我は、ご馳走になることになった。

二人が久我を招待してくれたのは、新宿歌舞伎町近くの「天仁」という天ぷらの店である。

夕子がひとりできてくれればと思ったが、それもこれからの楽しみにとっておこうと思った。

みどりだって、いい娘なのだ。

二人は、改めて久我に礼をいった。

「久我さんと一緒でよかったわ。私たち二人だけで飯田線に乗っていたといったら、あの真田って刑事は、信用してくれなかったと思うわ」

みどりは、憤懣やる方ないという顔で、久我にいった。

「ああ、あのしつこい刑事ね」

「頭から、私たち二人が青柳という社長を殺したと、決めてかかってるのよ」

「しかし、もう大丈夫ですよ。あなたたちのアリバイは、成立したんだから」

久我は、励ますようにいった。

しかし、みどりは、眉をひそめて、

「でも、あの刑事は、なかなかあきらめないと思うわ」

「僕はいつでも、あなたたちのアリバイの証人になりますよ」

と、久我はいった。

夕食が終わると、みどりが用があるといって、先に帰ってしまった。

夕子は、クスクス笑って、

「彼女、気をきかせてくれたんだわ」

「へえ」

「彼女ね、私が久我さんを好きなことを、知ってるみたいだから」

「本当なの？」

「彼女のこと？」

「いや。君が、僕を好きになってくれているってこと」

「私自身にも、自分の気持ちがよくわからないんです。私って、男の人に対して昔から引っ込み思案で。男の人に向かって、好きになったっていったのは、今度が初めてなんです」

夕子は、顔を伏せたままいった。

声が、そのためにくぐもっていた。

一瞬、久我は彼女の身体を抱きしめたい衝動にかられたが、それを抑えて、

「飲みにいきませんか、今度は、僕がおごりますよ」

「いいんですか？」

「もちろんです。なぜ、そんなことを、きくんですか？」

「私って、一緒に飲んでも、あまり面白くない女だから――」

「そんなこと、ありませんよ。あなたが黙って一言もいわなくたって、僕は、いいんだ。一緒にいられると、楽しいんですよ」

「本当ならいいんですけど」

「あなたみたいな美人が、そんなに自信がないなんて、不思議だな。もっとも、そんななあなたが好きなんですけどね」

と、久我はいった。

久我は、彼女をいきつけの店へ案内した。

小さいが、しゃれた静かな店である。

歩いている途中で、急に夕子が、

「ついてくるわ」

と、小声でささやいた。

「え？」

「あの真田という刑事さん。私たちを、つけてきているの」

「本当？」

久我は、ちらりとうしろを見た。

その視界のなかで、確かにあの真田刑事が動くのが見えた。

久我は、腹が立った。

「ぶん殴ってやろうかな」

久我が声に出していうと、夕子はあわてて、

「構わないで。放っておきましょう」

「しかし、まだあなたを疑っているんだ」

「仕方がありませんわ。刑事さんは、疑うのが仕事ですもの」

二人は「アマン」という店に入った。

「あら、お久しぶりね、久我ちゃん」

と、ママが声をかけてきた。

カウンターとテーブルの両方ともあいていたので、久我は、奥のテーブルのほうに腰をかけた。

夕子は、意外に酒が強かった。

それが、久我には嬉しかった。一緒に酔える女性というのは、楽しい。

ママが、女性向きのカクテルを持ってきて、

「これ、私のおごり」

と、二人の前に置いてから、

「この人が、久我ちゃんの恋人？」

「まだ、そこまでいってないよ」

久我は、あわてていった。

夕子は、黙ってにこにこ笑っている。

「久我ちゃんって、いい人なの。時々、わざと悪ぶるときもあるけど、根は、人がよすぎるくらいなのよ」

ママは、そんなことを夕子にいう。

「よせよ」

と、照れて久我がいった。

ママは「ごゆっくりね」といって、カウンターの奥に戻っていった。

「余計なことをいうんだ。あのママさんは」

久我は照れていい、カウンターのほうに眼をやったが、その眼が、急に動かなくなってしまった。

カウンターの端に、真田刑事が腰を下ろしていたからである。明らかに、夕子を尾行して、店まで入ってきたのだ。

むっとしたが、夕子本人が楽しそうにしているので、自分を抑えた。

2

十時過ぎまで飲んで、久我は、夕子を送っていった。

真田刑事は、いつの間にか姿を消していたが、だからといって、警察が尾行をあきらめたとは、思わなかった。刑事が、交代したのかもしれなかったからである。

小田急線の経堂に着き、アパートまで歩く。

だんだん、二人とも口数が少なくなっていった。

久我は胸のなかで、夕子に対する愛が高まっていくのを感じていた。そのために、かえって口数が少なくなってしまっていたのである。

アパートの近くの暗がりにきて、久我は思い切って、夕子の身体を抱き寄せた。

かすかな抵抗があった。が、唇を近づけても、夕子は身体をかたくして、眼を閉じていた。

唇が合わさった。

久我は、しばらくそのままにしていた。

甘美な時間だった。

唇が離れると、夕子は、さっとアパートに向かって、駆け出していった。

久我が、あっけにとられるような速さだった。

夕子は、アパートに入ったところで立ち止まり、久我に向かって、小さく手を振った。

翌日、久我は会社の帰りに、警視庁に立ち寄った。

夕子は仕方がないといったが、どうにも、尾行されるのが、気に食わなかったからである。

愛知県警の真田刑事に会いたいと申し入れたのだが、出てきたのは、十津川警部だった。

久我が、昨夜、尾行されたことに文句をいうと、十津川は、

「歩きながら、話しませんか」

と、いった。

二人は、警視庁前の大通りを渡り、皇居の堀端の散歩道を、有楽町の方向へゆっくり歩いていった。

時々、マラソンをしている青年が、二人を追い越していく。

「真田刑事は、仕事に熱心なんです」

と、歩きながら十津川がいった。

「しかし、勝手に尾行していいということには、ならないでしょう？　とにかく不愉

快ですよ。まるで、犯人扱いだ」

「申しわけありません」

十津川は、素直に詫びた。

「もう、彼女たちが名古屋の殺人事件に無関係なことは、証明されたはずですよ。青柳という人が名古屋で殺されたときには、彼女たちは、飯田線の車中にいたんだから」

「そうですね」

「もう、尾行は、やめてもらえますね?」

「真田刑事には、よくいっておきましょう」

「そうしてください」

「久我さんは、彼女が好きなんですか?」

突然きかれて、久我は狼狽しながら、

「誰のことですか?」

「若宮夕子さんは、物静かだし美しい。あなたが好意を持っても、不思議はありませんね」

「そういうことはプライバシーで、あれこれ警察に口を挟まれることじゃないと思いますがね」

「そのとおりです。しかし若宮夕子さんは、われわれがマークしている人物です。ある程度調べるのは、許してください」

「しかし、警部さん。彼女たちのアリバイは成立したんですよ。なぜ、まだ尾行なんかするんですか？」

久我は激しい口調で、十津川にいった。通りかかった女性が、びっくりした顔で二人を見ていった。

「青柳恒夫を殺しそうな人間を、全員調べているんですがね。どうしても、彼女たちが一番、怪しくなってくるんです。それに、青柳恒夫がちょうど名古屋にいっているときに、彼女たちも近くまでいっている。そのことに、引っかかるんですよ」

「そんなことをいったら、たまたま被害者の近くにいた人間は、すべて疑われてしまうじゃありませんか。それに、名古屋と飯田線じゃ、かなり離れていますよ」

「そうですね」

「いやに、素直なんですね」

久我が苦笑すると、十津川は頭をかいて、

「実は、われわれも困っているんです。あなたの証言で、彼女たちにはしっかりしたアリバイが生まれた。あなたが、嘘をついているとも思えない。それでいて、他に犯人らしい人間もいない」

「しかし、サラ金の社長なんでしょう？　それなら、青柳という人を恨んでいる人間は、たくさんいるんじゃありませんか？」

「そうなんですが、これはという人物には、すべて確かなアリバイがありましてね」

「それなら、彼女たちも同じでしょう？　確かなアリバイがあるんですから。それなのに、なぜ彼女たちだけ、尾行をつけるんですか？」

「確かに、久我さんのいわれるとおりですよ。だから、もう尾行はさせません。それは約束します」

「しかし、まだ彼女たちを疑っているんでしょう？」

「犯人は、どこかにいるはずですからね」

「何だか、答えになっていませんね」

3

久我は、尾行を止《や》めるように十津川警部にいったことは、夕子には黙っていた。恩着せがましくとられるのが、嫌だったからである。

翌日、彼女たちの会社に昼休みに遊びにいき、二人と一緒にお茶を飲んだ時も、何もいわなかった。

それでも、夕子は夜になって、久我に電話をかけてきた。

「久我さんが、警察にいってくださったんでしょう?」

と、夕子は電話でいった。

「何を?」

「尾行は、止めろって」

「尾行がつかなくなりましたか?」

「ええ。ありがとう」

「ちょっと義憤にかられて、文句をいってやっただけですよ。十津川という警部は話がわかって、中止すると約束してくれたんですよ」

「助かりましたわ。みどりさんも、ほっとしているみたい。容疑者扱いされると、気持ちが滅入ってきますもの」

「わかりますよ」

「明日、どこかでお会いしたいんですけど」

「僕も、会いたいですね。会社が退《ひ》けたら、新宿でどうですか?」

と、きき、会う場所と時間を決めて、電話を切った。

少しずつだが、夕子との距離が近づくのが感じられて、久我は満足だった。

その夜、久我は眠ってから、夕子の夢を見た。幸福な夢だった。彼女とハワイへ旅行する夢だった。奇妙なことに、ハワイなのに、小さな電車が走っていて、二人でそれに乗っているのである。

眼をさますと、午前二時を回ったところだった。

ふと、彼女に電話をかけたくなって、ダイヤルを回した。

「もし、もし」

という、彼女の声がきこえた。

「こんな遅く、ごめんなさい」

久我がいうと、夕子は、ふうっと小さく息をついて、

「よかった。久我さんで」

「どうしたんですか？　何かあったんですか？」

「そうじゃないんだけど、女が一人で住んでると、時々、いたずら電話がかかってくるんです。さっき、久我さんに電話したでしょう」

「ええ」

「そのあとすぐ、電話がかかったんです。てっきり久我さんだと思って、浮き浮きして電話に出たら、無言電話だったんですわ」

「けしからんな」

「それで、今も警戒して出たんですわ。久我さんで、よかった」

「もう、寝たかと思ったんですが、急に声がききたくなってしまって」

「こんな声でよければ、いつでもおきかせしますわ」

夕子は珍しく弾んだ声で、冗談をいった。

4

翌日、退社時刻が近づいて、久我が帰り仕度を始めたとき、電話がかかった。

受話器を取ると「私です」という、夕子の声がきこえた。

ひどく、沈んだ声だった。

「どうしたんですか？　何かあったんですか？」

「ごめんなさい。今日、いけなくなってしまったんです」

「なぜですか？」

「今、刑事さんがきて、一緒にきてくれといわれたんです」

「またですか？　何という刑事です？」

「ここにいらっしゃるのは、亀井という刑事さんですわ」

「その刑事を、電話口に出してくれませんか」

久我がいうと、電話の向こうで、小声で何かいっているのがきこえていたが、急に中年の男の声に代わった。

「捜査一課の亀井です」

「いい加減にしなさいよ」

「何のことですか?」

「十津川という警部さんに、よくいったんですよ。若宮夕子さんと小林みどりさんには、ちゃんとしたアリバイがあるのですよ。なぜアリバイがあるのに、二人を追い回すんですか?」

「それは、名古屋の殺人事件のことを、おっしゃっているんでしょう?」

「違うんですか?」

「昨夜おそく、世田谷区太子堂《たいしどう》のマンションで、羽田岩男という男が殺されたのです。今日、事情をきこうとしているのは、その事件についてなんですがね」

「羽田岩男? 何者ですか?」

「新宿の『さくら』というソープランドの支配人ですよ」

「ああ。それは、前に殺された青柳恒夫という人がやっていた店なんでしょう?」

「そうです。昨夜、殺された羽田は若いんですが、青柳の片腕で、相当あくどいことをやっていた男です」

「その男を、彼女たちが殺したというんですか?」

「その疑いがあるので、事情聴取をさせてもらうわけですよ。くわしいことは、世田谷署へきてもらえば説明しますよ」

と、亀井刑事はいった。

何となく、久我はわかったような気がした。が、すべてが理解できたわけではなかった。

久我は退社すると、その足で世田谷警察署に向かった。

ここでも、十津川警部に会った。

相変わらず落ち着いた態度で、久我にくわしい事情を説明してくれた。

昨夜、殺された羽田岩男は、年齢三十六歳と若かった。青柳に頼まれて、ソープランド「さくら」を委されていた。

青柳から金を借りて返済できなくなったＯＬを「さくら」で働かせていたのだが、羽田は、細面《ほそおもて》で女性的な顔をしていたのに、冷酷で、かなり彼女たちを痛めつけていた。

自殺した新井由紀も、羽田に痛めつけられていたという。

「羽田に殴られたりしたことも、自殺の理由の一つだろうといわれていたんです」

と、十津川はいった。

「それで、若宮夕子と小林みどりの二人が、仇をとったと思われるんですか？」

久我が、きいた。

「そうですね。彼女たちは、親友の新井由紀を自殺に追い込んだのは、青柳と羽田の二人だと思っていた節があるんです。まず、名古屋で青柳を殺し、次に、昨夜マンションで羽田を殺したのではないかと、考えているわけです」

「女の犯行と、なぜわかるんですか？　男が殺したかもしれないじゃないですか？」

と、久我はきいた。

「二人とも、背後から殺《や》られているんですよ。それも、背中を刺されているんです。つまり、相手は油断して、犯人に背中を向けていたわけです。あの二人の男が、背中を向ける相手といえば、女しか考えられません」

「昨夜の何時頃、殺されたんですか？」

久我は、きいてみた。

「午後十時から十一時の間ですよ」

「その頃、若宮夕子は僕に電話をかけていましたよ」

「本当ですか？」

十津川は、びっくりした顔できいた。

「十時半頃に、電話してましたよ」

「どのくらいの時間ですか？」

「十分ぐらいじゃないかな」

「そうですか」

　十津川は、考え込んでしまった。

「小林みどりさんのほうは、どうなんですか？　彼女にも、アリバイはあるんじゃありませんか？」

「彼女は、調べた結果しっかりしたアリバイがあることが、わかりました。彼女は、昨夜は久しぶりに学校時代の友だちと会って、夜の十二時まで一緒に飲んでいたというわけです。これは、確認しました」

「じゃあ、二人ともアリバイがあるんじゃありませんか」

「いや、若宮夕子のほうは、まだアリバイが確定したわけじゃありませんよ。羽田岩男の死亡推定時刻は、十時から十一時と、一時間の幅がありますからね。十時半に電話があったとしても、それがすぐ、アリバイとはなりませんよ。羽田のマンションと彼女のアパートは、同じ世田谷区内ですからね」

「しかし、十津川さん。二人は、青柳を殺してないんでしょう？　それなのに、なぜ羽田を殺さなければならないんですか？」

「だから、慎重に調べますよ。簡単に、断定はしませんよ」

　と、十津川は約束してくれた。

5

小林みどりも若宮夕子も、その日のうちに帰された。

久我は、二人のためのお祝いのパーティを設けた。

パーティといっても、小さな日本料理屋の小さな部屋を借りて、三人で食事をしただけのことである。

いつもの食事に比べれば、多少ビールの本数が増えたぐらいの違いだった。

「まず、何をおいても乾杯！」

と、久我は元気のいい声でいった。

みどりは、すぐ「乾杯！」と応じたが、夕子のほうは、あまり元気がなかった。

警察に容疑者扱いされたのだから、当然だろう。

「もう大丈夫ですよ」

久我は慰めるように、夕子に向かっていった。

「でも、警察はきっとあきらめずに、私たちにつきまとってくると思うわ」

夕子が、暗い眼でいった。

「私も、そう思うわ」

と、みどりもいった。

「警察なんて、人を疑うのが仕事だし、面子《めんつ》にやたらにこだわるでしょう。だから、まだまだうるさくつきまとうと思うわ」

「久我さんにも、警察がまたいくかもしれない。私たちのために、ごめんなさいね」

夕子が、小さく頭を下げた。

「僕は、平気ですよ。むしろ、面白がってるんだ。刑事とやり合うなんて、めったにないことだからね。いい経験なんだ」

久我は、嘘でなく、正直にいった。

もちろん、それが夕子のためでなかったら、刑事にいろいろときかれるのは、ただうるさいだけのことだったろう。

「そうなら、いいんですけど」

「僕はこう見えても、意外にタフなんですよ」

「あの真田っていう愛知の刑事は、うるさかったわね」

みどりが、吐き捨てるようないい方をした。

「あの刑事は、ただうるさいだけで、どうということはありませんよ。それより警視庁の十津川という警部は、にこにこ笑っているが、何を考えているのかわからないところがありますよ」

久我は、思い出しながらいった。

話が、嫌な思い出に入ってしまったのを感じて、久我はあわてて、

「それも、もう終わったんだ。今日は、元気に飲み、元気に食べようじゃないの。この店は、美味い焼酎もありますよ」

「私、それいただくわ」

と、夕子はいった。

みどりも欲しいといい、今度は焼酎で乾杯ということになった。

だんだん楽しい雰囲気になってきた。

久我は、めったに酔い潰れることはないのだが、今夜は、とにかく場を楽しくしようと思って、日頃になく喋り、杯を重ねたので、いつの間にか酔い潰れてしまった。

寝てしまったのは、覚えている。

夢を見て、夢の中では、酔ってはいけないと自分にいいきかせていた。変な夢だった。

気がつくと、ベッドの上に寝かされていた。

眼を開けて、天井を見た。見覚えのある天井だった。

（自分で帰ったのかな？　それとも誰かに送ってもらったのだろうか？）

と、考えてから、今夜は夕子たちと一緒だったのだと思い出し、あわててベッドの

上に起きあがった。

(不覚だ)

と、思った。あの二人を慰めるために、ささやかなパーティを開いたのに、自分が酔い潰れてしまったのである。

自分で嬉しくなって、飲み過ぎてしまったのだ。

頭が痛い。それをおさえるようにして、寝室を出て居間にいくと、ソファの上に夕子が眠っているのを見つけた。

(彼女が、送ってくれたのか)

と、思ったとたん、久我は胸が熱くなった。

そっと足音を殺して近づいた。

軽い寝息がきこえた。

久我はしばらくの間、夕子の寝顔を見ていた。

寝顔というのは、幼く見えるものである。

夕子は、整った顔立ちのせいで、年齢よりも、二、三歳はふけて見え、近づきがたい印象を与えるのだが、眼を閉じていると、長いまつげのために幼さが顔をのぞかせている感じだった。

いままで、かくれていた幼さなのだろう。

いつまで見ていても、久我はあきなかった。

（起きたとき、コーヒーでも淹《い》れておいてやろう）

と、久我は思い、キッチンでコーヒーをわかすことにした。

いい匂いが漂い始めたとき、背後で、夕子の起きあがる気配がして、

「ごめんなさい」

と、彼女がいった。

「いま、コーヒーを淹れるよ」

と、久我はいった。

「つい眠ってしまって、恥ずかしいわ」

「僕を、ここまで送ってくれたんだろう」

「みどりさんと一緒に、タクシーで送ってきたの。彼女は、二人であなたをベッドに寝かせたあと帰ってしまったんだけど、私はつい、ソファで眠ってしまって」

「そんなこと、気にすることはないさ。それよりコーヒーは好き？」

「ええ」

「じゃあ、よかった」

久我は、淹れたコーヒーを居間のテーブルに運んだ。

もう十一時を回っていて、マンションのまわりも、ひっそりと静かだった。

久我は、そうした静かななかで、夕子と二人だけでいることが、嬉しかった。酔い潰れるのも、いいものだ。

夕子に、砂糖を入れてやって、飲んだ。

「実は、酔っ払ってしまって、ぜんぜん覚えてないんだ。大変だったでしょう？　ここまで運んでくるのは」

「ええ」

と、夕子は笑った。

「不覚だったなあ。あなたの前で、醜態を見せてしまって」

久我は、頭をかいた。

「私の亡くなった父がお酒が好きで、いった先のお店で酔い潰れてしまって、母と私とで迎えにいったことが、よくありましたわ。父の亡くなったのは五年前ですけど、何となくそれを思い出してなつかしかった」

「酒を飲む人間に、悪人はいない。そう思って、勘弁してください」

「ええ。わかってます。父もいい人だったから」

と、夕子はいってから、腕時計に眼をやって、

「いけない。もう帰らないと――」

「泊まれないの？」

久我は、思い切っていってみた。

夕子の顔に、軽い戸惑いの色が現れた。そんなことをいわれるとは、思っていなかったのか。それとも予期はしていたが、それでも、あわてたのか。

「帰りますわ」

と、夕子は堅い声でいった。

「タクシーを、呼ぶよ」

「いいえ。まだ電車があるから、それに乗っていくわ」

と、夕子はいって、立ちあがった。

「じゃあ、駅まで送っていくよ」

「でも、大丈夫？」

「ああ、もう大丈夫さ」

久我は、わざと威勢よく立ちあがり、夕子を抱くようにして、マンションを出た。

外は少し涼しいくらいで、それが気持ちよかった。

久我は、わざと細い路地を選んで、歩いていった。

通行人の姿はない。

久我は勇気を出して、彼女の腰に手を回した。

彼女は、何もいわなかった。

ただちょっと、息遣いが荒くなったようだった。

夕子の柔らかい身体の、あたたかさや弾力が、直に久我の肌に伝わってくるような気がした。

駅の明かりが見えるところまできて、久我は立ち止まり、二度目のキスをした。

前と同じように、彼女は身体をかたくしていた。

だが、唇が離れたとき、夕子は眼を開けて、微笑した。

久我はまた一歩、彼女との間が近づいたような気がして、嬉しかった。

6

久我は、久しぶりに故郷の両親に手紙を書き、そのなかで、結婚したい女性が見つかったと書いた。

久我は、何としても夕子と結婚したい気持ちになっていた。

考えてみると、彼女について、知らないことの方が多いのである。

久我が知っているのは、彼女の勤め先と、年齢と、住所だけといってよかった。彼女の家族に会ったこともないし、彼女の過去も知らないのである。

だが、肝心のことを知っていると、久我は思っていた。それは、彼女の美しさである。それに、彼女の優しさだ。結婚するには、それだけで充分ではないか。

(この次に会ったら、結婚の意思を伝えようか？　それとも、少しばかり性急すぎるだろうか？)

ベッドに寝転んで、そんなことをあれこれ考えるのは、楽しかった。

会社に出ても、自然に顔がほころんでいるのか、友人に、

「どうしたんだ？　最近、いやにニヤけてるじゃないか？」

と、からかわれたりした。

事件のことは、夕子のことで忘れがちだった。

名古屋で起きたという殺人事件も、世田谷のマンションでソープランドの支配人が殺された事件も、自分に関係のないことだった。

しかし警察は、当然のことだが、忘れてはいなかったのである。

七月一日に、久我が会社から帰ると、マンションの廊下に、十津川警部ともう一人、四十五、六歳の刑事が待っていた。

「うちの亀井刑事です」

と、十津川が紹介した。

久我は、露骨に不快な表情を示して、

「いい加減にしてくださいよ。僕は、もう話すことはないんだから」

と、十津川にいった。

「申しわけないと思いますが、もう一度、話を伺わせてください」

十津川が、丁寧にいった。

そういわれると帰ってくれともいえず、久我はドアを開け、二人を居間に通した。

二人が腰を下ろしたソファは、先日の夜、夕子が寝ていた場所である。

久我は、そんなことを考えながら、

「今日は、どんなことをきくんですか？」

と、二人の刑事の顔を見た。

「われわれは、愛知県警と合同捜査を敷いて、二つの殺人事件を捜査してきました」

十津川が、いった。

久我はお茶を淹れながら、黙ってきいていた。

「何人もの容疑者を、洗ってきました。そしてやはり、小林みどりと若宮夕子の二人に戻ってきてしまったんです。この二つの事件の犯人は、明らかに女性なのです」

「なぜ、女が犯人とわかるんですか？　現場に香水の匂いでも、残っていたんですか？」

急須に熱いお湯を注ぎながら、久我がきいた。

十津川は笑って、

「そんなものは、ありません。もし香水の匂いでも残っていたら、われわれはかえって、男の犯行と考えたでしょうね」

「ひねくれているんですね」

「最近は、犯罪者もいろいろと考えるようになりましたからね」

と、十津川は、いった。

久我は、二人の刑事にお茶を淹れ、自分もそれを口に運んでから、

「女の犯行という理由を、きかせてくれませんか」

と、いった。

今度は、亀井という刑事がにこりともしないで、

「名古屋の場合も世田谷の場合も、ナイフで背中を刺されているんですがね。それが、一ヵ所や二ヵ所ではなく、十ヵ所以上刺されているのですよ」

「それが、女だという証拠になるんですか？　恨みが深いから、何ヵ所も刺すということだってあるんじゃないですか？」

「それは、あり得ます。ただ、もし男だったら、背中から胸近くまで刺さってしまうはずなのです。時には、突き抜けてしまうこともあります。ところが今度の場合、いずれも傷は浅いのです。憎悪をこめて刺したはずなのにです。ということは、あまり力のつよくない女性が犯人ということになりますね」

「しかしだからといって、小林みどりや若宮夕子が犯人だということには、ならんでしょう。とにかく、あの二人にはアリバイが成立しているんですよ」

「そのことで、久我さんにもう一度、話をききたいんです」

と、十津川がいった。

「話といっても、もうお話しすることはありませんよ」

「何か、書く紙はありませんか？」

「え？」

「紙です」

十津川は、くり返した。

仕方なく、久我は便箋を持ってきて、十津川の前に置いた。

十津川は、ボールペンを取り出した。

「久我さんは、六月二十四日に、飯田線に乗ったんでしたね」

と、いいながら、A図のように、白い便箋に線を引いた。

「辰野から終点の豊橋まで、飯田線に乗った。途中の天竜峡駅で、若宮夕子と二人で駅を出て、駅前の土産物店で絵はがきを買った。そうでしたね？」

「ええ」

「その間、小林みどりのほうは、車内で、眠っていた？」

「そうです」

「ところで、殺人事件のあった名古屋をこの図に描き加えると、次のようになるんですよ」

話しながら、十津川はボールペンで、B図のように描き加えていった。

「どうですか？」

と、十津川がきく。

「どうですかって、何のことですか？」

「飯田線と、名古屋の近さですよ。それに、飯田線の横には中央本線が走っている。何かあると、思いませんか？」

「ぜんぜん」

久我がそっけなくいうと、亀井刑事がむっとした顔で、

「これは、殺人事件なんです。もっと真剣に考えて欲しいですな」

「真剣に考えていますよ。しかし、刑事さん。飯田線が名古屋に近いところを走っていようがいまいが、この電車に乗っていれば、名古屋で人は殺せませんよ」

久我も、真剣になっていい返した。

十津川が二人の間に入るような形で、言葉を挟んだ。

「確かに、久我さんのいうとおりです。いくら近くを走っていても、その電車に乗っ

ていれば、殺せないことは確かです」

「彼女たちが乗っていたことは、間違いありませんよ。僕が、証人です」

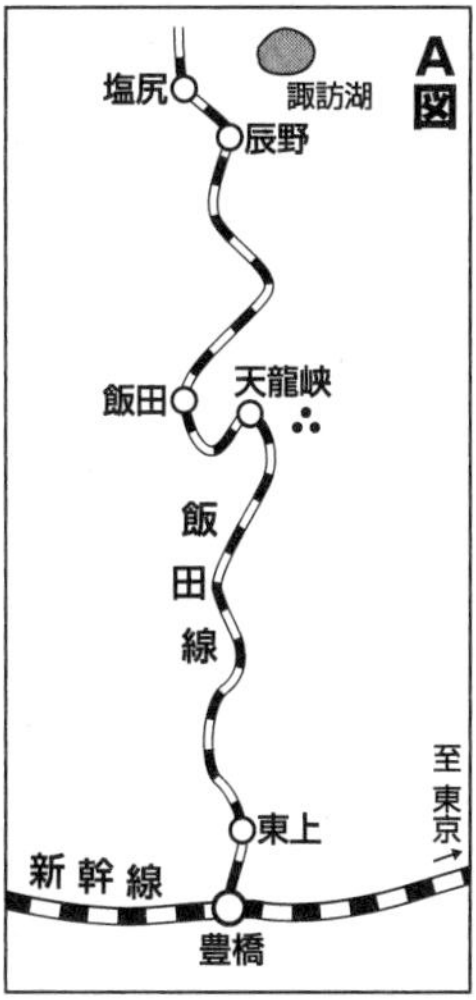

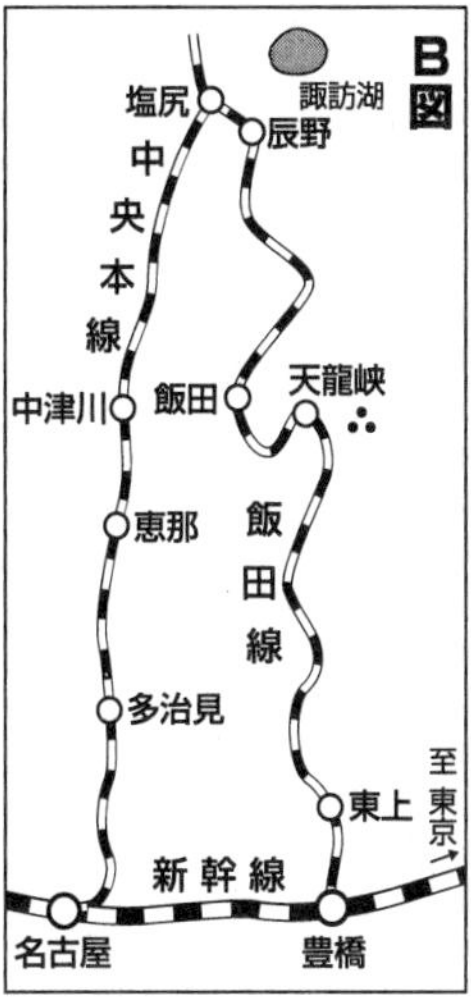

「辰野から乗って、豊橋までずっと一緒だったんですね？」

「そうですよ」

「辰野を、午前四時四八分に乗ったんですね？」

「そうです」

「その時、間違いなく、彼女たちも一緒でしたか？」

「もちろんですよ。僕の写真にも、写っていたじゃないですか？」

「その写真は、見ましたよ。ところで、小林みどりさんは、途中から寝てしまったようですね？」

「ええ。彼女は低血圧気味なので、朝早く起きて眠かったんだといっていましたよ。電車のなかでは、寝ている人が他《ほか》にも何人もいましたよ」

「寝ているところを、久我さんはずっと見ていたわけですか？」

「違いますよ」

「じゃあ、小林みどりがずっと寝ていたというのは、寝ていただろうという推測でしかないわけですね。違いますか？」

と、十津川がいった。

「ちょっと、待ってくださいよ。相手が疲れて眠っているのを、じっと見守っていたら、そんな人間はおかしいですよ。それこそ変質者だ。そうでしょう？　彼女は、途中で眠っていただけで、豊橋で降りる時には、ちゃんといましたよ。ずいぶん前に、夕子さんが彼女を起こしてきたんです。ぼくが終点まで寝かせておいてやりなさいと、いったんですがね」

「どこで、起きてきたんですか？」

「どこで？」

「そうです。飯田線のどのあたりで小林みどりは、起きてきたんですか？」

「どこの駅なんて、見ていませんよ。豊橋に着く十五、六分、いや、二十分くらい前だったと思いますね」

と、久我はいった。

「眠ったのは、辰野を出て、どのくらいしてからですか？」

さらに、十津川がきいた。

「よく覚えていませんが、二時間以上たってからですよ。辰野で乗ったときは、まだ暗かったのに、もう完全に明るくなっていましたからね」

「二時間というと、六時四十八分ですが、その頃ですか？」

「いや、七時を過ぎていましたね」

と、久我はいってから、

「いろいろ、あなたは細かいことをいってるけど、彼女たちは、飯田線に乗っていたんですよ。間違いありません。だから、あの二人は殺人事件とは関係ありませんよ」

と、強い調子でいった。

「細かいことが、大事なんですよ」

十津川が、根気よくいった。

「しかし、彼女たちがあの電車に乗っていたことは、間違いないんですよ」

「乗ったことと、一緒に豊橋で降りたことは、間違いないでしょう。若宮夕子とあなたが、ずっと一緒にいたと認めましょう。天竜峡駅に、あなた方の乗った電車が着くのが、七時三六分です。これでは、名古屋で九時から十時までの間に殺人を犯すのは、無理です。ただもう一人の小林みどりは、天竜峡駅に着いたとき、はたして、同じ電車に乗っていたかどうかわからないんじゃありませんか。あの時、彼女は車内で寝ていると見せかけて、途中で降りて、名古屋へ向かったかもしれませんよ」

「それは、警察の勘ぐりですよ」

「そう断言できますか？」

十津川は、じっと久我を見つめた。

「できますよ」

「そうですかねえ。正直にいいますから、怒らないできいてください。あなたは明らかに、今、若宮夕子に夢中だ。彼女についてどう喋るかで、わかりますよ」

「それが、どうかしたんですか？」

「彼女は、魅力のある女性です。男の心を引きつけるものがある。だから、あなたが六月二十四日の飯田線の電車のなかで彼女に夢中になって、話をしていただろうことも、想像されるんです。それは、当然だと思いますね。旅先で美しい女性と一緒になれば、彼女と楽しいお喋りをするのは、男として当然ですよ。私だって、旅先でああいう魅力のある女性と一緒になれば、他のことは忘れてしまって、お喋りをすると思いますよ。あなたは飯田線のなかで、若宮夕子と、ずっと一緒にいた。他のことは、眼に入らなかったと思うのですよ。現に小林みどりが途中で眠ってしまっても、その寝ているところを見てはいないと、いわれている」

「それは、当然でしょう。前にもいいましたが、若い女性が眠っているのをじろじろ見つめたら、変態でしょう？」

「すぐ近くの席で、寝てしまったのではないんですか？」

十津川の質問は、執拗だった。

「彼女は、僕の近くで寝てしまっては、失礼だと思ったんだと思いますよ。隣の車両の空いている席へいって、眠っていたんです」

「隣の車両ですか」

と、十津川は感心したように、肯いてから、

「久我さんは、隣の車両へいって、小林みどりが本当に寝ていたかどうか、見てはいないんですね？」

「警部さん。前にもいったように、わざわざ寝顔を見にいくほうが、おかしいんじゃありませんか？」

「そうです。私はただ、事実だけを確認しているのです」

十津川は、落ち着き払っていった。

久我は、腹が立ってくるのを必死で抑えた。

これが自分自身のことなら、とっくに腹を立てて、眼の前の二人の刑事と喧嘩をしていただろう。

だが、問題は若宮夕子のことだった。

彼女が、これ以上警察に睨まれてはと思い、自然に自分の気持ちを抑えてしまうのだ。

7

「われわれは、犯人がこうして名古屋で青柳恒夫を殺したと、考えたのですよ。それを、あなたにきいてもらいたいのです」

と、十津川がいう。

「なぜ、ぼくが、きかなければならないんですか？」

「久我さんにも、関係があると思うからです」

「しかしきいても、彼女たちがシロだという僕の考えは、変わりませんよ」

「それでも、結構です。とにかく、私の考えをきいてください」

「じゃあ、勝手に話せばいいでしょう」

と、久我はいった。

十津川は、構わずに話を進めていった。

「私が描いたこの図を見てください。犯人は、青柳恒夫が名古屋市内のホテルに泊まっていることを知っていました。犯人は電話をかけ、二十四日の午前九時から十時の間にホテルに訪ねていくと、予告しておきます。青柳は、まさか相手が自分を殺しにくるとは思わなかったろうし、相手が若い女なので、気を許して会う約束をしてしまったのです」

「――」

久我は、黙っていた。きいていないような顔をしていたが、本当は耳をすませていたのである。

そんな久我の気持ちを見すかしているかのように、十津川はゆっくりと話を続けた。

「これからが、犯人のトリックになります。諏訪湖のペンションに泊まった犯人は、そこで、アリバイを証言してくれる人間を探しました」

「それが、僕だというんですか？」

「まあ、最後まで、きいてください」

と、十津川は微笑して、

「翌日、犯人は、美人の友人とペンションで見つけた証人との三人で、午前四時四八分発の飯田線の電車に、辰野から乗り込みました。いかにも、時間の早い電車です」

「それは彼女たちが、午後二時までに、東京に戻らなければならなかったからですよ」

「そういうことになっていますね」

と、十津川はいった。

「信じないんですか？」

「信じませんね。われわれが調べた範囲では、彼女たちには午後二時までに帰京しなければならない特別な理由は、見つからなかったからですよ。犯人は、三人で午前四時四八分辰野発の電車に乗りました。飯田線は電化されていますが、単線で駅が多く、終点の豊橋まで、七時間かかるのです。時速にしたら、三十キロほどです。犯人は、このスピードの遅さをアリバイ作りに利用したと思うのですよ」

「どんなふうにですか？」

久我は、いつの間にか、相手に挑戦するような眼になっていた。

「この図でもわかるように、飯田線とほぼ平行する形で、中央本線が走っています。中央本線のほうは、特急や急行が、ひんぱんに走っています。特急のスピードは、時速八十キロに近いのです。飯田線の二倍以上の速さです。犯人は、このスピードの差を利用することを考えたのです」

「もう少し具体的に話してくれませんか」

　と、久我は文句をいった。

「こういうことです。犯人は、三人で飯田線に乗ったあと、理由をつけて二人の前から姿を消してしまう。朝が早かったので、眠くなったとかいってです。隣の車両で寝たと見せかけて、犯人は飯田線の電車を降りてしまったのです」

「降りて、どうするんですか？」

「そこからタクシーを拾って、中央本線の駅まで飛ばし、中央本線の特急列車に乗り込むのです。それで名古屋に着き、駅近くのホテルに青柳を訪ねて殺したのです。中央本線の特急は飯田線の電車の二倍以上のスピードですから、この時点で、久我さんと若宮夕子の乗った電車は、まだ豊橋には着いていないのですよ」

「――――」

「犯人は青柳を殺すと、今度は急いで名古屋から東海道新幹線に乗り込んで、豊橋に向かったのです。そして、アリバイを作りあげた」

「警部さん。小林みどりさんは豊橋で、僕や夕子さんを待っていたんじゃなくて、豊橋に着く二十分以上前に、隣の車両から起きてきているんです。これは、間違いないんですよ」

「別に、あなたが嘘をついているなどとは、いっていませんよ。中央本線の特急、そして東海道新幹線とうまく乗り継げば、飯田線の問題の電車が豊橋に着くかなり前に、犯人は、豊橋に着くことができるでしょう。時間に余裕があれば、途中の駅までいって、乗り込むことができますよ」

「そんなに上手《うま》くできるんですか？　具体的に、飯田線のどこで降りて、中央本線の何という特急に乗れば、そんなに上手くいくのか、教えてくれませんか？」

「それは、まだ考えていませんが、小林みどりが犯人とすれば、必ずちょうどいい列車があるはずです」

十津川は、自信にあふれた声でいった。

第三章　疑惑

1

十津川と亀井は、帰っていった。

久我はほっとしたものの、十津川が描き残していった図を見ていると、気が重くなっていった。

あの警部は、自信満々だった。そのことが久我の気を重くさせるのだ。

久我は大型の時刻表を取り出すと、はじめのほうに載っている索引地図を調べてみた。

飯田線のところである。

十津川のいうとおり、ほぼ平行して、中央本線が走っている。

飯田線を改めて眺めると、何と駅の数が多いことだろう。

久我の乗った電車は、数珠つなぎのようになっている駅の一つ一つに停車したのである。

それに比べて、中央本線の駅の数は、はるかに少ない。

その上、特急が走っているのだ。

中央本線のページを開いてみると、例えば特急「しなの2号」は、塩尻―名古屋間で六つの駅にしか停車しない。

(小林みどりは途中の駅で降りて、中央本線で名古屋へいって、人を殺したのだろうか?)

久我は、次第に疑惑が広がってくるのを感じた。

もし、小林みどりが十津川警部のいうトリックを使って殺人をしたとすると、夕子も、その共犯の疑いが持たれてくるのだ。

なぜなら夕子は、何度となく隣の車両にいき、戻ってくると、久我に向かって、みどりがよく寝ているといっていたからである。

(夕子もぐるになって、自分を欺《だま》したのだろうか?)

そんなことは、絶対に信じられなかった。いや、信じたくなかった。

もしそんなことになってしまえば、彼女との間の愛情が、崩壊してしまうのだ。

自分の胸のなかで、どんどん疑いが濃くなっていくのが怖くて、久我は時刻表を放り出すと、夕子に電話をかけた。

「ああ、久我さん」

と、夕子は嬉しそうな声を出してくれた。

それで、久我は救われたような気がした。

「一緒に、飲みたいんだ」

と、久我はいった。

「え？」

「とにかく、一緒に飲みたいんだよ、つき合ってくれないか」

「何か、嫌なことがあったみたいだけど？」

夕子が、心配そうにきいた。

「いや、そんなものはないんだ。ただ、君と一緒に飲みたいだけさ」

と、久我はいった。

「いいわ、これから新宿で会いましょう」

と、夕子はいってくれた。

久我は、いつかの店に夕子を誘った。

今夜は、どうしても酔いたかった。夕子が注意するのを構わず、ぐいぐい飲んで、
酔いが回ってくると、

「僕は、君が好きなんだよ」

と、夕子に向かっていった。

「ありがとう」

夕子が、ちょっと困ったような顔でいう。

「結婚しよう！」

久我は、酔いに委せて大声を出した。

ママが笑って、

「あらあら、大変」

と、茶化した。

「僕は、真剣なんだよ。夕子さん、結婚してくれよ」

「はい、はい」

夕子が、微笑している。

「本当にしてくれるの？　本当だろうね？」

と、久我はからんだ。

「困ったわ」

「お嬢さんが、困ってるわよ。久我ちゃん」

ママが、口を挟んだ。

「僕は、彼女に話してるんだ。ママには関係ない！」

「はい、はい、わかりましたよ」

と、ママはカウンターの奥に消えてしまった。

酔いが回れば回るほど、本音が口を突いて出た。

「君にお願いがあるんだ」

と、久我はいった。

「結婚のことは、考えさせてもらわないと、すぐには返事はできないわ」

「ああ、それはちゃんと考えてくれていいよ」

「はい」

「頼みというのはね」

「はい」

「僕を、裏切らないでくれってことなんだ。僕は、君が好きだ。君を愛している。君のためなら、何でもしたいと思っている。だから、僕を裏切らないで欲しいんだ」

2

それから、二日後のことだった。

十津川から、電話がかかった。

「二日間、休暇がとれませんか？」

と、十津川はいきなりきいた。

「何のことですか？」

「実は、私と一緒に辰野へいき、あの電車に乗ってもらいたいんです」

「僕がなぜ、そんなことをしなければいけないんですか？」

「実験に立ち会ってもらいたいんです。小林みどりが、名古屋で青柳恒夫を殺すことができたかどうかの実験です。あなたは当事者だから、どうしてもこの実験に立ち会ってもらいたいのですよ」

「僕が嫌だっていったら、どうなるんですか？」

「それはもちろん、あなたの自由です。しかし、小林みどりが犯人かどうかは、あなたの証言にかかっているんです。だから、われわれの実験に立ち会って欲しいと思いますがね。すぐには返事は無理でしょうから、考えてから電話してください」

と、十津川はいった。

久我は少しずつ、自分が追いつめられていくような気がした。

小林みどりや若宮夕子の不利になるような実験に、立ち会いたくなどない。

だがいかなければ、必ず彼女たちへの疑惑が高まってくるに決まっていた。

どちらかに決めたいという気持ちと、決めるのは怖いという気持ちとが、久我のなかで闘っていた。

そして久我自身が予期したように、四時間考えたあと十津川に電話して、ＯＫの返事をした。

夕子にもみどりにも何もいわずに、七月四日に家を出た。

十津川たちとは別に、四日の夕方、久我は諏訪湖近くのあのペンションに着いた。

十津川と亀井が、遅れてやってきた。

「あなたの協力を、感謝します」

と、十津川がいった。

「協力はしますが、僕は、警部さんの実験が失敗することを祈っていますよ」

久我は、正直にいった。

十津川は、別に不快そうな表情は見せなかった。

「それでいいんです」

と、彼はいった。

翌朝、暗いうちに起き、あの時と同じように、ペンションのオーナー夫人が作ってくれた弁当にお茶を持ち、久我たちはペンションの主人の車で辰野の駅に向かった。

「さすがに眠いですね」

と、亀井は車のなかであくびをした。

久我は、あの日のことを思い出していた。

あの時、久我は、夕子と出会ったことに有頂天になっていた。こんな警察の捜査に協力することになるとは、思ってもみなかったのだ。

辰野駅に着く。

あの日と同じように、まだ周囲は仄暗《ほのぐら》かった。

ホームの灯《ひ》だけが、やたらに明るい。

三人は、豊橋行の電車に乗った。

「どんな実験をするんですか?」

久我はいらいらしながら、十津川にきいた。二人の刑事がいやに落ち着き払っているのが、気になるのである。

電車が、動き出した。

「まず、腹ごしらえでもしようじゃありませんか。腹がへっていては、正確な実験もできませんからね」

と、十津川がいう。

膝の上に、弁当とお茶が広げられたが、久我は食欲がなかった。

「もったいぶらずに、どんな実験をするのか教えてくれませんか」

久我は、もう一度、十津川にいった。

十津川は、煙草に火をつけてから、

「私が、小林みどりの役をやります。途中で隣の車両にいき、この電車を降りてから、中央本線に乗って、名古屋にいきます。そしてまた、この電車に乗り込みます。それができれば、彼女のアリバイは崩れますからね」

「しかし、警部さんが本当に名古屋へいってきたかどうか、どうやって判断するんですか？」

と、久我はきいた。

「久我さんは、名古屋へいったことはありますか？」

「ええ、二度だけですがね」

「それならいい。私は、ここにポラロイドカメラを持っています。久我さんは、名古屋のどこかを写してこいと、いってください。このポラロイドで、そこを撮ってきますよ」

と、十津川がいう。

「じゃあ、駅の正面の写真が見たいな。名古屋という駅名をいれて、駅ビルを写してきてください」

と、久我が注文した

「OK、撮ってきましょう」

十津川は、にっこり笑っていった。

午前七時近くなると、十津川は席から立ちあがって、

「隣の車両で、眠ってこよう」

と、久我にいった。

そのまま、通路を隣の車両に歩いていった。

「これから、どうなるんですか？」

久我は、残った亀井刑事にきいた。

亀井は、にやっと笑って、

「実験を、続けましょう。私が、若宮夕子の代わりをやりますよ。あなたには、申しわけないが」

「あなたも十津川警部さんも、僕の証言を信じていないんですね。だから、こんな実験をするんだ」

「いや、あなたの言葉は、信じています。ただ小林みどりに、名古屋での殺人が可能かどうか、調べているだけです」

亀井は、きっぱりといってから、窓の外に眼をやった。

「緑がきれいですねえ。私は、東北の生まれですのでね。たまには、東京からこうい

うところにきて自然に接すると、ほっとするんですよ」

といった。実感の籠った調子だった。

電車は、飯田に着いた。

いわば、飯田線の中心である。

「なかなか、大きな町ですね」

と、亀井がいう。

「十津川さんは、まだ隣の車両にいるんですか？」

「さあ、わかりません」

「気になるんですよ」

「六月二十四日にも、気にして隣の車両に見にいきましたか？」

「いや。若宮夕子さんが見にいきましたよ。そして戻ってきて、寝ていたといったんです」

「じゃあ、私が見てきましょう」

亀井は、立ちあがった。

電車は、飯田駅を出た。

亀井が、すぐ戻ってきた。

「ちゃんと、寝ていましたよ」

亀井が、席に腰を下ろしてから、とぼけた顔でいった。

「本当は、もう降りてしまっているんでしょう？」

「二十四日にもあなたは、若宮夕子の言葉を疑いましたか？」

「いや。疑う理由がありませんでしたからね」

「じゃあ、今日も、私の言葉を信じてください」

「しかし——」

「二十四日と同じように、あなたには行動してもらいたいのですよ」

と、亀井はいった。おだやかないい方だったが、勝手な行動は許さないという厳しさも感じられた。

天竜峡駅に着くと、亀井は、

「降りましょう」

といって、先に座席を立った。

「そこまでやらなくても、いいんじゃないんですか？」

「いや、できる限り、正確を期したいのですよ。あとになってから、あそこで駅の外に出なかったので、六月二十四日とは違うといわれるのは、困りますからね」

亀井は、几帳面にいう。

（この刑事は、馬鹿みたいに決められたことをきっちりやる男なんだろう。その代わ

りに、融通は利かないに違いない）

と、久我は思いながら、亀井と一緒に電車を降り、改札口を出た。

「あの土産物店で、絵はがきを買ったんですね？」

と、亀井は久我に確認をとってから、絵はがきを三つ買った。

そのあとで、駅に戻った。

「これから、どうするんですか？」

久我はホームに立ち、小さく伸びをしながら、亀井にきいた。今、自分や刑事たちのやっていることが、急に馬鹿げた田舎芝居のように思えてきたのである。

だが、亀井はあくまで生まじめな顔を崩さなかった。

「最後まで、六月二十四日のとおりにやってもらいますよ」

と、亀井はいった。

3

十七分停車で、電車は再び豊橋に向かって、走り出した。

小さいトンネルを、次々に走り抜ける。

素晴らしい景色なのだが、今日はその景色を楽しむ余裕も、気も、久我にはなかった。

　久我の気持ちは、くるくる変わった。夕子を裏切るようなことをして申しわけないと思い、それでも、自分を納得させたいのだと思う。そんな感情が、入れ替わり立ち替わり、久我の胸を占領するのだ。

「大丈夫ですか？」

と、亀井がきいたのは、久我が、疲れた顔をしていたからだろう。気持ちの上で、疲れてしまっていた。

　いつの間にか、電車は天竜川を離れて、走っていた。

　長野県から静岡県に入り、次に、愛知県へ電車は入っていく。

「ちょっと、トイレにいってきます」

と、久我はいって、立ちあがった。

　彼は車両の端までいくと、トイレには入らず、隣の車両をのぞいてみた。

　ばらばらに乗客がいたが、半分ほどは、座席に寝転んでしまっていた。地元の人たちにとって、景色はもう見あきているのだ。

　十津川の姿は、なかった。

　ここにくるまでのどこかの駅で、すでに降りてしまったらしい。

（うまくいくものか）

と、久我は思った。

うまくいかなければ、彼女たちのアリバイは、完全に証明されたことになる。

「警部は、飯田で降りたんですよ」

いきなり、背後から亀井に声をかけられた。

久我は、照れかくしに頭をかいて、

「やっぱり、気になったんですよ」

「警部からは、黙っているようにいわれたんですがね」

と、亀井は元の座席に戻りながら、いった。

「飯田で降りれば、間に合うんですか？」

「警部の計算では、名古屋で殺人をやって、ゆっくりこの電車に戻れることになっているんです」

「亀井さんは、どう思われるんですか？」

「計算と実際は、違いますからね。頭のなかでの計算では、駅で切符を買って、改札を通って——という時間がわからない。だから、実験が必要なんです」

「しかし、成功すればいいと、思っているんでしょう？」

「それは、事件の解決に一歩近づきますからね」

「僕は、失敗してもらいたいと思っていますよ」

久我は、遠慮なくいった。

トンネルがなくなり、周囲の景色から山脈が消えた。

亀井は、腕時計を見た。

「そろそろ、十津川警部を起こしてきましょう」

と、亀井が久我にいった。

「え？」

「六月二十四日には、若宮夕子がそういったんでしょう？　そろそろ豊橋に近づいたから、小林みどりを起こしてくると」

「ええ、でもその時は、彼女は、本当に隣の車両に寝ていたんです。でも今日は、十津川警部さんは、飯田で降りてしまっているんでしょう？　それなら、ただの芝居になってしまいますよ」

久我がいうと、亀井は手を振って、

「果たして、警部は消えたままか、それとも、奇蹟のようにここに現れるか、賭けてもいいですよ」

といい、隣の車両に歩いていった。
二、三分すると、亀井が戻ってきた。驚いたことに、十津川警部が一緒だった。

「ほら、間に合いましたよ」

と、十津川はにっこりした。

4

久我は、すぐには、十津川がそこにいるのが、信じられなかった。

「本当に、名古屋へいってきたんですか?」

と、久我はきいた。

「もちろん、いってきましたよ。あなたのいった写真も、撮ってきました」

十津川は、ポケットから何枚かのポラロイド写真を取り出して、久我に渡して寄越した。

名古屋のステーションビルを写したものが三枚。あとの二枚は駅の売店を撮ったもの、それに、十津川が助役と並んだものだった。

「その助役さんと一緒のものは、駅員さんにシャッターを押してもらったんです。私が今日、名古屋にいったことは、その助役さんが証言してくれます」

と、十津川はいう。

「どうも、信じられませんね。まだ豊橋に着いてないのに、警部さんが名古屋までいってきたなんて。飯田で降りたんでしょう?」

「そうです」

「そのままタクシーで、この電車を追いかけてきたんじゃないんですか? この電車は時速三十キロぐらいだから、タクシーに乗れば、ゆっくり追いつけますからね」

久我がいうと、十津川は笑って、

「そんなことは、やりませんよ。ちゃんと中央本線を使って、名古屋へいってきましたよ」

と、十津川はいってから、腕時計に眼をやった。

「間もなく豊橋ですから、降りて食事でもしながら、ゆっくり説明しましょう」

と、いった。

豊橋には、定刻の一一時一六分に着いた。

十津川が、久我を駅構内のレストランに誘った。

まだ十二時前なので、店内はがらがらだった。

「どうやって名古屋へいったのか、説明してくれませんか」

久我は、食事の途中で十津川にいった。

十津川は「とにかく、食事をすませましょう」といい、食事がすむと、あいたテーブルの上に手帳と時刻表を置いた。

「私が疑いを持ったのは、前にもいいましたが、飯田線のスピードの遅さです。そんな電車に、しかも午前四時四八分発という、めちゃくちゃに早い電車になぜ乗ったかということなのです。これは何かあるなと、思いました」

「それは午後二時までに、東京に帰らなければならなかったからですよ」

「それなら他の、もっと速い列車を使ったほうがいいじゃありませんか。松本へ出れば、新宿行の列車が出ていますからね。L特急を利用すれば、松本から新宿まで、三時間九分しかかかりません」

「だから、小林みどりが犯人だというんですか？」

「その可能性があるのではないかと、考えたのです」

と、十津川はいった。

「じゃあ、トリックというのを説明してください」

久我は、先を促した。

「では、どうやって名古屋にいってきたかを、説明しましょう」

十津川は、淡々とした口調でいい、時刻表の飯田線のページを開いた。

久我は、黙ってきくより仕方がなかった。

「犯人は、午前四時四八分に辰野から飯田線に乗ったあと、眠たくなったといって、隣の車両に姿を消しました。そうしておいて、飯田駅で、ひそかに降りたのです。時刻表によれば、飯田着が七時〇四分です」

「それは、わかりますよ」

と、久我はいった。

「犯人は、ここから車を拾って、中央本線の中津川駅に向かったのです。この間には、中央自動車道が通っています。中津川インターチェンジで出て、中津川駅に向かえばいいわけです。この間を、バスが四十分で走っていますから、タクシーなら充分に、このくらいで走ります。私も今日、四十分で、ゆっくり着きましたよ。しかし余裕を見て、一時間としましょう。六月二十四日に、渋滞があったかもしれませんからね。一時間かかったとしても、八時〇四分には、中津川駅に着きます」

十津川は、手帳に飯田線と中央本線の図を描き、中津川のところに、八・〇四と記入した。

「ここから、中央本線の特急に乗って、名古屋に向かいます。幸い、八時二六分中津川発のL特急『しなの2号』があります。犯人は、これに乗ったに違いありません。この特急が名古屋に着くのが、九時二七分です」

十津川は、名古屋のところに九・二七と書いた。

「問題は、名古屋に何分いられるかということじゃありませんか？　二、三分しかいられないのなら、名古屋で殺人は、できませんよ」

久我は、反撃した。

「そのとおりです」

と、十津川がいった。

「問題は、そこにあります。そこで、次に名古屋を何時何分の新幹線に乗って、豊橋に向かえばいいかを、考えました。その結果、名古屋を九時四四分に出る『こだま406号』に乗ればいいと、わかりました。つまり十七分の余裕があるのですよ」

「十七分しかないといったほうが、いいんじゃありませんか」

と、久我は皮肉をいった。

十津川が、怒るかなと思った。が、相手は微笑した。

「久我さんのいうとおりです。だから今日、実験をしてみたのです。いってみると、幸い、青柳恒夫の泊まったホテルは、駅の前にありました。駅から歩いて、五分とかからない距離です。往復に十分とすると、ホテルのなかで七分の余裕があるわけです。七分あれば、人を殺すことも可能ですよ」

5

「名古屋で殺人を犯した犯人は、九時四四分の『こだま406号』で豊橋に向かいます。飯田線の電車は、まだ中部天竜駅を出て、三十分ぐらいしか走っていないのです。『こだま406号』は、豊橋に一〇時一〇分に着きます。もちろん、まだあなたや若宮夕子の乗った電車は、豊橋に着いていません。しかし、豊橋で待っているわけにはいかない。もとの電車に乗り込んで、ずっと乗っていたように、見せなければならないからです。そこで犯人は、飯田線のホームに向かって走り出す」

「下りの飯田線に乗るんですか？」

「そうです」

「そんな都合のいい下りの電車が、あるんですか？」

「一〇時二〇分発の上諏訪行の電車です。この電車に乗って、途中までいけばいいわけです。時刻表を見てください。一番先までいって、あなた方の乗った電車に乗り込めばいいわけです。一番先というと、東上《とうじょう》という駅があります。面白いのは、あなた方の上り電車の東上発が一〇時四八分。一方、私が今日乗ってきた下り電車の東上発が、まったく同じ一〇時四八分です。このあたりは、単線区間ですから、先に着いたほうが待っていて、すれ違うはずです。ですから、東上でも乗りかえられると思いましたが、私は安全をとって一つ手前の江島《えじま》で降りて、あなた方の電車がくるのを待って、乗り込んだのです」

「六月二十四日に、小林みどりもそうしたというのですか？」

「こうやれば、名古屋で殺人もできたということです。江島から豊橋まで二十五分かかりますから、ゆっくり眠りからさめたというポーズが、とれるわけです。久我さんも、確か豊橋に着く二十分くらい前に、小林みどりが起きてきたと、いったはずですよ」

「――――」

久我は黙って、十津川の書いた時刻表を見つめていた。

確かにこのとおりにやれば、小林みどりは、名古屋で青柳恒夫を殺しておいて、何くわぬ顔で、元の電車に戻れるのだ。

久我の胸に、冷たいものが走り抜けた。

風が吹き抜けたと、いってもいい。

小林みどりが、もしこのトリックを使って殺人をやったのだとしたら、当然、夕子も共犯なのだ。

夕子は、何度も隣の車両にいき、まだみどりが眠っていると、久我に告げている。

みどりは、飯田駅で降りているのだから、夕子は、ずっと嘘をついていたのだ。

(最初から最後まで、おれは利用されたのか?)

そう考えることは、怖かった。

夕子との愛まで、疑わなければならないからである。

それは、久我にはできなかった。

何より怖いのは、夕子を失うことだったからである。

6

十津川は、じっと久我を見つめていた。

「実験は、成功しました」

と、十津川はいった。

「そんなことは、わかっています。しかし、それはこういうことも可能だということが証明されただけで、それは、小林みどりが名古屋で人を殺したことの証明にはならんでしょう？　違いますか？」

久我は、ヒステリックにいった。

「強がりをいうな！」

と、亀井が怒鳴った。が、十津川は、そんな亀井を制した。

「確かに、久我さんのいうとおりです。私の実験が成功しても、それは直ちに、小林みどりが犯人であることの証明にはなりません。あとは、あなたの証言にかかっています」

「僕の？」

「そうです。あなたのです。あなたの証言いかんによっては、私の考えたこのトリックは、何の価値もなくなってしまうのですよ。この実験が成功したのは、犯人が飯田駅で降りるのに、あなたが気付かなかったという前提が、必要です」

十津川が、いう。

久我は、眉をひそめて、

「前提は、他にもいくつもありますよ。誤魔化さないでください」

「どんな前提ですか？」

「彼女が眠いといって隣の車両にいったのが、飯田を過ぎてからだったら、このトリックは無意味になるわけでしょう。あるいは、彼女が起きてきたのが、東上より手前だったら、やはり無意味になるはずです。違いますか？　そちらのほうが、大きな前提だと思いますが、違いますか？」

「そうなんですか？」

十津川が、逆にきき返した。

「何が？」

「小林みどりが眠いといって、隣の車両に移っていったのは、飯田を出てからだったんですか？」

「それに、若宮夕子が起こしにいって、小林みどりが起きてきたのは、東上より手前だったんですか？」

「――」

「あなたのいうとおり、この二つは大事なことです。あなたの言葉次第で、小林みどりのアリバイはなくなりもするし、成立しもするんです。だから、覚悟して、喋ってください」

と、十津川がいった。

傍から、亀井が、

「わかっているでしょうが、嘘をつくと、偽証罪に問われますよ。いや、今度の場合はそれだけじゃすまないかもしれん。犯人に手を貸したということで、共犯になるぞ」

と、脅かすようにいった。

十津川は「カメさん」と制して、

「共犯はともかく、重要参考人として出頭していただくことになりますよ。それに、これは殺人事件だということも、心に留めて返事をしてください。しかも犯人は、東京でもう一人の人間を殺しているのです。羽田岩男という、ソープランドの支配人をです」

「ちょっと待ってください。それは、おかしいんじゃありませんか」

久我は顔をしかめて、十津川を見た。

「どこがですか?」

「今、警部さんは、小林みどりが名古屋で青柳恒夫を殺し、次に東京で羽田岩男を殺したといいましたね。しかし、彼女は東京の事件については、確かなアリバイがあると、あなた自身がいっていたじゃありませんか?　おかしいですよ」

「そうでしたね。しかし、名古屋の犯人が小林みどりなら、東京の事件での彼女のアリバイにも、どこかに穴があるはずです」

「それは、警察の希望的観測でしょう?　彼女が、両方の事件の犯人と断定しているのなら、片方にアリバイが成立してしまえば、もう一つの事件についてもシロのはずなんじゃありませんか?」

と、久我は食いさがった。

「誤魔化すのは、よせよ」

亀井が、口を挟んだ。

「何が、誤魔化しですか?　僕は、間違ったことはいってないつもりだ」

「君は、肝心の質問に答えてないよ。警部は、小林みどりがいつ、眠いといって隣の車両に移ったのか、彼女はどこで起き出してきたのか、きいている。君は、その質問に答える代わりに、すりかえの議論をしているんだ」

「すりかえじゃない。小林みどりが犯人じゃあり得ないと、いってるだけですよ」

久我の声も、思わず大きくなった。

十二時の昼食時になって、ぞろぞろと入ってきた人たちが「なんだ?」という顔で久我たちを見ている。

「出ましょうか」

と、十津川がいった。

三人は、東京までの新幹線の切符を買って、ホームに入った。

ホームには、あまり乗客の姿はなかった。

「どうですか、久我さん、正直な答えをくれませんか」

十津川は、久我に話しかけた。

久我は、すぐには返事ができずに、煙草を取り出して、火をつけた。

十津川は、じっと久我の返事を待っている。

「何を答えれば、いいんですか?」

と、久我はわざときいた。

「六月二十四日、小林みどりは、どのあたりで隣の車両へいったんですか? それを、正直に答えて欲しいんです。飯田の手前ですか？　それとも飯田を過ぎてからですか？」

「じゃあ、返事をしましょう。彼女が眠ったのは、飯田を過ぎてからです」

「それが、事実ですか？」

「そうです。これが、六月二十四日の事実です」

「じゃあ、豊橋が近づいて、小林みどりが起きてきたのは、どのあたりですか？」

「東上より前です」

久我は、そういった。

十津川は、ぶぜんとした顔をしていたが、亀井は、不快感をあらわにして、

「嘘をいうな。君は最初、豊橋に着く二十分ぐらい前だといったんだ。東上駅発は一〇時四八分だから、豊橋着の二十八分前なんだ。二十分前なら、もっと先の駅に着いてからのはずじゃないか」

「そんなことをいったって、東上駅の前に彼女が起きてきたんだから、仕方がないじゃありませんか」

「じゃあ、電車が何という駅に着いたときに、小林みどりは起きてきたんだ？　覚えているのなら、いってみろ」

「それは、覚えていませんよ。しかし、彼女が起きてきてから少しして、東上という

駅に着いたのは、覚えているんです。面白い名前の駅だなと、思ったものですからね。だから、彼女は東上駅に着くよりも前に、起きてきたんです」

「それはおかしいじゃないか」

亀井が渋面を作って、久我を見た。

「どこがおかしいんですか？」

「君は今、東上という駅名が面白いから覚えているといった。しかし、その手前の駅は覚えていない」

「それで、いいじゃないですか」

「違うね」

と、亀井は強い声でいい、時刻表を取り出すと、

「飯田線には、面白い名前の駅が多いんだ。東上の二つ手前が、新城《しんしろ》、その前が、東《ひがし》新町《しんまち》、続いて茶臼山《ちゃうすやま》、三河東郷《みかわとうごう》、大海《おおみ》、鳥居、長篠城、本長篠とあるんだ。このなかで平凡なのは、東新町だけで、あとの駅名は、東上よりずっと面白いじゃないか。それをまったく覚えてなくて、東上だけを覚えているのは、どういうことなんだ？」

「そういわれても、困りますよ。東上だけは覚えていたんだから」

「今日の実験で、東上より手前で起きてくると、小林みどりのアリバイが成立するとわかったから、君は東上の前で彼女が起きたと、いい張っているんだ。明らかに、偽

証だ」

「僕が、嘘をついているという証拠でもあるんですか？　あるなら、見せてください」

久我も、次第に声を荒げていった。自分の主張に無理があるとわかっているだけに、一層激してしまう。

「自分で嘘をついているのは、わかってるんだろう！」

と、亀井の声も荒くなった。

「もういいよ。カメさん」

十津川は、亀井にいった。

「しかし、警部。彼は明らかに嘘をついていますよ」

「わかっているよ」

と、十津川は亀井にいってから、久我に向かって、

「そんなに、若宮夕子が好きなんですか？」

と、きいた。

7

上りの「こだま」が着いて、十津川と亀井は乗っていったが、久我は、ホームに残った。

二人の刑事と、二時間以上も一緒にいたくはなかったからである。

十津川の最後の言葉は、さすがにこたえた。

久我は返事をしなかったが、十津川は、それ以上追及してこなかった。黙って、肩をすくめて見せただけである。

それがかえって、久我の胸に自問自答の形となって、はね返ってきた。

(そんなに、若宮夕子が好きなんですか?)

十津川のその言葉が、いつまでも耳に残ってしまっている。

自分は、彼女を愛している。それは、間違いない。

いや、そんなことを、いちいち確認することはないのだ。彼女が好きだ。それだけでいいはずなのに、今、久我の胸のなかで、その確認がおこなわれている。確認しなければならないのは、明らかに久我自身の気持ちがぐらついているからである。

夕子のためなら、一年や二年、刑務所に入るのだって悪くないと、久我は思っていた。

そういう形で、夕子にこちらの愛情の深さが示せるのなら、むしろ嬉しかった。

だが、疑惑は耐えられない。

むしろ、夕子が面と向かって、私のために嘘をついてくださいと頼んだのなら、もっとすっきりするのだ。

飯田線の電車のなかで夕子がしたことは、事実だったのか。それとも、芝居だったのか。

それがわからないのが、不安だった。

いや、それは嘘だった。

久我は、十津川の実験に立ち会った今、夕子とみどりがしめし合わせて、芝居をしたと、思い始めていた。

夕子が何度も、みどりが眠っていると久我にいったのは、すべて嘘だった。その時、すでにみどりは飯田駅で降り、タクシーで、中央本線の中津川駅に向かっていたのだろう。

そう思いながら、久我はどこかで、まだ夕子の言葉を信じたいと、思っていた。

あの夕子が、自分を欺《だま》すはずがない。そう思いたいのだ。

それに警察は、東京でソープランドの支配人を殺したのも、同じ小林みどりだといっている。

ならば、東京のほうに、完全なアリバイのある小林みどりは、名古屋で青柳恒夫を殺してもいないのだ。

今は、それが唯一の頼りだが、一つでも反証があればいい。

久我は、一列車おくらせてから列車に乗って、東京に向かった。

第四章　崩壊

1

翌日も、翌々日も、警察は何もいってこなかった。

あの十津川という警部と亀井刑事が、諦めたとは、思えなかった。

名古屋での殺人事件が、小林みどりの犯行であることを証明するためには、久我の証言が必要なのだ。それは、十津川たちにもよくわかっているはずである。

だから、手をこまねいているのだろうか？

それとも、次に会うときには、偽証罪で久我を脅かすのだろうか？

久我はこの二日間、夕子にもみどりにも、会わなかった。

夕子の愛を信じないわけではなかった。

ただ、会ったとき、自分の疑惑をそのままぶつけてしまいそうな気がして、怖かったのだ。

三日目に、会社から戻ると、手紙がきていた。速達になっていた。

夕子からだった。

久我は、封を切るのが怖かった。事件のことで、あなたを欺してごめんなさいとでも書いてあるのだろうか。それとも、十津川の実験に久我が参加したことをどこかで知って、怒りをぶちまけているのだろうか。

そんなことを、あれこれ考えてしまったからである。

それでも結局、久我は夕子の手紙に眼を通した。

〈毎日、あなたからのお電話をお待ちしていたのに、まったくないので、悲しい思いをしています。

電話が鳴るたびに、あなたからではないかと思ってしまい、部長にひやかされている毎日です。

何か、あなたを怒らせてしまったことを、私がしたのでしょうか？　それとも、私やみどりの周辺で、いまわしい事件があったので、敬遠なさっているのでしょうか？　諏訪湖のペンションでお会いしたときも、一緒に飯田線に乗ったときも、あなたに対して、特別な感情は持っていませんでした。ただ、旅先で会った、感じのいい男性というだけでした。

それなのに、今はもう、あなたのことばかり、考えています。朝起きた時も、会社にいる時も、行き帰りの電車のなかでもです。会社では、あなたのことを考えていて、ミスばかりしています。

私がこんな気持ちなのに、なぜ、三日も四日も、連絡してくださらないのですか？

こんな恨みがましいことなど、手紙に書いたことなどなかったのに、どうかしてしまっているのです。ごめんなさい。

どうか、お電話をください。

夕子〉

久我は、すぐ受話器を取った。

夕子が出た。

「ああ、久我さん」

と、夕子はいい、

「ありがとう」

「僕こそ、すぐ会いたいんだ。今から、いっていいかい？」

「きてください」

と、夕子がいった。

久我は、急いでマンションを出ると、タクシーを拾って、夕子のアパートに急いだ。

もう彼女が小林みどりと組んで、殺人を犯したかどうかなど、どうでもよくなっていた。

彼女のアパートに着き、彼女を見た瞬間、久我は、何もいわずに抱きしめていた。

彼の腕のなかで、夕子が喘いだ。少し強く抱きしめたのかもしれない。

久我は、ほとんど喋らなかった。抱いたままベッドの上に押し倒した。

かすかな抵抗があったが、夕子のほうから身体を押しつけてきた。

久我は、夕子が自分のものになったと思った。

2

翌日、十津川が亀井と、会社に久我を訪ねてきた。

昼休みだった。

久我はすっきりした気持ちで、二人の刑事に会うことができた。

久我は、もう覚悟を決めていたからである。夕子のためなら、偽証罪に問われても平気だった。

それに、夕子が直接、殺したわけではない。友人のみどりのために、嘘をついただけなのだ。

久我は、十津川たちを近くの喫茶店に誘った。

「今日は、偽証罪で僕を脅しにきたんですか？」

と、久我は機先を制するようにいった。

十津川は、眉をひそめた。

「そんな気はありませんよ。私は、強制して証言してもらうというのは、嫌いですからね」

「じゃあ、何のためにきたんですか？」

「今日は、事件について新しい事実がわかったので、それを久我さんに知らせにきたんです」

「何が、わかったんですか？」

「六月二十四日に、飯田駅から中央本線の中津川駅まで、小林みどりと思われる女性を乗せたタクシーが見つかったとでも、いうんじゃないんですか？」

久我がいうと、十津川は驚いた顔で、

「なぜ、そう思ったんですか？」

「僕の証言で、行き詰まったわけでしょう？　僕が証言を変えない限り、小林みどりが、名古屋で青柳恒夫を殺せたということにはならない。飯田駅で、降りたことになりませんからね。あなた方にとって唯一の突破口は、名古屋で彼女を見たという証人を見つけるか、飯田駅から中津川駅まで、彼女を乗せたというタクシー運転手を見つけるかしかないわけですよ。違いますか？」

「なるほどねえ」

　十津川は、微笑した。

「そうなんでしょう？」

「確かに、タクシーを探すのは、一つの方法だし、あのあともう一度、飯田駅にいき、タクシー全部に、当たってみましたよ」

　と、十津川はいった。

「やっぱりね」

「運転手に、小林みどりの写真も見せて歩きました。一人の運転手が、六月二十四日にそれらしい女性を乗せたと証言してくれました。時刻も、午前七時過ぎです。しかし、小林みどりと断定はしてくれませんでした。証人としては、充分じゃないのです」

「そんなことをいって、いいんですか？」

　久我がびっくりしてきくと、十津川は、

「私は、あなたを欺す気はないんです。そんなことで、あなたの証言を変えさせても仕方がありませんからね」

「じゃあ、今日は、何を僕に話しにきたんですか？」

「一つ、わかったことがあったので、それを知らせにきたんです」

「どんなことですか？」

「名古屋のホテルと、東京世田谷のマンションでの殺人ですが、一見したところ、同一人による殺人と考えられていたんですが、その後の捜査で、違うことがわかってきたのですよ」

「どういうことなんですか？」

「同じように、背中を何ヵ所も刺されて殺されているので、同一の手口と考えられたのですが、仔細に傷口などを調べると、どうも、別人の犯行と思われるようになってきたのです。どちらも、犯人は女性ですが、別の女性が、犯人です」

「――――」

「つまり、名古屋のホテルで青柳恒夫を殺したのは小林みどりだが、東京のマンションで羽田岩男を殺したのは、彼女ではなく、若宮夕子だという結論になったのですよ。久我さんには、お気の毒ですが」

「そんな無茶な。両方とも小林みどりがやったと、いっていたじゃありませんか？」

「確かに、そう考えていたのです。しかし、刺し傷の深さや角度などから、別人としか考えられなくなったんです」

十津川は、冷静な口調でいった。

「信じられませんね。第一、小林みどりでないから若宮夕子だというのは、短絡的すぎるんじゃありませんか？」

「いや、そうは思いませんね。これは明らかに、小林みどりと若宮夕子による仇討ちなんです。青柳恒夫は、小林みどりが殺す。その代わり、羽田岩男は、若宮夕子が殺す。そういう形で、役割を分担していたんだと、思いますね」

「まるで、小説の世界じゃありませんか？」

皮肉を籠めて久我がいうと、十津川は、意外に小さく肯いた。

「そういえば、そうですね。気がつきませんでした。あの二人の女性は、小説の世界にいるのかもしれませんね」

「よく、意味がわかりませんが――」

「彼女たちには、ちょっと変わったところがあります。自殺した友だちのために男二人を殺すというのは、普通は考えられないことですからね」

「考えられないのなら、犯人は別にいるんじゃないですか？　考えられないといいながら、疑ってかかるのは、おかしいじゃありませんか」

久我は、抗議する口調でいった。

「しかし、彼女たち以外に犯人はいないと、確信しているのです。問題は世田谷の事件での若宮夕子のアリバイですが、今朝、彼女に会って質問したところ、あの夜、殺人があった時刻には、あなたと電話をしていたというのですよ。またしても、あなたです」

「確かに、あの夜は、彼女と電話していましたよ」

「時刻は？」

「この前にも、いいましたよ。夜の十時半頃に電話してきて、十分間ぐらい話したんです」

「そのあとも、電話しましたか？」

「そのあと、こちらから電話しましたよ」

「ちょっと、待ってください」

「何ですか？」

「こちらから電話したといいましたね？」

「ええ」

「ということは、十時半のときには、若宮夕子のほうから電話してきたんですか？」

と、十津川はきいた。

「正直に、いってください。十時半のときには、彼女のほうから電話してきたんですね？」

と、十津川は念を押した。

久我は、なぜ十津川がそのことにこだわっているのか、ぴんときた。

夕子のアリバイが成立するかしないかが、かかっているに違いない。

久我のほうから夕子に電話したのなら、きっと彼女のアリバイが成立するのだ。だが、逆の場合は成立しないのだろう。

「残念ですが、十時半には、僕のほうからかけたんですよ」

と、久我はいった。

十津川は、複雑な表情になった。何ともいえぬ表情といったほうが、いいかもしれない。

「あなたは今、頭のなかで答えを変えましたね」

と、十津川はいった。

「レントゲンで、僕の頭のなかを見たんですか？」

「あなたが若宮夕子のことを好きなことは、わかっています。彼女には魅力があるから、あなたが好きになったのも、当然という気がしますよ。しかし、これが殺人事件なのだということも、よく考えてください。あなたは、二つの殺人事件の証人なんです。それを考えて、返事をして欲しいのですよ」

「そんなことは、わかっていますよ」

「羽田岩男はね、その後、マンションの管理人などの証言によって、あの日の午後十時二十分から四十分までの間に殺されたと、時間が限定されてきたのです。殺人現場であるマンションから若宮夕子のアパートまで、車で走っても二十分はかかるんです。つまり、あなたが十時半に彼女のアパートに電話したとき、彼女が出て十分間、話をしたことが事実とすれば、彼女には、絶対に羽田岩男は殺せないんですよ。逆に、その電話が彼女のほうからかかってきたのなら、アリバイは崩れます。なぜなら、彼女は殺人現場である羽田のマンションからあなたに電話して、アリバイ工作をしたことが、考えられるからです」

「羽田岩男という男を殺しておいて、その死体の傍から、電話したというんですか?」

「そうです」

「しかし、こんなことを、僕に話して、いいんですか?」

久我は首をかしげて、十津川を見た。

「前にもいったように私はすべてを話して、その上で納得して、証言してもらいたいからですよ」

と、十津川はいった。

3

「僕の気持ちは、変わりませんよ、僕のほうから十時半に電話したんです。彼女の電話番号を、いいましょうか？」

久我は、十津川に向かっていった。

「この男は理性的に話して、物のわかる人間じゃありませんよ」

と、亀井刑事がじろりと久我を睨んでから、十津川にいった。

「そうは、思わないんだがね」

「この男を、二人の女の共犯として、逮捕したらどうですか。最初は単なる証人でしたが、二度も嘘の証言をしたとなると、これはもう、完全な共犯者ですよ。逮捕するだけの理由は、充分だと思いますがね」

と、亀井はいう。

「逮捕したければ、すればいいじゃないですか」

久我は、いい返した。

「そんな強がりをいっていいのかね？　殺人事件の共犯ということになれば、何年も刑務所いきということになるぞ」

「裁判になったとき、僕は共犯者扱いされていても、弁護側の証人でもあるんですよ。僕は、彼女たちに有利に証言しますからね」

「久我さん」

と、十津川が口を挟んで、

「あなたは、物の道理のわかる人だと思っています。だから、こうして話をしているんです。先日は、飯田線での実験にも参加してもらったんです。あなたが若宮夕子を愛していることも、わかっています。しかしねえ、久我さん。愛情のために事実を曲げてしまうのは、彼女のためにもならないんじゃないかな。このまま彼女と小林みどりが、人殺しをしておきながら、何の罪にもならなかったとしたら、彼女たちは人生は甘いものだと、勘違いしてしまいますよ。また気に入らない人間を殺して、自分を好きになった男に嘘の証言をさせて、罪を逃れてしまう。人間というのは弱いもので、そうなってしまいますよ。それにあなたは、人殺しとわかっている女性と結婚する気ですか？　それで、うまくいくと思いますか？」

「――――」

久我は、黙っていた。

彼にだって、夕子と結婚してうまくいくかどうか、わかりはしないのである。簡単に、彼女と小林みどりが二人の男を殺したことを、忘れてしまうかもしれないし、あるいは、永久に忘れられずに苦しむかもしれないのである。

そんなことは、わからない。だが今、夕子を愛していることだけは、間違いないことだった。

だからこそ共犯を覚悟で、久我は、警察に抵抗しているのだ。

「いきがるのは、よせよ」

亀井が、ひやかすようないい方をした。

「別に、いきがってなんかいませんよ」

「いきがってるよ。愛する女を助けるために、嘘の証言をしたんだ。証言を、ねじ曲げたといってもいい。愛のためにだ。とんだ、純愛物語だ。しかし、刑務所へ入っても、まだ、いきがっていられるかねえ」

「僕を挑発しようとしても、駄目ですよ。そんなことで、証言を変えませんよ」

「久我さんに、もう一つだけききたいことがあるんですがね」

と、十津川がいった。

「どんなことですか?」

「あなたが若宮夕子を愛していることは、よくわかりました。彼女のために証言を曲げたとしても、私は、亀井刑事のように、あなたがいきがっているとは、思いませんよ。私だって、家内が罪を犯したら、彼女のために嘘の証言をするかもしれませんからね」

「へえ、警部さんが、そんなことをいっていいんですか？」

「私だって、人間ですからね」

と、十津川は微笑してから、

「しかし、久我さん。私が家内のために偽証するのは、家内が私を愛してくれていることを、知っているからですよ。その愛に私は応えたい。だからです。あなたの場合、若宮夕子も、あなたを愛しているんですか？　その愛情に確信が持てるんですか？」

と、きいた。

「僕たちは――、いや、そんなことを警部さんに話す必要はないでしょう」

「私は、こう考えるんです。間違っているかもしれないが、まあ、きいてください。本当の愛情というのは、どんなものでしょうか」

「――」

「若宮夕子は、本当にあなたを愛しているんだろうか？　もし、本当に愛しているのなら、なるべく、愛する人に迷惑をかけないようにするのが、本当じゃないですか？　それなのに彼女は、あなたを殺人事件に引きずり込んで平然としている。それでも本当に愛しているといえるんだろうか？」

「僕の気持ちを動揺させて、証言を変えさせようとしても、無理ですよ」

「そんな気で、いってるんじゃありませんよ。そりゃあ、あなたが証言を変えてくれれば嬉しいですが、どうも、あなたにはその気がないらしいから、今はもう頼みません。ただあなたが、彼女に利用されているだけなら可哀そうだと思って、一言いっただけですよ」

「いらぬお世話ですよ。僕と彼女との間の問題に、口を挟まないで欲しいですね。逮捕するんなら、さっさと逮捕したらいいでしょう」

「あなたの愛情が、裏切られなければいいと思っていますよ。私はね。なぜだかわからないが、あなたが好きなんだ」

4

昼休みがすんで、十津川と亀井が帰ってしまうと、久我は喫茶店の電話を借りて、会社にいる夕子にかけた。

「今夜、どうしても君に会いたいんだ。君のアパートへいくよ」

久我がいうと、夕子は一瞬、言葉を呑み込むような感じで、黙っていたが、

「嬉しいけど、今夜は駄目なの。ごめんなさい」

「僕はどうしても、今夜、君に会いたいんだ」

「明日ならいいんだけど」

と、夕子がいう。

いつもの久我なら、あっさりと今夜は諦めて、明日にするのだが、今日は、十津川にきかされた話が耳に残っていたこともあって、

「今夜じゃなければ、駄目だ」

と、駄々っ子のようにいった。

「明日にしてくださらないの？」

「今日、また、刑事がきたんだ。いろいろときかれた。そのことで、どうしても君に会いたいんだ。今夜会ってくれないと、自分の気持ちがどうなるか、自信が持てないんだ」

「わかったわ。私のほうから、久我さんのマンションへいきます」

と、夕子はいった。

久我は少し早めに帰宅して、部屋に花を飾った。

彼女のために、料理も作った。ワインも、用意した。

夕子はやってきたが、なぜか落着きがなかった。

「今日は、どうしても早く帰らなければいけないの。ごめんなさいね」

「何か、用事があるの？」

久我は、少しばかりむっとしながら、きいた。

自分ならどんなことがあっても、夕子に対して、こんなせかせるようないい方はしないだろうと久我は思い、それだけに、つい、不満になってくるのだ。

「別に、用事はないんですけど、最近、少々疲れているんです。今日も、警視庁の十津川という警部さんから、また電話がかかってきたりして――」

夕子は、本当に疲れたというように、小さな溜息をついた。

いつもの久我なら、心配で、すぐ送って帰宅させるのだが、今日は、妙に意地になっていた。彼女の態度に、どこかよそよそしいところが感じられたからである。

（他に、男がいるのではないのか！）

一瞬、その疑念が、久我を襲った。

初めて感じた嫉妬だった。

「僕はあなたのために、警察に脅迫めいたことまでいわれている。偽証罪だといわれるのはいいほうで、今日なんか亀井という刑事に、殺人の共犯で刑務所にぶち込んでやるといわれましたよ。しかし、僕は平気だった。君を愛しているからだよ。君のために、死んでも構わないとさえ、思っているんだ。それなのに、君に早く帰らなければいけないとかいわれたら、がっくりしてしまうんだ」

久我がいうと夕子は肯いて、

「わかったわ。私だって、久我さんの傍にいるのが楽しいのよ。ただあんまりあなたの傍にばかりいたら、かえってあなたの邪魔になるんじゃないかと思って」

「そんなことが、あるはずがないじゃないか」

「でも私って、傍にいてあまり面白い女じゃないから。あなたに退屈だなって、いわれるのが怖いの」

「君と一緒にいて、退屈するはずがないじゃないか」

「そういってくださると、嬉しいわ」

やっと、夕子は笑顔になってくれた。

久我のほうも、少しずつ疑惑が消えていくのを感じた。

(本当に少し、彼女は、疲れているのだろう)

と、久我は思い直した。

夕食のあと、少し酒を飲み、久我は、そっと夕子を抱いた。

「すぐにでも、結婚したいな」

と、久我は小声でいった。

「結婚?」

夕子はびっくりした顔で、久我を見た。

「ああ、僕はいつも一緒に君といたいんだ。だから、結婚したい。少し早過ぎるかもしれないが、考えておいてくれないか」

「いいわ、考えておくわ」

「僕と君とは、運命の糸で結ばれているんだと思う。刑事は、その糸は、君と小林みどりがこしらえたんだというが、僕は、そんなことは信じないんだ。本当に、運命だったんだと思っている。だから、その運命を大事にしたいんだよ。わかるだろう？」

「ええ、わかるわ」

「よかった。諏訪湖のペンションで会ったのも、飯田線に乗ったのも運命なら、僕と君とは、結ばれる運命なんだ。もし、それに逆らったら、神様の罰をうけるような気がするんだ」

久我が、真顔でいった。

「面白いプロポーズの言葉ね」

と、夕子は微笑した。

久我は、灯りを消した。今夜は、帰さないつもりだった。明日の朝まで夕子を抱きしめていることで、十津川の嫌な言葉を打ち消したかったのだ。

自分の腕のなかで、眠って欲しかった。その寝顔を見ていたら、自信が持てるだろう。

久我は、夕子をベッドに誘った。

抱きしめながら、久我は「愛してるよ」と、呪文のようにくり返した。そうくり返すことで、自分の頭のなかから、彼女に対する疑惑を追い出そうとしている感じだった。

疲れて、久我がベッドの上に横になると、夕子が、伸ばした久我の腕に顔をのせて、眼を閉じた。

五、六分、そうしていたろうか。

夕子が、突然はね起きた。

「どうしたの？」

と、久我がきく。

「私、帰ります」

と、夕子がいった。

5

何が起きたのか、久我には見当がつかなかった。

のろのろと、ベッドに起きあがって、

「まだ、いいじゃないか」

と、いうのが精一杯だった。

夕子は、そんな久我の言葉など完全に無視して、せかせかと身じまいをしている。ボタンがうまくはまらないと、夕子はいらだって、引きちぎった。一刻も早くこの場を去らなければと思っている感じで、そのことが、久我をむっとさせた。

「まだ、十時を過ぎたばかりだぞ」

「――」

返事はない。

枕元にあったハンドバッグを、引ったくるようにして抱えて、夕子は何もいわずに、部屋を出ていこうとする。

久我はあわてて裸のまま、その前に立ちふさがった。

「僕と一緒にいるのが、嫌なのか？」

「そこを、どいてください」

夕子は、押し殺したような声でいった。

「僕が、警察に本当のことをいってもいいのか？　飯田線で、小林みどりが眠っていたといっているが、本当は、途中でいなくなっていたといっていいのか？　世田谷の殺人事件でも、君のアリバイは成立しないと、いっていいのかね？」

「ごちゃごちゃいわないで、そこを通してください！」

夕子は、久我を睨んだ。

一瞬、久我がひるんだほど、冷たく、憎しみに満ちた眼のように見えた。

何が何だかわからないままに、久我は身体をあけた。

その隙間から、夕子は風のように飛び出していった。

久我は呆然として、見送っていた。

（何があったのだろうか？）

久我はベッドに転がると、考え込んでしまった。

夕子は、久我の望んだとおり、彼の腕のなかで眼を閉じていた。

それが突然はね起きて、風のように、飛び出していったのだ。

（やっぱり、男がいたのだ）

と、久我は思った。

今夜、その男と何か約束をしていたのだろう。突然、それを思い出して、彼女ははね起きて、飛び出していったのだ。

立ちふさがった久我を睨んだ、あの、はねつけるような眼は、何だったのだろうか？

まるで、憎しみを籠めたような眼だった。

少なくとも、愛する男を見る眼ではなかった。

いやでも、十津川の言葉が思い出された。

十津川は、

「あなたが、若宮夕子を愛しているのはわかるが、彼女は、本当にあなたを愛しているんでしょうか？」

と、きいた。

夕子は、ただ単に、久我を利用したのだろうか？

最初に利用したのは、わかっている。問題は、そのあとだ。

お互い、愛し合うようになったと思っていたのだが、愛したのは、久我のほうだけだったのか。

久我は、ひどく自分が惨めに思えてきた。

警察に対する証言を変えて、夕子やみどりを有罪にしてやろうという気持ちは起きなかった。もしそんなことをしたら、なおさら自分が惨めになってしまうのは、わかっていた。

自分で自分が恥ずかしいのだ。耐えられないくらい恥ずかしかった。その恥ずかしさから、少しでも逃れようと思い、久我は新宿に出て、めちゃくちゃに飲んだ。

いつもなら、愉しくなるために飲むのだが、今夜は、ひたすら酔うために飲み続けた。

久しぶりに、道路に吐いた。何度も吐いた。

おまけに、路上で喧嘩をして、殴られ、財布を奪われもした。

何とか自宅のマンションに帰りつくと、泥のように眠った。眠れたのだけが、幸いだった。

翌日、眼をさました時には、とっくに出社時間を過ぎていた。

出社する気にはなれず、そのまま、ベッドに寝ていた。食事をするのも、面倒くさかった。

昼を過ぎた時、ふいにドアが開いた。

(夕子が、昨日のことを謝りにきたのだろうか?)

と、思って、久我は、ベッドの上に起きあがった。

彼女が「ごめんなさい」と、一言いってくれれば、甘いといわれようと、黙って抱きしめたいと思ったのだ。

しかし、入ってきたのは、十津川警部だった。

「あんたか――」

ぶぜんとした顔で、久我は十津川をみた。今日は、警部一人だった。

「会社のほうへ電話したら、今日は出ていないというので、きてみたのですよ。鍵をかけてないのは、不用心ですね」

と、十津川がいった。

「今日は、何の用ですか？」

久我は、居間に十津川を迎えて、眼をこすった。

昨夜はワイシャツ姿のまま、眠ってしまったのだ。

そのワイシャツが、泥で汚れている。

身体のあちこちが痛いのは、昨夜喧嘩をして、殴られたせいらしい。

「事件が一つありましてね。あなたが知らないのなら、お教えしておこうと思って、きたんですよ」

「僕に、関係があることなんですか？」

「大いにありますね」

「まさか――」

一瞬、久我の顔色が変わったのは、夕子のことを思ったからだった。彼女が、どうかしてしまったのではないのか？

「小林みどりですが、彼女が自殺しました」

と、十津川がいった。

6

「自殺した？」

　久我は事態が呑み込めなくて、きき返した。

「昨夜おそく、自宅アパートで首を吊って、自殺したのです。今朝になって、発見されました」

「なぜ、自殺したんですか？　何か遺書があったんですか？」

「いや、遺書は見つかりませんでした」

「じゃあなぜ、自殺なんかしたんですか？　僕は、彼女に有利な証言をしていたんだから、自殺する必要なんかなかったわけでしょう？」

「そう思いますがね」

「警察が自殺に追い込むほど、彼女を痛めつけたということは、ないんですか？」

　久我がきくと、十津川は首を横に振って、

「そんなことはしませんよ。私は、彼女が名古屋で青柳恒夫を殺したと信じていますが、だからといって、自殺に追い込むような真似はしません。自殺されてしまったら、それは、捜査しているわれわれの敗北ですからね」

と、いった。

久我は、その言葉を信じた。この警部は、確かに卑劣な方法はとらないだろう。

「若宮夕子には、きいてみたんですか？」

久我は、きいてみた。

「われわれもすぐ、若宮夕子に当たってみようと思ったんですがね。会社にも出ていないし、自宅にもいないんですよ。久我さんは、ご存じありませんか？」

「いや、知りません。本当に、彼女は行方不明なんですか？」

久我は、昨夜の夕子の行動を思い出していた。あのまま、どこかに消えてしまったのだろうか？

「そうです。今のところ、行方がわかっていません。彼女なら、小林みどりの自殺の理由を、知っているんじゃないかと思うんですがねえ」

「まさか、彼女まで死んでしまったということは、ないでしょうね？」

久我がきくと、十津川は、じっと見返した。

「何か、それらしい心当たりでもあるんですか？」

「そういうことは、ありませんが――」

「久我さん。正直に話してくれませんか。小林みどりが自殺したことで、事態は変わってしまいました。ひょっとすると、若宮夕子まで自殺してしまうかもしれなくなってきています。若宮夕子に最後に会ったのは、いつですか？」

「――――」

「会っているなら、正直に話してくれませんか？」

「昨日、会いました」

と、久我はいった。

「何時頃、どこでですか？」

「昨日の夜、ここへきてくれたんです。六時頃だったと思います。僕が夕食を作って、二人だけのパーティを開いたんです。酒も飲みましたよ」

「そのあとは？」

「いい雰囲気だったんです。そしたら突然、彼女が帰るといい出して、僕は、もう少しいてくれといったんですが、振り切るようにして帰っていったんです」

「何時頃ですか？」

「午後十時を、少し過ぎていたと思います」

「彼女と、喧嘩をしたんですか？」

「なぜですか？」

「いい雰囲気だったのに、突然、飛び出してしまったんでしょう？　とすると、喧嘩でもしたんじゃないかと思ったんですがね」

「それが、何もなかったんです。少なくとも、僕は、彼女に対して何もしませんでした。口論をした記憶もありません。突然、彼女が帰ると言い出したので、今でも何が何だか、わからないでいるんですよ」

「彼女が帰ってしまったあと、あなたは何をしたんですか？」

「どうしていいかわからないんで、新宿へいって飲みましたよ。ただひたすら酔いたくてね。今でも、二日酔いで、頭が痛いんです」

「若宮夕子がここを飛び出したのが、午後十時過ぎですか？」

「ええ」

「どうやら、小林みどりは、そのすぐあとで自殺したらしいのですよ」

「じゃあ、彼女が飛び出していったことと、小林みどりの自殺とが、関係があるというんですか？」

「わかりませんが、時間的には接近していると思いますよ」

と、十津川はいった。

7

一日が、空《むな》しく流れた。

久我は、何度となく夕子の会社に電話し、彼女のアパートにも電話してみたが、いつも彼女はいなかった。

どこかへ、消えてしまったのだ。

翌日、やはり出社する気になれなくて、久我は無断欠勤をした。

夕子がいなくなってしまった空白が、久我にとって、あまりにも大きすぎたのだ。

夜おそくなって、電話が鳴った。

(夕子からではないか)

と、思い、受話器を取って、

「もし、もし！」

と、叫ぶようにいったのだが、返ってきたのは、十津川の声だった。

「私です」

「なんだ。警部さんですか」

「若宮夕子が、見つかりました」

「本当ですか？　どこにいたんですか？」

「鎌倉から逗子あたりの海岸を、ずっと歩き回っていたらしいんです。どうやら、死ぬ気だったみたいですね」

「なぜ、そんなことに――？」

「これから、事情をきくところです。何かわかったら、また連絡しますよ」

と、十津川はいった。

久我はじっとしていられなくて、捜査本部のある世田谷署へいってみた。

十津川が、出てきた。

「どんな具合ですか？」

と、久我がきいた。

「今、亀井刑事が、取調べに当たっています」

「取調べって、彼女は犯人じゃないはずですよ。僕の証言で、アリバイが成立したんだから」

久我が異議を唱えると、十津川は妙な笑い方をした。

「もう、久我さんの証言は必要なくなりました」

「なぜですか？」

「彼女が今、自供をしているからです。小林みどりと共謀して、名古屋で青柳恒夫を殺したこと、それに世田谷で羽田岩男を殺したこともです」

「わけがわかりませんね。なぜ彼女は、急にそんなことをいう気になったんですか？」

「それを今、亀井刑事が彼女にきいているところです」

その亀井刑事は、十五、六分して姿を見せると、十津川を呼んで、何か話を始めた。

取調べの結果を、十津川に報告しているのだろう。

時々、二人が久我のほうを窺っているのをみると、どうやら彼に関係した話をしているようだった。

亀井がいなくなると、十津川が久我のところに戻ってきて、

「若宮夕子は、すべてを自供しましたよ。名古屋で青柳恒夫を殺したのは、小林みどり、世田谷で羽田岩男を殺したのは、若宮夕子とわかりました。アリバイトリックも、こちらが想像したとおりのものでした。これで、今度の事件はすべて解決しました。あなたには、いろいろとご迷惑をおかけしましたが」

「僕を、偽証罪で逮捕しないんですか？」

「その必要は、なくなりました。若宮夕子が殺人を否認しているのなら、あなたを偽証罪で逮捕することもあるでしょうが、彼女は今、殺人を認めましたからね。あなたを、偽証罪で逮捕する必要がなくなってしまったんですよ。私はね、必要のないことはやらない主義でしてね。これで、すべてが終わりました。あなたも、事件のことは忘れてください」

「ちょっと待ってください。僕にとって、事件は終わっていませんよ。夕子に、会わせてください」

と、久我は十津川に頼んだ。

8

「会わないほうが、私はいいと思いますよ」

十津川は、そういった。

「なぜですか？」

「たぶん、あなたが傷つくと思うからですよ。終わった事件のことは、もう忘れなさい」

「事件は終わったかもしれませんが、僕と彼女との関係は、まだ終わっていないんですよ。少なくとも、僕の気持ちのなかでは終わっていないんです。なぜ突然、彼女は僕の前から姿を消してしまったのか？　彼女に会って、彼女の口から、その理由をきかせてもらいたいんです」

「彼女は、あなたに会いたくないと、いっていますよ」

「それ、本当ですか？」

「亀井刑事が、彼女にきいたそうです。久我さんに、会いたいかとね。そうしたら彼女は、会いたくないといったそうです」

「信じられませんね。僕と彼女との間には愛があったと、今でも信じているんです。

とにかく会わせてください。僕は、彼女の口から、直接、ききたいんです」

「結果は、あなたが傷つくことになってもいいんですか？」

「構いませんよ」

と、久我はいった。

十津川は、しばらく考えていた。

「いいでしょう。彼女に会わせましょう」

と、十津川はいってくれた。

「会うときは、二人だけで会うようにしてくれませんか？」

「いいでしょう」

十津川はいった。

久我は、取調室で、夕子に会った。

最初、彼女が別人に見えた。

そこにいるのは、今まで久我が知っていた夕子ではなかった。

鎌倉から逗子にかけての海岸をさまよっていたというだけに、服が汚れ、顔も汚れている。

しかし、久我を驚かせたのは、そうした汚れではなくて、彼女の表情だった。

暗い、いかにも暗い眼だった。しかも、その暗さのなかには憎悪があった。

明らかに、夕子は久我を憎んでいる。

ただ久我には、なぜ彼女が突然、自分を憎み始めたのか、わからないのだ。それを、知りたかった。

「僕には、君の気持ちがわからない。なぜ、急に変わったのか、それを教えてもらいたいんだ」

久我がいったとたん、夕子は突然、

「人殺し！」

と、叫んだ。

久我はあっけにとられて、夕子の引き攣っている顔を見つめた。

急に、彼女が堰を切ったように、わめき始めた。

「あなたのおかげで、みどりは自殺してしまった。あなたが彼女を殺したんだ。私はね、あなたなんか好きじゃなかった。虫酸が走るほど、嫌いだったわ。由紀の仇を討つために、仕方なく、あなたを利用したのよ。それなのに、やたらにのぼせあがって。あなたみたいな人を、私が本気で好きになると思うの？　冗談じゃないわ。私が好きだったのは、みどりだけよ。みどりが由紀の仇を討とうといったから、私も賛成したのよ。あなたなんか何とも思わなかったけど、みどりが、利用してアリバイを作ろうといったから、仕方なくあなたに近づいて、笑って見せたりもしたのよ。あなたは、それを勘違いしたのかどうか知らないけど、だんだん図々しくなってきたわ」

「――」

「それにつれて、私と大事なみどりとの仲が、おかしくなってきたのよ。あの時、あなたを殺してしまえばよかったわ。そうしておけば、みどりが死ななくてもすんだのに。あの夜は、みどりと一緒に過ごして、彼女の誤解を解こうと思ってたのよ。それなのに、あなたは私とみどりを脅して、強引に私を抱いたわ。なぜ、それを断らなかったんだろう。なぜ、あなたのマンションなんかにいってしまったんだろう」

急に夕子が泣き出した。

久我はただ、呆然として見つめているより他はなかった。

「あなたが、殺したんだ！」

と、夕子はまた叫んだ。

「みどりは、私が、自分を捨てて、男に走ったと思って、絶望して自殺してしまったのよ。みどりが死んでしまったら、もうアリバイも何もどうでもよくなったわ」

「自分を――」

大事にしたほうが、と、久我がいいかけたとき、夕子はキッとした眼になって、

「出ていってちょうだい！　あなたがそこにいると、殺したくなるのよ！」

と、叫んだ。

久我は、自分が、その言葉で殺されたと思った。

見知らぬ時刻表

1

日頃、事件に追われて、家族との対話の少ない捜査一課の亀井刑事は、非番の日は、努めて、妻や子供と、過ごすことにしていた。

その日が、日曜日なら、子供たちを連れて、遊園地や、映画を見にいったりする。

十二月初旬のその日も、日曜日と非番が重なったので、亀井は、妻や子供たちを連れて、後楽園へ出かけた。

風がない日で、春のような暖かさだった。

小学生の子供二人が、ジェットコースターなどで、遊びに夢中になっているのを、亀井は、妻と二人、ベンチに腰を下ろして、見守った。

こんな時の亀井は、平凡な父親でしかない。

帰りに、国電水道橋駅近くの喫茶店で、ケーキと、コーヒーを注文した。

子供二人は、ケーキとミルクである。

亀井が、コーヒーをブラックで飲んでいると、長男で、小学校六年の健一が、急に、腰をもぞもぞさせ、お尻の下から、紙を一枚取り出して、テーブルの上にのせた。

「こんなものが、落ちてたよ」

と、健一が、亀井にいった。

細長い紙である。一杯、数字が書いてあった。

「どれ、見せてごらん」

亀井は、テーブルの上から、その紙片をつまみあげた。

数字が、タテに並んでいた。

9001
900 ⑨
(907)
〈924〉
(1007)
(1026)
1045
(1100)
1131
1231
(1301)
〈1355〉
(1418)
〈1500〉
1557
1630

ボールペンで書いたもので、どうやら、手帳のページらしい。

(数字ばかりだな)

と、亀井は、呟いた。

妻の君子が、のぞき込んだが、首を振って、

「何でしょうね?」

「何かのメモだろうが、わからん」

　別に、事件というわけでもないので、亀井は、深く考えなかったが、丸めて捨てる気にはなれず、小さくたたんで、ポケットに入れた。

　翌日、警視庁の捜査一課に出たが、不思議に、事件のない日だった。

　昼休みに、亀井は、ポケットのなかに、例の紙片が入っているのに気がついて、取り出して、眺めた。

　若い西本と、日下《くさか》の二人の刑事が、寄ってきて、

「何ですか？　それ」

「まさか、競馬か、競輪の出目表じゃないでしょうね」

「そうかもしれないぞ。カメさんも、すみに置けないから」

　二人の若い刑事が、いいたいことをいう。

　亀井は、苦笑して、

「私が馬券を買うのは、ダービーの時だけだ。これは、昨日、後楽園へ子供を連れていった帰りに、コーヒーを飲みに入った喫茶店に落ちていたんだ」

「後楽園なら、やっぱり、競輪ですよ。日曜日なら、競輪をやってますからね」

「すると、あの数字は、時間だというのか？」

「ええ、最初の９００１は、何のことかわかりませんが、次の９０００は、九時のこと

じゃありませんか。次が、九時〇七分、九時二四分。そして、最後が、一六時三〇です。どうです。ぴったりくるじゃありませんか」

西本が、得意そうに、いった。

「なるほどね。確かに、時間のようだ。だが、競輪じゃないよ。競輪の発走というのは、一定の間隔で、おこなわれるはずだ。これは、ばらばらだ」

「じゃあ、時刻表でしょう。それなら、ばらばらな数字が、わかりますよ。何かの列車の主要駅の発着時刻じゃありませんか？」

「君も、時には、まともなことをいうじゃないか。時刻表を持ってきてくれ」

と、亀井は、いった。

西本が、棚から、時刻表を持ってきた。

「九時出発で、一六時三〇分着の列車だな」

と、亀井は、呟いた。

「しかし、どこの駅が出発なのか、これじゃあ、わからないね」

「常識的に見れば、水道橋の喫茶店にあったのなら、東京駅じゃありませんか」

日下が、いった。

「それで見てみよう。午前九時ちょうどに、出発する列車があるかな」

亀井は、時刻表のページをめくっていった。

まず、新幹線の時刻表である。

九時〇〇分東京発の「ひかり23号」というのがあった。しかし、次の停車駅は、名古屋で、これは、一一時〇一分である。ぜんぜん一致しない。

次は、在来線の方だった。

東海道本線にも、九時〇〇分発があった。

L特急の「踊り子3号」である。

九時〇〇分東京発のこの列車は、次の品川は、九時〇七分発になっている。

「ぴったり一致するじゃないか」

亀井は、パズル遊びをしている子供みたいに、嬉しそうな顔をした。

日下が、横からのぞき込んだ。

「『踊り子3号』は、その次に、川崎停車で、九時一七分。これは、カメさんのメモには、書いてありませんね。その次は、横浜着九時二四分。これは、ぴったり一致してますよ」

「そうだな。何となく『踊り子3号』の時刻表に似ているね」

亀井は、紙片の数字と「踊り子3号」の時刻表を、並べてみた。

熱海までは、よく似ている。違っていても、一分である。

だが、その先が、まったく違っていた。

「踊り子3号」の場合は、伊豆急下田着一一時四七分で、終わってしまうからである。

次は、上野発の列車を調べてみる。

東北本線は、上野を、九時ジャストに発車する列車がない。

常磐線も、八時〇〇分と、九時一〇分というのはあるが、九時ちょうどという列車は見つからなかった。

大宮発の東北新幹線と、上越新幹線には、東北新幹線の方に、九時〇〇分発があったが、次の停車駅宇都宮が、九時三一分で、違っている。

「どうも、時刻表とは違うようだぞ。第一、時刻表には、マルカッコや、カギカッコは、ついてないじゃないか」

亀井が、お手上げの格好でいったとき、事件発生の知らせが入った。

2

正確にいうと、沼津市内で起きた事件である。

沼津市内で、一人の女が殺された。

名前は、名取かおる。年齢二十五歳。所持していた運転免許証によれば、住所は、東京の練馬区石神井《しゃくじい》である。

静岡県警からの捜査依頼だった。

「被害者は、今日の午前十時三十分に、沼津駅近くのラブホテルで殺された」

と、十津川警部は、メモを見ながら、亀井と、日下に、いった。

「十時三十分というのは、間違いないんですか？」

亀井が、きく。死亡時刻が、はっきりしている事件というのは、少ないからである。

「ラブホテルの従業員が、発見したとき、まだ、かすかに、息があった。救急車で、病院に運ぶ途中で死亡した。その時刻が、十時三十分だったといっている」

「刺されて、殺されてしまったんでしたね？」

「そうだ。胸を、ナイフで刺されていたそうだ。指紋はついていなかった。静岡県警は、前日の夜、一緒に泊まった男を、犯人と考えている」

「ラブホテルの従業員は、その男の顔を見ていないんですか？」

若い日下がきくと、十津川は、笑った。

「県警の話では、そのラブホテルは、従業員と、顔を合わせずに、部屋に入れるようになっているそうだ。料金を払うと、部屋のキーが出てくるようになっているやつだよ」

「どんなカップルだったんですかね？　にわか作りのカップルだとすると、男を見つけ出すのは、骨ですよ」

亀井が、いった。

「それは、わからないが、金や、腕時計を盗まれてはいないそうだ」

「すると、怨恨ですか？」

「その可能性が強いようだ。ただのカップルなら、ナイフを持って、ラブホテルに泊まったりはしないだろう。男は、最初から、殺すつもりで、ラブホテルに入ったのかもしれない。だから、名取かおるという この被害者の身元を洗って、関係のある男の名前を見つけ出してくれ」

「わかりました」

亀井は、日下を促して、警視庁を出た。

最近、東京でも、ラブホテルのなかで、女性が殺される事件が、頻発している。犯人は、なかなか、捕まらない。行きずりに出来たカップルということもあるが、一番の問題は、ラブホテルが、従業員に顔を見られずに入れるものが多いことだった。

今度の犯人も、それで、沼津のラブホテルを、利用したのだろう。

亀井は、日下と、石神井に着いた。

名取かおるの家は、マンションの一室だった。

六階建のマンションの五〇二号室である。

管理人に、開けて貰って、なかに入った。

２ＬＤＫのなかなか、豪華な部屋である。

「名取かおるさんは、何をしていたか、わかりますか？」

と、亀井は、管理人に、きいた。

「銀座のクラブで、働いているということですよ」

管理人が、ニヤッと笑っていった。

「じゃあ、ホステスですか？」

「そうらしいですね。名取さんが、どうかしましたか？」

「殺されました」

「え？」

「店の名前は、知りませんか？」

「二、三度、きいたことがあるんですよ。ええと――そうだ。『かえで』という名前ですよ」

「亀井さん」

と、部屋を調べていた日下が、亀井を呼んだ。

「どうしたんだ？」

「これを見て下さい」

日下は、一枚の写真を、亀井に見せた。

名取かおると、四十歳ぐらいの男が、仲よさそうに、写っていた。

「他《ほか》にも、同じ男の写真が、四、五枚ありました。他の男の写真は、ありません」

「恰幅のいい男だな」

「これが、犯人ですかね？」

「さあね。容疑者一号といったところだろう」

亀井は、その写真を、管理人に見せた。

「この男が、このマンションに、きたことがありますか？」

「いや。見たことは、ありませんよ」

管理人が、首を振った。

亀井は、写真を、ポケットに入れた。

「夕方になったら、銀座へいってみよう」

3

「かえで」という店は、新橋寄りの、雑居ビルの五階にあった。

近くで、夕食をすませてから、亀井と、日下は、その店にいき、ママに会った。

「名取かおるさんは、ここで働いていたんですね？」

亀井が、きくと、和服姿のママは「ええ」と、肯いた。

「でも、あの娘《こ》、昨日から休んでますけど」

「実は、沼津で、殺されました」

「え？」

「本当なんですか？」

ママは、本当に、びっくりした顔になった。

「そうです。沼津のラブホテルで、殺されました。胸を刺されてね」

「誰が、そんなことを——？」

「それで、この写真を見て下さい」

亀井は、持ってきたカラー写真を、ママに見せた。

「知っていますか？」

「ええ」

ママは、あっさり肯いた。

「名前は、何というのか教えて下さい」

「加藤さんですわ。M商事の部長さんですわ。時々、きて下さいます」

「この店の常連ということですか？」

「ええ。よく、お得意さんを連れて、きていただいていますわ」

「この写真を見ると、名取かおるさんと、相当仲がよかったようですね」

「それで、心配していたんですよ」

「心配というと？」

「加藤さんは、エリート社員ですよ。四十歳で、M商事という一流会社の部長さんですもの。それに、なかなか美男子で、女性にもてるんです」

「プレイボーイ？」

「ええ」

「だから、心配していたんですか？」

「そうですわ。この娘は、美人だし、優しいし、人気はありましたけど、やはり、ホステスですわ。加藤さんの方は、エリートだし、将来の重役候補、それに、奥さんだって、いらっしゃるし――」

「なるほど」

「それなのに、彼女は、夢中になってしまったんですよ。加藤さんは、奥さんと離婚して、お前と一緒になるといったって、彼女はいってましたけど、そんな男の約束なんか、当てになりませんわ」

「男の方は、もて余していたんですかね？」

「それは、あったと思いますよ。あの娘は、自分と結婚してくれないのなら、奥さんのところに怒鳴り込むと、加藤さんを、脅していたみたいだし――」

「なるほどね。彼女は、開き直っていたわけですか」

「ええ」

「昨日から休んでいるといいましたが、沼津へいくというようなことは、いっていませんでしたか?」

「それは、きいていませんわ。でも、他の娘が、きいているかもしれませんわね」

ママは、殺された名取かおると、仲がよかったホステス二人を、カウンターに呼んでくれた。

二人とも、名取かおるが、殺されたことをきくと、一様に、顔色を変えていたが、

「一昨日は、彼と一緒に、旅行するんだと、はしゃいでいたんですよ」

と、一人が、いった。

「一昨日にね。彼というのは、加藤という男のことですか?」

「と、私は、思ってましたけど。でも、確かめたわけじゃありませんわ。彼女は、彼といっただけだから」

「旅行は、どちらの方面にいくといっていました?」

「それも、きいていませんわ。のろけられるのも馬鹿らしいから、それ以上、きかなかったんです」

「加藤という部長が、最近、ここへきたのは、いつですか？」

「一昨日じゃなかったかしら？」

「名取かおるさんが、あなたに、彼と旅行するといった日ですね？」

「ええ。そして、昨日から休んでいるんで、ああ、彼と旅行にいってるんだなと、思っていたんです」

「彼女と、加藤部長の間は、うまくいっていたんですか？　ママは、男の方が、もて余していたんじゃないかといっているんだが」

亀井がきくと、二人のホステスは、顔を見合わせていたが、

「そうねえ。最近は、彼女の方が夢中で、どうしても、加藤さんと結婚したいっていってたから、そうかもしれないわ」

と、一人がいった。

「加藤部長は、結婚する気はなかったのかな？」

「そんな気なんか、あるもんですか」

と、ホステスは、吐き捨てるように、いった。

4

「加藤という男は、動機ありですね」

外へ出たところで、日下が、いった。

「そうだな。もて余して、殺したということは、充分に考えられるが――」

と、亀井は、言葉を切ってから、

「問題は、今、どこにいるかだ。それに、アリバイだ」

二人は、警視庁に帰ると、十津川に報告してから、静岡県警にも、連絡した。

加藤の写真も、電送された。

翌日、十津川は、東京駅前に本社のあるM商事に電話をかけた。

「そちらに、加藤という部長さんが、いらっしゃいますね？」

と、十津川がいうと、交換手は、

「第二営業部長の加藤でございますか？」

「他に、加藤という部長さんは、いらっしゃいますか？」

「いいえ」

「では、その加藤さんに、つないで下さい」

「ちょっとお待ち下さい」

と、交換手がいい、すぐ、若い男の声に代わった。

「こちら、第二営業部ですが」

「部長さんは、いらっしゃいますか？」

「今、部長は、大阪に出張で、いっております」

「いつから、いっているんですか？」

「昨日からです。新大阪ホテルに泊まっておりますので、急用でしたら、ホテルの方へ、お電話下さいませんか。今日は、十時になると、大阪鉄工KKの方へいくことになっております」

と、相手がいう。

十津川は、腕時計を見て、九時十三分であることを確かめてから、新大阪ホテルの方へ、かけた。

M商事の加藤という名前をいうと、ホテルの交換手が、すぐ、つないでくれた。

「加藤ですが」

という、落ち着いた男の声がきこえた。

「警視庁の十津川といいます」

「警察が、私に、何の用ですか？」

「名取かおるという二十五歳の女性を、ご存じですね？」

「いや。知りません」

「彼女は、銀座のクラブ『かえで』のホステスです。加藤さんとは、かなり親しくしていたようですがね」

「名取かおる？」

と、加藤は、考えてから、

「ああ、久美のことでしょう。店では、久美と呼ばれていたものですから、そちらの方を覚えてるんです。彼女が、どうかしましたか？」

「死にました。沼津市内のラブホテルで、殺されました」

「殺された――それで、犯人は、捕まったのですか？」

「そのためにも、あなたの力を貸していただきたいのです」

「どうすればいいんですか？」

「取りあえず、私の質問に、正直に答えて下さい。昨日の午前十時半頃、どこにいましたか？」

「昨日の十時半ですか。私の家が、成城にあるんですが、大阪へいくので、そろそろ、家を出るところじゃなかったかな」

「昨日、大阪へいかれたわけですか？」

「そうです。午前一一時二四分の『ひかり151号』に乗りましたから、十時半というと、家を出るところぐらいだったと思いますよ」

「奥さんは、その時、家にいらっしゃいましたか？」

「いや、母親が倒れたので、実家へ帰っていましたよ。実家は、福井です」

「では、昨日は、加藤さん一人だったわけですか？」

「そうです。三日前から、やもめ暮らしをしておりましたよ」

　と、加藤が笑った。

「一一時二四分東京発の『ひかり151号』に乗られたんでしたね？」

「そうです」

「それを、証明できますか？　昨日、その列車に乗ったということをです」

「証明といわれてもねえ。そうだ。新大阪駅に、大阪支社の者が、二人迎えにきてくれていましたよ。確か、業務部の二宮君と、田中君だったと思います。一四時三四分着の『ひかり151号』に乗ると、電話しておいたので、迎えにきてくれていたんです。あの二人が『ひかり151号』に乗ってきたことを、証明してくれるはずです」

「二宮さんと、田中さんですね」

　と、十津川はメモしてから、

「ところで、名取かおるさんについて、どう思いますか？」

「急にいわれても、困りますね。きれいな女性なので、好きでしたが、それだけですよ」

「ママや、同僚のホステスは、彼女が、あなたに対して、熱をあげ、あなたが、もて余していたと証言していますが、この点は、どうですか」

「まあ、光栄ですが、私が客で、よく、お得意を連れていくので、大事にしてくれていただけですよ。それに、彼女は、誰にでも、惚れるタイプですから、私と、特別な関係というのは、間違いですよ。普通の客とホステスの関係ですよ」

「しかし、加藤さん。名取かおるは、三日前、彼と、旅に出ると喜んでいたそうなんです。その彼というのは、あなたのことだと、皆が、いっていましたがね」

「それは、何かの間違いでしょう。今もいったように、私は、昨日、一一時二四分東京発の『ひかり』で、こちらへきたんです」

「それは、会社へ出ずに、直接、東京駅へいかれたわけですか？」

「そうです。以前に、大阪支社へいくことはいってありますからね」

「しかし一一時二四分発というのは、少し遅いんじゃありませんか？」

十津川がきくと、加藤は、電話の向こうで、小さく笑った。

「昨日中に、大阪へ着けばいいことになっていたからですよ。それに、支社での会議が午後四時から開かれることになっていましたから、それに間に合うように、いったわけです。あまり早くいって、支社のなかを、うろうろしていては、かえって、気遣いをさせるだけですからね」

「なるほど。わかりました」

「私は、M商事の部長の椅子にある者です。殺人なんかやりませんよ。下らん」

最後は、吐き捨てるようにいって、加藤は、電話を切ってしまった。

5

「どうですか？　電話されて、加藤という男の感触は」

亀井が、きいた。

十津川は、すぐには、返事をせず、考えていたが、

「わからないな。自信満々に答えていたよ。それが、シロだからか、逆に、犯人だが、絶対に、捕まらないと思っているからなのか、どちらとも取れる感じだよ。最後に、M商事の部長だから、殺人なんかやらんといったよ」

「人を殺すのは、肩書きでやるもんじゃないでしょう」

と、亀井が、笑った。

十津川は、立ちあがって、黒板の前にいくと、加藤がいった昨日の彼の行動を、時間を追って書いていった。

◎一〇時三〇分頃　成城の家を出る

◎一一時二四分　「ひかり151号」

東京発

◎一四時三四分　新大阪着

支社の二宮、田中が、駅に迎えにきていた。

書いておいてから、十津川は、M商事の大阪支社に電話をかけ、業務部の二宮という社員に出て貰った。

若い男の声が、電話口に出た。

「ええ。確かに、昨日、新大阪へ、加藤部長を迎えにいきました」

「一四時三四分の『ひかり151号』で着くと、前もって、連絡があったんですね？」

「はい。連絡がありましたから」

「どこで、待っていたんですか？」

「ホームでです」

「それで、加藤さんは、ちゃんと、列車からおりてきましたか？」

「はい。グリーン車から、おりてきましたが、それが、何か？」

二宮が、きき返した。

「それ、間違いありませんか？」

と、十津川は、構わずに、きいた。

「もちろん、間違いありません。私と、田中が、ホームで待っていたら、一四時三四分着の『ひかり151号』が入ってきて、グリーン車から、加藤部長が、おりてきたんです。12号車です。それから、車で、ホテルへ送りました」

「支社の会議に出られたんでしょう？」

「はい。会議は、四時からなので、いったん、ホテルへ入って、それから、部長は、出席したわけです」

「もし、嘘をつかれていると、偽証罪になりますよ」

「嘘なんかつきませんよ。なぜ、私が、嘘をつかなければ、ならんのですか」

二宮は、憤然とした口調でいった。

「事実なら、問題は、ありません」

十津川は、そういって、電話を切った。

加藤が、昨日、新幹線で、新大阪へいき、一四時三四分に着いたことは、まず、間違いないようである。

だが、加藤が犯人だとすれば、新大阪へ着くまでの間に、沼津で、邪魔になる名取かおるを殺したのだ。

問題は、十時三十分に、沼津のラブホテルで、殺人を犯して、午後二時三四分に新大阪駅に着く「ひかり151号」に乗れるかということである。

十津川と、亀井は、時刻表を見て、大阪方面行の列車を調べてみた。

沼津には、新幹線は、停車しない。

とすれば、沼津からは、在来線に乗って、静岡か名古屋までいき、新幹線に乗りかえたことになるだろう。

東海道本線のページを開くと、新幹線の改善で、本数が少なくなっていることに気がつく。

十時三十分頃、沼津から西へいく列車は、次のとおりである。

	(熱海発各駅)	(熱海発各駅)
沼津発	10.56	11.26
	↓	↓
静岡着	11.54	12.24
発	11.56	12.26
	↓	↓
浜松着	13.07	13.38
	↓	
名古屋着	14.53	

乗ったとすれば、一〇時五六分沼津発の列車だろう。しかし、名古屋まで、この各駅停車でいったのでは、絶対に間に合わない。名古屋で、一四時五三分になってしまうからである。

とすれば、この列車で、静岡までいき、静岡から、名古屋まで「こだま」を使い、名古屋から「ひかり」に乗ったに違いない。

その「ひかり」が、新大阪着一四時三四分の「ひかり151号」なら、彼のアリバイは崩れるのだ。

果して、この列車に、名古屋で乗れるかである。

一一時五四分に、静岡に着けたとすると、何時発の「こだま」に乗れるのだろうか？

一二時〇四分静岡発の「こだま451号」というのがある。

この列車に乗ると、名古屋着が、一三時一八分になる。

一方「ひかり151号」の名古屋発は一三時二七分だから、間に合うのである。

「加藤のアリバイが崩れましたね」

と、亀井が、いった。が、十津川は、首を振って、

「駄目だよ。この『こだま451号』は、季節列車なんだ。運転期日のところを見てみたまえ。十二月三十日と、一月三→五日しか運転しないんだ。事件の起きた十二月七日は、運転していないんだ」

「そうですね。参ったな」

「この列車が駄目だとすると、静岡に停車する次の『こだま』は、一二時一六分発の『こだま233号』だ。この列車は、新大阪行だが、そのまま新大阪まで乗っていくと、一四時五四分に着く。これでは、二十分おそくなってしまう。名古屋でおりて、乗りかえるより仕方がないが、名古屋着は、一三時三〇分だ」

「問題の『ひかり151号』は、名古屋着が一三時二五分。発車が、一三時二七分で

すから、乗れませんね」

「そうだ。乗れないんだよ。十時三十分に、沼津で殺人をやったら『ひかり151号』には、乗れないんだ」

「すると、加藤は、シロということになってしまうわけですか？」

「あとは、列車を使わずに、車を走らせた場合だな。沼津のラブホテルで、名取かおるを殺したあと、車を飛ばして、名古屋で『ひかり151号』に乗れるかどうかということになる。これは、静岡県警に、調べて貰おう」

と、十津川は、いった。

6

静岡県警は、沼津署に、捜査本部を置いて、事件を追っていた。

東京警視庁からの連絡で、M商事の加藤部長が、容疑者として、浮かびあがってきた。

問題は、沼津駅前のラブホテルで、午前十時三十分に、名取かおるを殺した犯人が「ひかり151号」に乗って、一四時三四分に、新大阪駅に着けるかということである。

警視庁からの連絡によれば、列車を利用したのでは、不可能だということだった。車を利用すれば、可能かどうかを、こちらで、調べなければならない。

問題のラブホテルは、国鉄沼津駅の傍にある。歩いて、七、八分のところである。車で、新大阪に向かうとしたら、どんな道順を選ぶだろうか？

国道1号線に近いが、渋滞も考えられるし、信号も多いから、時間が、かかるだろう。

一番早い方法は、東名高速に入ることである。

沼津駅の北に、沼津インターチェンジがある。ラブホテルを出て、車で、沼津インターまでいくのに、三十分かかる。東名高速に入ったあと、新大阪まで走っては、とうてい間に合わない。新幹線は、時速百六十キロぐらいで走っているからである。

名古屋まででも間に合わない。新幹線は「こだま」でも、百キロを超すスピードで走るからである。

とすれば、沼津と静岡の間を、東名高速で突っ走って、静岡駅から「こだま」に乗って名古屋へいき、名古屋から「ひかり151号」に乗りかえる方法が、一番早い。

もし、これで間に合わなければ、加藤のアリバイは、成立してしまう。

静岡県警の二人の刑事が、実際に、車で走ってみた。

ラブホテルから、三十分で、沼津インターチェンジで、東名高速に入った。

静岡に向かって、百二十キロのスピードで、車を飛ばした。三十分で、静岡インターチェンジに到着。ここから、静岡市内に入り、国鉄静岡駅に向かった。

信号待ちや、渋滞があったが、そうしたロスは、無視することにした。加藤が走った時には、スムーズにいったかもしれないからである。

二十分で、国鉄静岡駅に着く。

車をおり、切符を買わずに、改札口を通る。加藤は、前もって、新幹線のきっぷを買っておいたに違いないからである。

警察手帳を見せて、改札口を抜けた二人の刑事は、新幹線ホームに向けて、階段を駆けあがった。

車をおり、改札口を抜け、ホームに向けて、階段を駆けあがるのが、意外に、時間がかかる。八分かかってしまった。

沼津駅前のラブホテルから、静岡駅の新幹線ホームまでの所要時間は、合計、一時間二十八分ということになった。

十時三十分に、ラブホテルを出たとすると、静岡駅のホームには、十一時五十八分に着くわけである。

「十一時五十八分か」

二人の刑事は、その数字を見て、唸ってしまった。

静岡を、一一時五二分に出る「こだま229号」があって、この列車に乗れば、名古屋で「ひかり151号」に乗りかえられるからである。また、この「こだま」は新大阪まで乗っていっても「ひかり151号」より四分早く着けるのだ。

その差は、わずか六分である。

沼津の現場から、静岡駅の新幹線ホームまでの間に、六分間短縮できれば、加藤は、名取かおるを殺して「ひかり151号」に乗り、何くわぬ顔で、新大阪駅にいけるのである。

一時間二十八分のうちの六分を短縮するのは、絶対に、不可能ではないだろう。

東名高速も、もう少しスピードを出して飛ばすとか、沼津のラブホテルから、沼津インターチェンジまでを、もう少し早く走らせればいいのだ。

そうすれば、ぎりぎりで、間に合う。

「しかしねえ。加藤はエリート社員だろう。部長の地位をかけて、殺人を犯したとしたら、そんな綱渡りみたいな計画を立てるだろうか。鉄道みたいに、九十パーセント、時刻表どおりに動く列車を利用する場合なら、一分きざみの計画でもいいが、車の場合は、どこで渋滞に巻き込まれるかわからないからね。二、三十分の余裕は、見ておかなければならないんじゃないか？」

刑事の一人が、思案顔で、いった。

「しかし、警視庁からの話では、国鉄を使ったのでは、加藤は、殺人のあと、一四時三四分に新大阪には着けないんだぜ。となれば、車を利用したとしか考えられないじゃないか」

もう一人が、反論した。

二人の意見の違いは、沼津署へ戻ってからも、続いたが、それをきいていたベテランの寺西という刑事が、

「そりゃあ、駄目だよ」

と、いった。

「どうしてですか？」

「事件のあった日に、日本平インターチェンジの近くの下り線で、タンクローリーが、横転事故を起こし、下り車線が、二時間にわたって、閉鎖されたんだよ。それは、十時頃だったと思うがね」

「本当ですか」

若い刑事は、あわてて、新聞の綴りを持ってきた。

なるほど、出ていた。

午前十時五分頃、東名高速の日本平インターチェンジ近くで、大型のタンクローリ

ーが横転し、そのため、下り車線が、二時間にわたって、閉鎖されたとある。片側通行にしたのだが、ここで、十五、六分は、おくれてしまうだろう。

「そんな事故でなくても、小さな事故でも、五、六分は、おくれてしまう。車の正確な到着時間は、計算できないよ。私は、加藤が犯人だとして、車は、使わなかったと思うね」

と、寺西が、いった。

「しかし、鉄道も、駄目なんですよ」

若い刑事の一人が、肩をすくめるようにしていった。

7

問題は、また、東京に投げ返された感じだった。

静岡県警でも、謎の解明に当たるだろうが、警視庁としても、何とかして、加藤のアリバイを崩す必要があった。

「もう一度、時刻表を見てみましょうか?」

日下がいうのに、亀井が、

「何回見ても同じだよ。うまく間に合うような列車がないんだ」

と、いった。

「しかし、加藤が犯人なら、可能だったわけでしょう」

西本が、首をかしげながらいったとき、十津川警部が、入ってきた。

「今、静岡県警から、新しい連絡がはいったよ」

「何か、可能な方法が見つかったんですか?」

亀井が、期待してきいた。

「いや、逆なんだ。例のラブホテルを、十時三十分に出発して、実際に、列車で、静岡までいってみたというんだ。時刻表では駄目だが、実際には、可能かもしれないというんでね」

「それで、やっぱり、駄目だったんでしょう?」

「そうらしい。ラブホテルは、駅前にあるから、沼津駅まで、五分でつけた。十時三十五分だ。この時間の大阪方面行の下り列車は、一〇時五六分発の普通電車しかないので、それに乗って、静岡へいき、そこから『こだま』に乗った。ところが、普通電車の静岡着は、一一時五四分なので、一二時一六分静岡発の『こだま233号』にしか乗れなかった。これでは、名古屋に着いたときには『ひかり151号』は、三分前に発車していたそうだ」

「われわれが、時刻表で調べたとおりですね」

「つまり、これで、加藤のアリバイは、完全なものになったわけだよ」

十津川が、ぶぜんとした顔で、いった。

「しかし、警部。加藤の他に、名取かおるを殺すような人間は、浮かんでこないんですがね」

亀井は、じっと、考え込んだ。

加藤は、犯人ではないのだろうか？　アリバイがある限り、犯人ではなくなってしまう。

しかし、加藤は、事件の日に、東京から新大阪へいっている。事件が起きた沼津は、その間にある町なのだ。

しかも、加藤は、午後二時三十四分という微妙な時刻に、新大阪に着いている。午前十時三十分に、沼津で、名取かおるを殺して、列車を乗りついでいくと、もう少しで間に合う時刻なのだ。

「やっぱり、加藤しか考えられないんだがなあ」

と、亀井は、呟いた。

「その点は、私も、同感だね」

十津川が、肯いた。

「しかし、加藤には、殺せないんですよ。十時半に、沼津で、名取かおるを殺していたら、新大阪に、午後二時三十四分には、着けないんです」

亀井は、口惜《くや》しそうにいった。

十津川は、もう一度、時刻表を、見直していたが、

「微妙なところで、駄目なんだなあ。逆算していくと、それが、よくわかる。一四時三四分新大阪着の『ひかり151号』に乗るためには、この列車が、名古屋を発車するのが、一三時二七分だから、それに間に合わなければならない。それには、名古屋着一三時〇六分の『こだま229号』に乗らなければならない。この列車は、静岡発が一一時五二分だ。この時刻までに、静岡へいければ、犯行は可能になる。沼津発一〇時五六分の列車はあるが、この列車の静岡着は、一一時五四分で、間に合わないんだ。その差は、わずか二分だ。もちろん、在来線から、新幹線に乗りかえるのには、時間が必要だが、大きな駅じゃないから、七、八分あれば、大丈夫だろう。八分をプラスして、十分間だ。つまり、十分間早く静岡に着ければ、間に合うことになる。ということは、沼津を、十分間早く発車する列車があればいいんだ」

「というと、沼津発一〇時四六分発の列車があればいいということになりますかね？」

「沼津のラブホテルから、駅までは、七、八分だと、静岡県警がいっている。十時三十分に、名取かおるを殺した犯人は、十時三十七、八分には、沼津駅にこられるわけだ。もし一〇時四六分発の下り列車があれば、ゆっくり乗れて、新大阪着一四時三四

分の『ひかり151号』に乗れるんだ」

と、いってから、十津川は、自分で、照れたように笑ってしまった。

そんな列車が存在しないことは、十津川自身が、一番よく知っているのだ。

そして、犯人が、幻の列車に乗って、逃亡したわけではない。

「逆に乗ったらどうでしょうか？」

亀井が、十津川を見て、いった。

「逆というと、どういうことだね？」

「沼津から、大阪へ向かう方向だけを、考えてきましたが、沼津から、いったん、東京方向に戻る方法もあるはずです。というのは、三島まで戻れば、新幹線の『こだま』に乗ることが出来ます」

「つまり、三島に戻り、そこから『こだま』で、大阪に向かったんじゃないかというんだね？」

「そうなんです。沼津から、次の静岡へいく適当な列車がなかった。しかし、三島に戻る列車はあるかもしれません。沼津から三島まで、五、六分しか、かからないんじゃありませんか。そんなら、戻る時間は、ほとんど、無視できます」

「問題は、適当な列車があるかどうかだね」

「調べてみます」

亀井は、時刻表の東海道本線（上り）のページを繰っていたが、急に、顔を輝かせて、

「ありました。一〇時四七分に沼津発の普通列車で、三島には、一〇時五三分に着きます。『こだま229号』に、ゆっくり乗れますよ」

「よし。加藤は、それに、乗ったんだ」

十津川は、にっこりした。

これで、加藤のアリバイは、崩せたと思ったからである。

しかし、実際に、この普通列車のことを調べた十津川は、がっかりした。

確かに、この列車はあるのだが、問題の日は、沼津を出てすぐ、モーターの故障で、立ち往生してしまっているのである。

そこで、沼津から三島へ、タクシーに乗ったのかもしれないということになった。

沼津―三島間は、わずか五・五キロだから、タクシーを使ったことも、充分に、考えられたからである。

静岡県警と協力し、沼津駅前のタクシーすべてに、当たってみた。が、加藤を乗せたという運転手は、いなかった。

「参ったね」

と、十津川は、いってから、

「名取かおる殺しの犯人は、別にいると考えた方が、よさそうだ。もう一度、彼女の身辺を調べてみてくれ」

と、つけ加えた。

8

刑事たちは、名取かおるの身辺を、洗い直すことに、全力をあげた。

彼女の部屋へいき、手紙を、全部、調べ直す。

男名前でも、女名前でも、全部、当たってみた。ラブホテルで泊まって、殺されたのだから、一応、男が犯人だろうが、今は、レズのもつれからの殺人だって、起こりかねないからである。

五人の男と、三人の女の身辺が、調査された。

一番怪しかったのは、横井という車のセールスマンだった。

二十八歳で独身。女に手が早いという噂があって、車で、全国を回っている。女を引っかけては、モーテルや、ラブホテルに連れていくということだった。

事件の日、沼津のラブホテルに、名取かおると一緒にいて、彼女を殺したのは、加藤ではなくて、横井かもしれない。

かおるは、加藤に夢中だったが、加藤には妻がいる。それで、独身で、若い横井とも、関係していたのかもしれない。彼女と旅行の男は、案外、横井だったのではないか。

亀井たちは、横井のアリバイを調べてみた。

最初は、供述があいまいなので、亀井たちは、色めき立ったが、捜査をすすめていくと、車を売りにいった先の奥さんと、ラブホテルにいき、関係していたとわかって、がっかりしてしまった。

「やはり、加藤部長ですよ」

と、亀井は、十津川にいった。

「彼以上に、名取かおるを殺したい人間はいないということか?」

「そうです。横井みたいに、女は、プレイの相手でしかないと考える男は、女を殺したりはしません。やはり、加藤ですよ」

「しかし、奴には、アリバイがある。逮捕はできないよ」

「彼は、まだ大阪ですか?」

「ああ、あと一日、大阪支社にいるらしい。どうするんだ? カメさん」

「家には、誰もいないんですか?」

「いや、奥さんが、帰ってきている」

「じゃ、ちょっと、会いにいってきます」

「実家に帰っていたのだから、奥さんは、なにも知らんだろう」

「ええ、藁《わら》をもつかむというやつです」

亀井は、笑っていい、日下刑事を連れて、出かけた。

加藤の家は、低い塀をめぐらせた、白い二階建の建物である。

建坪は、八十坪くらいだろうか。広い庭もあって、M商事の部長にふさわしい邸宅だった。

加藤の妻の幸子は、怪訝な顔をして、二人の刑事を迎え入れた。

「ちょっと、ご主人のことで、お伺いしたいと思いまして」

と、亀井はいい、事件の日、十二月七日のことを、きいてみた。

案の定、幸子は、実家に、母の看病にいっていて、何も知らないという。

「トイレを貸していただけませんか」

と、話の途中で、亀井はいい、応接室を出ると、幸子の相手を、日下に委せておいて、亀井は、足音を忍ばせて、二階へあがっていった。

加藤の書斎をのぞいて見たかったのだ。

二階の隅の部屋が、書斎だった。

角で、見晴しのいい八畳間である。

大きな机があり、本棚には、商社の社員らしく、外国語の本が多かった。机の上には、何もない。

ぐるりと部屋のなかを見回した亀井の眼が、壁にかかったカレンダーで、止まった。

十二月のカレンダーの右の余白のところに、数字が三つ書いてあった。

900――1045――1131

9

亀井は、すぐ、日下と警視庁に戻った。

彼は、興奮していた。

亀井は、メモしてきたその三つの数字を、十津川に見せた。

「びっくりしましたよ。前にも、この数字と同じものを見ていたからです」

亀井は、水道橋の喫茶店で、息子の健一が拾った紙片も、十津川に見せた。

「なるほど、同じ数字が並んでいるね」

「それに、警部が、いわれたことを思い出したんです。もし、沼津発一〇時四六分の下り列車があれば、加藤は、沼津で名取かおるを殺して、一四時三四分に、新大阪に着けるといわれたことです。一〇四五というのが、一〇時四五分で、沼津の発車時刻とすれば、この列車に乗れば、いいわけです」

「そして、次の停車駅が、静岡か。そうだとすれば、この時刻表が、加藤のアリバイを崩すことになるんだが、時刻表に、こんな列車はないんだろう？　それに、一〇四五が、沼津かどうか、わからないぞ」

「そこが問題なんですが――」

「しかし、加藤の書斎に、同じ数字が書いてあったのは、引っかかるね。とにかく、専門家に、きいてみよう」

十津川と、亀井は、国鉄本社を訪ね、顔見知りの総裁秘書北野に会った。

十津川が、亀井の持っていた紙片を、見せると、北野は、あっさりと、

「ああ、これは、時刻表ですよ」

と、いい、ボールペンで、数字の横に、駅名を書き込んでいった。

	9001	
東　京	900	⑨
品　川	(907)	
横　浜	〈924〉	
小田原	(1007)	
熱　海	(1026)	
沼　津	1045	
富　士	(1100)	
静　岡	1131	
浜　松	1231	
豊　橋	(1301)	
名古屋	〈1355〉	
岐　阜	(1418)	
米　原	〈1500〉	
京　都	1557	
大　阪	1630	

「これでいいでしょう」

北野は、ペンを置いた。

「しかし、そんな列車は、時刻表には、のっていませんね。調べてみたんですが」

「ええ、時刻表には、のっていません」

「しかし、まったく架空の列車というわけでもないでしょう？　それなら、あなたが、全部の駅名を、さっさと書くはずがない」

十津川が、いうと、北野は、笑って、

「実在する列車ですよ」

「しかし、時刻表にのっていないというのは、どんな列車なんですか？」

「国鉄は、ご存じのように、赤字なので、いろいろと、収入を増やすためのイベント列車を走らせています。東京発大阪行の臨時列車も、何度か出しています」

「具体的に、どんな列車なんですか？」

「そうですね。昔の『つばめ』とか『はと』の名前の列車を、東京と大阪の間に走らせたり、最近作ったサロンカーも、時々、走らせます。その時には、この時刻表に従うことが多いですね。この時刻表だと、他の定時列車の進行に差しつかえなく走らせられますからね」

「一番上の９００１というのは、何の番号ですか？」

「これは、列車番号です。下りは、奇数番号です。同じイベント列車で、大阪から東京へ引き返す列車は、９００２番になります」

「東京九時発というのは、わかります。あとも、全部、発車の時刻ですね？」

「そうです」

「⑨は、九番線ですか？」

「そうです」

「マルカッコと、カギカッコは、何の意味ですか？」

「マルカッコは、通過。カギカッコは、運転停車で、列車は、その駅に停車しますが、乗客の乗り降りはありません」

「何もついてないのは、何ですか？」

「その駅に停車することを示しています」

「つまり、乗客の乗り降りもあるということですね？」

と、十津川は、きいた。

「そうです」

「ところで、十二月七日にも、この臨時列車が、走ったんですか？」

十津川は、その答えだけが欲しかった。

北野は、しごく、あっさりと、

「ええ。十二月七日に走っています。昔の『つばめ』を思い出そうというイベント列車としてです。もちろん、この時刻表に従って走りました。確か東京南鉄道管理局が、設定した列車です」

「乗客は、どうやって、選ぶわけですか？　当日、東京駅へいって、切符を買うわけですか？　私なんかは、こういう列車が、いつ、走るのか、まったく知りませんでしたが」

「普通の人は、あまり知らないと思いますが、マニアの方は、よく知っておられますよ。駅なんかのポスターや、時には、新聞広告で、イベント列車の名前や、月日をお知らせするわけです。切符は、窓口で売る場合もありますが、多くは、応募によります。たいてい、すぐ、満席になってしまいますね」

「では、十二月七日のときも、乗客を、募集したわけですね？」

「そうです。客車十二両を、F58形機関車で、牽引しています」

「応募して、切符を手に入れた乗客は、この時刻表を知っているわけですね？」

「ええ。知っていると思いますよ。きかれれば、お教えしますからね」

「このカッコのない駅、例えば、沼津や、静岡ですが、途中から、乗ることは出来るんですか？　それに、途中下車はどうなんですか？」

亀井が、きくと、北野は、当惑した顔で、

「こういうイベント列車は、一応、東京から、終点の大阪まで乗るということになっていますがね。まあ、東京と大阪の区間の切符ですから、途中で乗っても、途中下車しても、駄目だとはいえませんが」

「それなら、いいんです」

「何か、十二月七日の『つばめ』が、事件に関係しているんですか？」

「どうやら、臨時列車の時刻表を利用した殺人犯がいたようなのですよ」

亀井が、いった。

10

十津川は、すぐには、加藤を逮捕しなかった。

外堀を埋めて、うむをいわせずと考えたのである。アリバイは崩れたのだから、もう、犯人は、加藤に間違いない。

その自信を持って、刑事たちは、聞き込みを始めた。

最初は、加藤が、この臨時列車を利用しようと思いついた理由である。

鉄道マニアとは思えない加藤が、どうして思いついたのか？

それを調べていくうちに、大学時代の友人で、旅の随筆などを書いている岡本という作家が、浮かびあがってきた。

亀井が、この岡本に会いにいった。

「ああ、加藤とは、今でも、つき合っていますよ」

と、岡本は、肯いた。

「先生は、国鉄のイベント列車に、お乗りになりますか？」

「ええ。時々ね。好きなんですよ。そういう列車には、旅好きや、鉄道好きが乗っているので、話が合いますからね」

「十二月七日のイベント列車の『つばめ』にも、お乗りになりましたか？」

亀井がきくと、岡本は、笑って、

「ああ、あの列車も、乗りたくて、切符を手に入れたんですが、北海道へ取材にいかなければならなくて、乗れませんでした」

「その切符は、どうされました？」

「加藤にやりましたよ」

「本当ですか？」

「ええ。銀座で会ったときに、この列車のことを話したんですよ。切符が、いらなくなってしまったこともね。そして、翌日、加藤から電話があって、その切符をゆずってくれないかというんです。自分が乗りたいからと」

「加藤さんは、イベント列車が好きなんですか？」

「いや、そんな男じゃないんですがね。あの時は、急に、乗りたくなったといっていましたね」

「そして、切符を、ゆずられた？」

「ええ」

「そのとき、時刻表も、渡されましたか？　この『つばめ』のです」

「ええ。銀座で会ったとき、メモにして、渡しましたよ」

「その時、停車駅とか、通過駅のことも話されましたか？」

「ええ。途中で、降りられるのかと、彼が、ききましたしね」

「切符を渡されたのは、いつですか？」

「十月二十五日に、銀座で会ったんです。翌日、電話があって、次の日、渡しました。二十七日です」

「加藤さんは、乗ったといっていましたか？」

「昨日、大阪から電話がありましてね。新幹線でいくことになってしまったので、使わなかったといっていましたよ」

と、岡本は、いった。

「どうも、ありがとうございました」

亀井は、礼をいった。が、岡本には、なぜ、亀井が礼をいったか、わからなかったようである。

次に、イベント列車「つばめ」の車掌に会って、話をきいた。

車掌三人が、亀井の質問に答えてくれた。

「東京駅では、一人欠けただけで、他の方は全員、乗車されました」

と、車掌の一人が、いった。

「途中で、乗ってきた人はいませんか？」

「いましたよ。時々、いるんです。東京駅におくれてしまったので、新幹線で、追っかけてきたというような人がです」

「十二月七日に、途中乗車した人は、どこから、乗ってきたんですか？」

「沼津です。列車が、停っているとき、乗ってこられましてね。切符を持っておられるので、お乗せしました」

「どんな人か覚えていますか？」

「途中から乗ってきた方は、一人だったので、よく覚えていますよ。男の方でしたね。中年の」

「このなかにいますか？」

亀井が、同じ年齢ぐらいの男の写真五枚を並べると、車掌は、迷わずに、加藤の写真を選んだ。

外堀は、埋め終わったので、十津川は、加藤の逮捕に、踏み切った。

逮捕して、二日後に、加藤は、犯行を自供した。やはり、加藤は、自分の地位を守るために、名取かおるを、殺したのだった。

最後に残ったのは、水道橋の喫茶店で、亀井の息子が拾った紙片のことだった。

事件が解決して、二週間後に、偶然、わかったのだが、鉄道マニアの中学生が、友だちと、クイズごっこをして、一人が、駅名を伏せて、時刻表だけを書き、どんな列車かわかるかという質問を出したときのメモだったのである。

その少年が、メモを落とさなかったら、今度の事件の解決は、おくれていただろう。

「じゃあ、僕が、解決したのと同じだね」

と、健一は、嬉しそうにいった。

おかげで、亀井は、健一を、来年の春に走るという「おとぎ列車」に乗せてやることを、約束させられてしまった。

幻の特急を見た

1

捜査一課の十津川警部が、まだ大学にいたころ、というのは、犯罪をアマチュアの眼で見ていたころということだが、殺人は、寒いときに起こりやすいのか、それとも、暑いときにだろうか、考えたことがある。

今、十津川は、プロである。資料室にいけば、どちらが、犯罪が起きやすいかの数字もわかるだろうが、彼にはもう興味がない。

東京という大都会で、連日、凶悪事件を追いかけていると、統計など、何の意味もなくなってくるからである。

たとえば、寒い日より、暑い日のほうが、殺人事件は多発するという統計があったとしても、だからといって、寒い日は、安心できるわけではない。

寒ければ、今日は寒いから、殺人が起きるのではないかと思ってしまう。暑くても同じである。

そして、間違いなく、その予感が当たるのだ。

その日は、朝から、眠くなるような暖かさだった。おまけに、日曜日である。

たぶん、統計的にいえば、殺人事件は、起こりにくい日だろう。

だが、十津川は、殺人事件の起きる予感がしていた。

午後四時に、案の定、殺人事件発生の報告が、飛び込んできた。

池袋駅近くのマンションで、男の惨殺体が発見されたという。

十津川は、亀井刑事と一緒に、パトカーで、現場に急行した。

日曜日の午後とあって、東京の中心部は、車の往来も少なく、静かである。二人を乗せたパトカーは、ほとんど渋滞にぶつからず、三十分で、現場に着いた。

池袋の興行街は、家族連れで賑わっているのだろうが、現場付近は、裏通りにあたっていて、閑散としている。

最近建てられた十一階建てのマンションで、入口付近には、初動捜査班のパトカーがとまっていた。

十津川と亀井が、エレベーターで最上階にあがっていくと、フロアに、初動捜査班の成田警部がいて、

「ご苦労さん」

と、声をかけてきた。

「被害者は？」

「山本勇一郎。年齢六十二歳。宝石商だよ。バスルームで、裸で殺されていた」

「部屋は？」

「この十一階全部さ」

「ほう」

「二百平方メートル以上なんじゃないかな。豪華なものさ」

と、成田は、ぶぜんとした顔でいった。

そういえば、エレベーターをおりたところが、広いフロアになっていて、廊下はなく、大きな木製の扉があるだけである。

「山本」と表札のついている扉を開けて、十津川と、亀井は、なかに入った。

広い玄関には、観葉植物の鉢が並んでいる。

シャンデリアの輝く居間や、書斎、食堂などを通り抜けて、一番奥にあるバスルームにいった。

バスルームといっても、じゅうたんを敷いた更衣室があって、その奥に、岩風呂を模した風呂が作ってあった。

八畳ぐらいの広さだろう。タイルの流しのてまえに男が俯せに倒れていた。白いタイルは、血で、朱《あか》く染まっている。

「胸を一突きだ」

と、成田がいった。

死体を仰向けにすると、彼のいうとおり、心臓あたりに、刺傷があった。

裸の死体が、白蠟のように、すき透って見えるのは、血が流れすぎたためだろうか？

「犯人は、バスルームに入ってきて、裸で向かい合った被害者を、いきなり刺したんだろうね」

と、成田がいった。

「抵抗の痕はないようだね」

「そうなんだ。それに、犯人は、ドアもこわさずに、なかへ入ってきているところをみると、顔見知りの犯行ということになってくる」

「発見者は？」

「運転手だ。連れてこよう」

成田は、すぐ、井上という小柄な、四十歳くらいの運転手を連れてきた。

さすがに、まだ蒼い顔で、十津川の質問に答えた。

「社長の車を運転していますが、今日は、午後三時に、ここへ迎えにきてくれといわれておりました。それで、きっかりに、参りました。ベルを押しましたが、応答がありません。社長は、黙って、約束を変えることはないので、おかしいなと思いながら、ドアのノブを回したら、鍵がかかっていませんでした」

「それで、なかへ入ったんだね？」

「そうなんです。バスルームのドアが開いていたので、なかをのぞいてみたら、社長が、あんなことになっていて――」

「山本さんは、ここに、ひとりで住んでいたのかね？　奥さんは？」

「奥さまとは、現在、別居されていらっしゃいます」

「現在、どこに住んでいるかわかるかね？」

「はい。新宿のマンションにお住みです。何度か、社長の指示で、いったことがありますので」

井上運転手は、別居中の夫人の名前が明子であること、住居は、新宿西口の「メゾン西口」であることを教えてくれた。

(夫人にも、会いにいかなければならないな)

と、思いながら、十津川は、もう一度、バスルームに横たわっている死体に眼をやった。

男にしては色白な身体である。六十歳を過ぎているのだから、仕方がないだろうが、腹のあたりは、大きく、たるんでいる。鑑識課員が、現場写真を撮るために、フラッシュを焚くたびに、白っぽく光るのは、産毛だろう。ひょっとすると、被害者には、白人の血が、いくらか混じっているかもしれない。

そういえば、すでに死亡しているし、多量の血が、身体から流れ出たはずなのに、裸で投げ出されている山本の身体は、軟体動物のような感じがする。

「そうすると、山本さんは、この広い部屋に、一人で暮らしていたのかね？」

「いや、個人秘書の星野さんが、一緒に住んでいました」

「その星野という人は、どこにいるのかな？」

「さあ、わかりませんが、車が駐車場にありませんから、どこかに出かけているんだと思います」

「星野さんの車がだね？」

「はい、白いポルシェです」

「星野さんは、どんな人なの？」

「若くて、頭のいい青年です」

「若いといっても、宝石商の秘書だから、二十代ということは、ないんだろう？」

「いえ、二十五、六だと思います」

「それが、個人秘書で、ポルシェを乗り回しているのか。しかも、社長と一緒に生活しているというと――」

十津川が、言葉を切って、井上運転手を見ると、彼はそうした話題に触れたくないという感じで、横を向いてしまっている。

十津川は、動物的な被害者の裸身と、若い個人秘書の結びつきを考えてみた。星野という青年は、たぶん、背のすらりと高い美男子だろう。

六十二歳の金持ちの男と、美青年の結びつきを、十津川は、べつにきたないものとは感じなかった。男同士の愛も、また、一つの愛の姿だと思うし、男女のセックスに、金がからんでくるように、男同士のセックスに、金が、からんでくることだってあり得るだろう。それに、刑事は、事実だけを、冷静に見なければならない。

（これで、容疑者が二人になったな）

と、思っただけである。

2

十津川は、星野和郎の手配をすませてから、亀井と一緒に、新宿西口のマンションに、被害者の妻、明子を訪ねた。

こちらのマンションも、豪華なものだった。２ＬＤＫだが、各部屋が広く、北欧風の高価な家具が並んでいる。

「山本明子」という表札がかかっていたから、別居中でも、まだ、離婚はしていないのだろう。

明子は、三十五、六歳で、どこかで見たような顔だと思ったが、居間に、タレント時代の写真が飾ってあったので、十津川も亀井も、なるほどと思った。十年ほど前に、ときどき、テレビに顔を出していたのである。

明子は、十津川が、山本勇一郎が殺されたことを告げても、べつに驚いた様子も見せず、

「とうとう、殺されましたの」

「前にも、殺されかけたことが、あるんですか？」

亀井が、きいた。

「ええ。何とか組の若い人に、拳銃で撃たれたこともありましたよ。当たりませんでしたけどね」

「そのとき、なぜ、ヤクザに撃たれたんですか」

「あの人は、めちゃくちゃなの。道を歩いていて、きれいな女の子を見ると、相手が誰だろうと、手に入れようとするわけよ。そうなると、もうまわりが見えなくなるのね」

「それで、ヤクザに撃たれたわけですか？」

「そう」

「しかし、そんな事件に、記憶がありませんがね」

「あの人が、被害届を出さなかったからでしょう」

「その件は、結局、どうなったんですか？」

「金の力で解決しましたわ。あの人のやり方は、いつもそうなの。向こうが、拳銃で撃ったのだって、半分くらいは、脅しで、ネタにしようという気があったからなんでしょう。あの人が何百万か、金をつかませたら、それで終わり」

「山本さんは、若い男にも興味があったんじゃありませんか？」

十津川がきくと、明子が、小さく肩をすくめて、

「星野さんのことでしょう？」

「そうです」

「だから、あの人は、めちゃくちゃだといったでしょう。それは、たいていの人が、知っていましたわ」

「山本さんに、敵は多かったですか？」

十津川がきくと、明子は、また、肩をすくめて、

「敵ばかりといったほうがいいんじゃないかしら。あの人は、自分から敵を作っていくようなところがありましたものね。それに、今は、池袋と新宿に、ちゃんとした宝

石店を出してますけど、ああなるまでの間は、ずいぶん、あくどいこともやってきたのを知っていますわ。安物のダイヤを、鑑定書を偽造して、高く売りつけることもやったんです」

「山本さんの個人資産は、大変なものでしょうね？」

「そうでしょうね。あの人の個人会社でしたから」

明子は、他人事《ひとごと》みたいにいった。が、わざと、興味のないようないい方をしたのかもしれない。

「山本さんとは、まだ正式に離婚されてはいなかったんでしょう？」

亀井が、きいた。

「ええ」

「とすると、莫大な遺産は、すべてあなたにいくわけですか？　ほかに、家族はいないわけでしょう？」

亀井が意地の悪い質問をした。

明子は、皮肉な眼つきで、亀井を見て、

「だから、お金目当てに、私が、あの人を殺したと、お思いになるの？」

「べつに、そうは思っていませんが、動機にはなりますよ」

「あの人を殺したいと思っている人は、いくらでもいますわよ」

「そうかもしれませんが、山本さんは、入浴中に殺されたんです。入浴中に、ドアを開けておく人はいませんから、マンションのドアは、閉まっていたと思います。犯人は、そのドアを開けてなかに入った。しかも、山本さんは、抵抗した形跡がない。ということは、ごく親しい人間の犯行ということになります。奥さんは、池袋のマンションの鍵をお持ちでしょう？」

「ええ。持ってますけど、あの部屋に、自由に出入りできるのは、私一人じゃありませんわよ」

「星野さんのことを、おっしゃってるんですね？」

「ええ。そうですわ」

「しかし、星野という青年は、山本さんに可愛がられていたんでしょう？　ポルシェまで買ってもらって。そんな青年が、なぜ、山本さんを殺すんでしょうか？」

「彼は、可愛がられているから、そのうちに、養子にでもしてくれると思ってたんじゃないかしら。私が、別居してからは、余計にね。でも、あの人は、養子の手続きをしなかった。だから、腹を立てて、殺したのかもしれませんわ。ただのホモの相手にされていたのかと思って――」

「奥さんの別居の理由は、何だったんですか？」

今度は、十津川が、きいた。

「あの人の生き方に、愛想をつかしてですわ」

「離婚をする気もあったんですか?」

「ええ。でも、あの人が死んでしまっては、離婚もできませんわね」

明子は、小さく笑った。

だが、離婚せずにいたおかげで、彼女に、莫大な遺産が、転がり込んでくるのである。

「今日、どこにおられたのか、話してもらえませんか」

と、十津川が、いった。

3

「銀座に買い物にいってましたわ」

「家を出られた時間は?」

「朝の九時に、近くの美容院へいって、帰ったのが、十時半ごろでしたかしら。それから出かけたんだから、十一時ごろだと思いますわ。帰宅したのは、ついさっき四時ごろね」

「銀座で、何を買われましたか?」

「それが、気に入ったものがなくて、何も買わずに、帰りましたけど」

「向こうで、誰か、知った人に会いましたか？」

「いいえ」

と、明子は、首を振ってから、十津川に向かって、

「それでは、アリバイがないことになって、私は、逮捕されますの？」

「そんなことはありません」

と、十津川は、笑った。

「安心しましたわ」

「ご主人に最後に会われたのは、いつですか？」

「一昨日だったかしら。ああ、今日、電話をかけてきましたわ」

明子は、思い出したようにいった。

「しかし、今日は銀座に出かけられていたんでしょう？　いく前に、かかったんですか？」

「いいえ。留守番電話ですわ。外出するときは、いつも、留守番電話にしておくんですよ」

明子は、留守番電話の再生スイッチを入れた。

〈――これは、留守番電話です。ご用がおありの方は、信号音がしたら、お話しください〉

録音されている明子の声が、まず、きこえた。電話をかけてきて、伝言が録音されているのは、二人だった。

最初は、中年の女の声だった。

〈もしもし、あたし。君子。一緒にいきたいところがあるの。今、午後二時だから三時までに帰ってきたら、電話してちょうだい〉

次の声が、山本勇一郎のものだった。

〈私だ。大事な話があるから、明日の夕方、池袋のマンションにきてくれ〉

「ご主人の声に、間違いありませんか？」

と、亀井が、念を押した。

「ええ、間違いありませんわ」

「大事な話というのは、何のことか想像がつきますか？」

「たぶん、私たちの間のことだと思いますわ。ほかに、大事なことって、考えつきませんもの」

「君子さんというのは、お友だちですか？」

十津川がきいた。

「ええ。学校時代のお友だちですわ。前から、横浜に、毛皮を見にいこうといってたんですよ。だから、そのことで、電話をくれたんだと思いますわ」

「彼女の電話番号を教えてくれませんか」

「電話して、確かめますの？」

「そうです。それから、このテープは、お借りしたいのですが」

4

池袋署に、捜査本部が、設けられた。

十津川は、捜査本部に戻ってから、明子の友だちだという久保寺君子に、電話をかけた。

渋谷で、クラブをやっているという彼女は、今日の午後二時に、明子に電話したといった。

「それが、何か問題でもありますの？」

と、君子が、きいた。

「実は、山本勇一郎さんが、今日、池袋のマンションで、殺されたのですよ」

「まあ」

君子は、大げさに驚きの声をあげた。

「それで、明子さんのお友だちのあなたにおききするんですが、山本夫婦は、別居していましたね」

「ええ」

「理由は、何ですか？」

十津川が、きいた。君子は、

「そりゃあ、山本さんのめちゃくちゃな生活が原因ですよ。明子さんは、山本さんの女遊びの噂は前から知っていたから、それなりに覚悟して結婚したんでしょうけど、山本さんには、男のほうもあるんで、とうとう、愛想をつかしたんじゃありません？」

「星野という青年のことですね？」

「ええ。なんでも、平気で一緒にお風呂に入っていたそうですもの。明子さんにしたら、馬鹿らしくなったんじゃありませんか。浮気の相手が女なら、なんとかなるけど、男では、対抗のしようがないんだって、あたしに、いってましたものね」

「明子さんは、山本さんとは、三十歳も年齢《とし》が離れていますが、後妻ということですか？」

「ええ。そうですわ」

「先妻の方は、どうしているんでしょうか？」

「亡くなったと、きいていますわ」

「もう一度、確認しますが、今日の午後二時に、明子さんに電話なさったのは、間違いありませんね？」

「ええ。留守番電話に入れといたんですけど、三時になっても、彼女から連絡がないので、ひとりで横浜に出かけましたわ」

「明子さんは、いつも、留守番電話を使っているんですか？」

「ええ。あの機械は、あたしが、彼女にすすめて、買わせたものなんですよ。便利で、いいでしょう？」

「そうですね」

十津川は、逆らわずに肯き、礼をいって電話を切った。

久保寺君子は、午後二時に、明子に電話をかけ、そのあと、被害者、山本勇一郎が、明子に電話した。

とすれば、山本がかけた時刻は、午後二時過ぎということになる。

一方、井上運転手は、午後三時に、池袋のマンションにいき、山本が、バスルームで殺されているのを発見し、一一〇番したと証言している。

つまり、山本は、今日の午後二時から三時までの間に殺されたことになる。解剖の結果は、まだ出ていないが、検視官も、だいたい午後二時ごろに殺されたのだろうと、見ている。

二人の容疑者の一人、山本明子は、その時刻には、銀座にいたというが、証拠がない。

もう一人の容疑者、星野和郎は、夜半になっても、帰宅しなかった。

翌日の午後六時過ぎになって、星野は、捜査本部に、出頭してきた。

5

星野は、十津川が想像していたとおりの男に見えた。

百八十センチ近い長身で、色白な、彫りの深い顔をしている。美男子だが、そうかといって、近寄りがたいという感じではなく、どこかに、幼さを残していた。

初老の男が、可愛がる相手としては、格好の美しさと、甘さを同時に持つ青年に見える。

「テレビで、社長が殺されたと知って、びっくりして、戻ってきたんです」

と、星野は、蒼い顔で、十津川にいった。

ジーパンに、白いブルゾンという服装が、この青年を、一層、若々しく見せている。

「どこへいっていたんですか？」

十津川は、丁寧にきいた。

「ぶらりと、旅行に出ていたんです。本当は、あと二、三日、遊んでくるつもりだったんですが――」

星野は、いい、それから、煙草を吸っていいかときいてから、ラークに火をつけた。手首に、金のブレスレットをはめていた。

これも、山本の贈り物だろうか？

「ポルシェに乗って、出かけたんですか？」

「いえ。車は、東京駅の地下駐車場に置いて、列車に乗っていったんです。僕は、鉄道が好きですから」

「昨日の何時ごろ、出かけたんですか？」

「朝の九時ごろです」

「そのとき、山本さんは、どうしていました？」

「まだ、眠っていました。日曜日は、たいてい、お昼ごろまで、寝ているんです。それで、黙って、出ました」

「旅行することは、前もって、山本さんに、いってあったんですね？」

「ええ。それに、社長が、二、三日、旅行してこいといっていましたから、許可をもらって出かけたんです」

「山本さんは、なぜ、あなたに、二、三日、旅行してこいといったんですかね？」

「はっきり理由はいいませんでしたが、僕がいない間に、別居中の奥さんと、大事な話し合いをするんじゃなかったかと思います」

星野のその言葉で、十津川は、明子の留守番電話に録音されていた山本の言葉を思い出した。

大事な話があるので、明日の夕方、池袋のマンションへきてくれという内容だった。

今の星野の証言は、それと符合している。

「その大事な話の内容が何なのか、想像がつきますか？」

十津川がきくと、星野は、ちょっと考えていたが、

「わかりません」

「それでは、東京駅から先のことを話してください。昨日、東京から、どこへいったんですか？」

「富士川へいきました」

「富士川へ、何をしにいったんですか？」

「僕は、川が好きなんです」

と、星野は、少年のような微笑を口元に浮かべた。

十津川は、なんとなく、意表を突かれた思いで、相手の顔を見直してしまった。

純白のスポーツカーは、この青年に似つかわしい。しかし、川が好きという言葉は、どうも、ぴんとこなかったからである。

「川で、何をするのが好きなんですか？」

と、十津川は、きいてみた。

「何をするといわれても困るんですけど、ぼんやり、川の流れを見たり、釣りをしたりです」

星野は、横に置いたボストンバッグから、五十センチぐらいの短いグラスファイバーの釣竿を取り出した。伸ばすと、二メートルぐらいになる。

「べつに釣るのが目的じゃないから、これで充分なんです。川岸に腰を下ろして、ぼんやり流れを見つめているのが好きなんです」

「昨日は、何時ごろまで、富士川にいたんですか？」

「夕方の五時ごろまでです。それから、東海道本線で、島田までいき、旅館に泊まりました。次は、大井川を、上流へたどって、いってみたいと思ったからです。旅館の名前は『みかど荘』でした。そこに泊まって、今日、おそい朝食をとっているとき、テレビのニュースで、社長が殺されたのを知ったんです」

「昨日の午後二時から三時までの間は、どこで、何をしていたか、覚えていますか？」

「その間に、社長は、殺されたんですね？」

「そうです」

「僕は、ずっと、富士川の川べりにいましたよ。土手に腰を下ろして、ぼんやり、川面《かわも》を見ていたか、釣りをしていたかでしょうね」

「それを証明してくれる人がいますか？」

「釣りをしている人も何人か見ましたが、べつに、その人たちと、話もしませんでしたから。困ったな」

と、星野は、考え込んでいたが、急に、ぱっと、顔を輝かせて、

「そうだ。ちょうど、富士川鉄橋の近くの土手に腰を下ろしていたら、下りの特急列車が通過したんです。僕は、列車が大好きなんで、思わず、手を振ったら、最後部の車掌室の窓から、車掌さんが、手を振って、応えてくれましたよ」

「それで？」

「それで、何という特急列車か調べたくて、腕時計を見たんです。時刻表を見れば、

わかりますからね。そしたら、午後二時ジャストでした」

と、いって、星野は、ニッコリした。

「特急列車というのは、間違いありませんね？」

「ええ。八両連結で、薄いだいだい色の車体に、赤い線が入っていました。それに、先頭車両に、マークが入っていたから、あれは特急列車に間違いありませんよ。普通列車には、マークはないでしょう？」

「そのマークには、何と書いてあったんですか？　特急の名前が入っていたと思うんだが」

「それを思い出そうとしているんですが、なかなか、思い出せないんです。でも、昨日の午後二時ジャストに、富士川鉄橋を渡る下りの特急を見たんです。車掌さんが、手を振ってくれたことも、事実ですよ。調べてくれれば、わかります」

「調べてみましょう」

6

十津川は、いったん、星野を帰宅させた。が、もちろん、監視はつけておいた。

亀井は、十津川から話をきくと、

「妙なアリバイですね」

と、いった。確かに、アリバイ主張としたら、午後二時に、近くの鉄橋を、特急列車が通過したのを見たというのは変わっている。

「しかし、それが事実なら、星野は、シロだよ。富士川は、静岡県の東部を流れている川だ。午後二時ジャストに、富士川の土手にいた人間に、二時から三時までの間に、東京の池袋で、殺人はできないからね」

「星野の言葉が、正しければでしょう?」

「もちろん、そうだ。それを調べてみる。まず、昨夜、島田の『みかど荘』に泊まったかどうかの確認だ。それが嘘なら、富士川で、特急列車を見たというのも嘘だということになる」

十津川は、静岡県警に電話をして、捜査を頼んだ。

返事は、二時間後に届いた。

島田市内に「みかど荘」という旅館は実在し、昨日の午後七時十五、六分ごろ、ボストンバッグを一つ提げた若い男がやってきて、投宿した。宿泊者カードには、星野和郎とあり、住所は、池袋のマンションになっているということだった。

その宿泊者カードは、静岡県警から、電送されてきたが、筆蹟は、星野のものと間違いないようである。

「これで、昨夜、島田の旅館に泊まったことだけは、間違いなくなったな」

十津川がいうと、亀井は難しい顔で、

「だからといって、星野がシロと決まったわけじゃありません。午後二時から三時までの間に、池袋で、山本勇一郎を殺してから、車で東京駅に駆けつけても、午後七時に、ゆっくり、島田までいけますからね」

と、いった。

東京駅から、新幹線の「こだま」に乗れば、一時間三十六分で静岡に着く。さらに、静岡から、東海道本線の普通列車で、島田まで約二十七分である。合計でも、二時間三分くらいしかかからない。

午後三時に、山本を殺しても、午後七時までには、四時間あるから、亀井刑事のいうとおり、ゆっくり、島田までいけるのだ。

「問題は、午後二時ジャストに、富士川鉄橋を通過したという下りの特急列車だね」

十津川が、いった。

「列車を決められますか？」

「たぶん、できるよ」

十津川は、静岡県の地図を、机の上に広げた。

富士川は、東海道本線の富士駅と、富士川駅の間を流れている。

したがって、長さ五百七十一メートル（上りは五百七十二メートル）の富士川鉄橋も、この両駅の間にかかっている。

富士―富士川間の距離は、三・五キロで、列車は、四分くらいで走る。富士駅には、特急が停車する（しない特急もある）が、富士川駅のほうは、普通列車しか停車しない。

富士川鉄橋は、富士川駅に近いから、列車は、富士駅を出てから、二、三分後に通過するとみていいだろう。

時刻表では、富士川鉄橋を通過する正確な時刻はわからないが、富士駅を出発する時刻に、二分か三分プラスすればいい。

十津川は、大判の時刻表を取り出した。東海道本線の下り（東京―名古屋）のページを広げた。

東海道本線は、特急、急行、普通の列車が、ほとんど、ひっきりなしに走っているので、ページ全体に、時刻を示す数字が、一杯詰まっている感じだった。

十四時前後の富士―富士川間を、調べてみた。

「これは――」

と、十津川は、思わず、声を出した。

「どうされたんですか」

		大垣行	浜松行	急行 富士川7号	浜松行	急行 踊り子11号	急行 富士川6号
東京	発		1336			1200	
			⋮			⋮	
熱海	着		1332			1325	
	発		1333			1328	
三島	着		1347				
	発	1250	1347	1402	1416	(伊豆急下田)	
沼津	着	1255	1354	1407	1422		
	発	1256	1356	1409	1424		
原	:	1302	1402	レ	1431		
東田子の浦	:	1307	1407	レ	1435		(甲府発)
吉原	:	1311	1411	1420	1439		
富士	着	1315	1415	1425	1444		1501
	発	1315	1415	1427	1451		1506
富士川	:	1319	1419	(甲府行)	1455		⋮
		⋮	⋮		⋮		
静岡	着	1354	1454		1530		1540
		⋮	⋮		⋮		

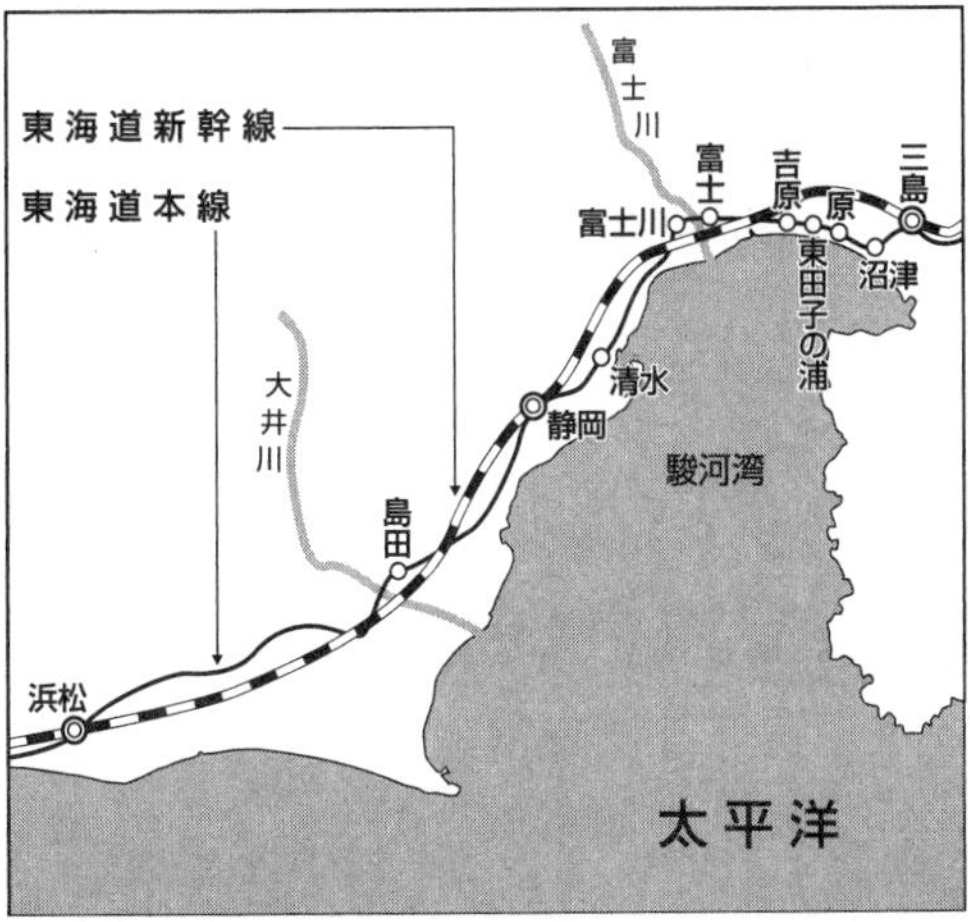

亀井が、横から、のぞきこんできた。

「このページの富士―富士川間を見たまえ。列車がひっきりなしに走っているように見えるが、よく見ると、熱海以西は、意外に、間隔があるのがわかるんだ。そして、午後二時前後だが、東京発浜松行の普通列車が、一四時一五分に富士駅を出て、富士川鉄橋を渡ったあと、一四時一九分に、富士川駅に着く。この列車は、普通列車だし、富士川鉄橋を渡るのは、一四時一七分か一八分ごろで、午後二時ジャストじゃない。その前に、富士川鉄橋を渡る列車となると、三島発大垣行の普通列車で、これも、一時間前の一三時一五分富士駅発、一三時一九分富士川駅着だ」

「その列車じゃありませんよね」

「となると、浜松行の普通列車のあとの特急ということになるんだが、それが見当たらないんだよ。一四時二七分に、富士駅発の急行『富士川7号』があるが、これは、富士駅を出ると、富士川を渡らず、身延《みのぶ》線に入ってしまう。その後になると、三島発浜松行の普通列車だが、これは一四時五一分富士駅発で、一四時五五分富士川駅に着いている。この列車が富士川鉄橋を渡るのは、一四時五二、三分ということになってくる」

「特急列車が富士川鉄橋を渡るのは、何時ごろになるんですか？」

「午後二時ごろに限らず、朝から見ていくと、東海道本線を走る特急となると、L特急の『踊り子』になる。これは、ほぼ三十分おきに走っているが、この列車は、熱海から、伊豆半島の伊豆急下田や修善寺に向かってしまうので、富士川鉄橋は、通過しない。その他の特急となると、東京駅を午後四時半以後に出発する寝台特急の『さくら』や『はやぶさ』『富士』などになるんだが、これは八両編成じゃないし、富士川鉄橋を渡るのは、午後六時過ぎだ」

「となると、急行列車を特急と間違えたんでしょうか？」

「そう思ったんだが、該当する急行列車となると、東京発、静岡、御殿場行の急行『東海3号』だが、時刻表を見ると、富士駅発が、一六時四一分だ。富士川鉄橋を通過するのは一六時四三分ごろだろう。午後五時に近いんだ。それを、まさか、午後二時ジャストとは間違えないだろうと思うね」

「すると、どういうことになるんですか？」

「星野は、走っていない特急列車を見たといっていることになる」

「彼の腕時計がこわれているということは考えられますか？」

「念のために、彼の腕時計を見たが、デジタルで、正確に動いていたよ」

「星野が、苦しまぎれに、嘘をついたということになりますね。東海道本線なら、ひっきりなしに、列車が通過しているから、午後二時に、富士川鉄橋を通過する特急が一本ぐらいあると、甘く考えたんじゃありませんか」

「そう考えるより仕方がないんだが――」

十津川は、考え込んでしまった。

十津川は、今日、星野和郎を訊問した。その結果、最初に抱いていた先入観は、変更を余儀なくされた。六十二歳の老人に、身体を与え、その代償に、金と、スポーツカーを与えられ、それを乗り回して遊んでいる若者というイメージだったのだが、意外に礼儀正しく、物静かなのに、驚いたのである。川を見るのが好きだというのも、嘘とは思えなかった。

そんな男が、苦しまぎれにつく嘘にしては、お粗末すぎるのではないだろうか？

7

十津川の迷いを見抜いたらしく、亀井が、

「警部は、星野の言葉を信じていらっしゃるんですか？」

と、きいた。

「彼が、あまりに、あっさりといったので、嘘をついているようには、思えないんだ。富士川の土手に腰を下ろしていて、午後二時ジャストに、下りの特急列車が、鉄橋を渡るのを見たという。アリバイの主張にしては変わっている。だから、まったくのでたらめとは思えなかったんだがねえ」

「警部」

「何だい？」

「彼は、下りじゃなくて、上りの特急を見たんじゃありませんか？」

「上りをね」

「列車に乗っていても、ふっと、今、どっちに向かって走っているのか、わからなくなることがあるじゃありませんか。それに、富士川の鉄橋というのは、確か、上りと下りにわかれていたはずです。上りの鉄橋を見ていて、下りだと思い込んでいたということもありますよ」

「大いにあり得るね」

十津川は、もう一度、時刻表を取りあげると、今度は、何ページかあとの東海道本線上り（名古屋―東京）のところを見た。

期待を持って、眼を通したのだが、十津川は、すぐ、ぶぜんとした顔になった。

「駄目だな。該当する特急列車は、一本もないよ。午後二時ごろに、富士川鉄橋を渡る上り列車というと、浜松発の三島行の普通列車で、一四時〇五分に富士川を出て、一四時〇九分に、富士に着く。富士川鉄橋を渡るのは、一四時七分ごろだ」

「それを、特急と間違えたということはありませんか？」

「星野は、特急だといったし、先頭車に、マークがついていたともいっている。普通列車には、そんなマークはついていないよ」

「すると、やっぱり、星野は、幻の特急を見たということになりますね。自分で、自分の首を絞めていることになるんじゃありませんか。ただ、富士川で遊んでいたと、あいまいにいっておけばいいのに、なまじ、午後二時に、特急が通過するのを見たなどというもんだから、アリバイのないのが、わかってしまったわけですよ」

「そうだな」

「星野を逮捕しましょう。彼には、動機もあります」

「養子にしてくれると思っていたのに、してくれなくなったからかい？」

「そうです。たぶん、養子になって、莫大な財産を引き継げると思っていたんでしょう。それが、駄目だとなって、かっとして、殺したんだと思いますね」

「連れてきてくれ。もう一度、彼に、きいてみたいんだ」

と、十津川は、いった。

翌日、亀井と、若い西本刑事が、星野を連れてきた。

十津川が、まだ、逮捕の段階ではないといったので、手錠はかけられていない。

「昨日は、あのマンションで、寝たそうですよ」

と、亀井が、小声で、十津川にいった。

「山本勇一郎が、殺されたマンションでか？」

「そうです。あの青年の気持ちは、わかりませんな。私だったら、気持ちが悪くて、泊まれませんが」

亀井が、肩をすくめるようにしていった。

その星野は、取調室で、十津川と向き合うと、

「社長を殺したのは誰か、わかりましたか？」

と、真剣な眼で、きいた。

「君を犯人だという人もいますよ」

「僕が？　僕は殺していませんよ。社長が死んだときには、富士川にいたんです」

「富士川の土手に腰を下ろして、下りの特急列車が、鉄橋を通過するのを見ていたんでしたね？」

「そうです。僕が手を振ったら、車掌さんも手を振ってくれたんです」

「しかし、午後二時ジャストに、富士川鉄橋を渡る下りの特急列車なんか、存在しないんですよ」

「そんなはずはありませんよ。僕は、この眼で見たんです。何という名前の特急だったか、あのマークを思い出そうと思っていたんですが――」

「普通列車を、特急と見違えたということはないんですか？」

「そんなことはありませんよ。普通には、マークがついてないでしょう?」

「じゃあ、これを見てください」

十津川は、図書室で借りてきた国鉄の車両の写真集を、星野の前に、広げた。

「君が見たのは、このなかのどれですか?」

十津川がきくと、星野は、ページを繰っていたが、

「これと、これに似ています」

と、二つの車両を指さした。

一八三系と呼ばれる車両と、四八五系と呼ばれる車両だった。一八三系が、直流用特急車両で、それの交直両用型が、四八五系だから、外見は、まったく同じである。

前面に、V字形の飾りがついていて「鳥海」とか「はつかり」というトレインマークが入るようになっている。

どちらも、特急列車である。

「困ったね」

と、十津川が呟いた。

「何がですか? 僕は、正直にいってるんです」

「君が、普通列車を特急と間違えたのなら、何とか、アリバイについて、説明のしようがあるんだが、絶対に特急だとなると、君のアリバイは消えてしまう。午後二時に、

富士川鉄橋を通過する特急列車など、上りも、下りも、存在しないからですよ」

「しかし、僕は、見たんです」

星野は、頑強にいい張った。

「時刻表に出ていないんですよ」

「時刻表に出ていなくとも、僕はこの眼で見たんです。ただ、見ただけじゃなく、手を振ったら、車掌さんも、手を振ってくれたんです」

「しかし、時刻表にない特急列車が走ったら、ダイヤが、めちゃくちゃになってしまう。そんな馬鹿なことをするはずがないじゃないか」

と、十津川は、腹立たしげにいってから、

（臨時列車があったな）

と、思った。

最近、国鉄は、赤字克服のために、さまざまなイベント列車を出している。行方不明のミステリー列車、お座敷列車、落語をききながら旅行をする落語列車や、温泉めぐり列車もある。あるいは、修学旅行用の臨時列車もある。

こうした列車は、すべて、臨時列車だから、当然、時刻表にはのっていない。それを、星野は、見たのではあるまいか。イベント列車のなかには、特急用車両を使ったものがあるかもしれない。

十津川は、すぐ、国鉄本社の広報室に電話をかけてみた。

「三日前、十二日の午後ですが、東海道本線に、臨時列車が走りましたか？　修学旅行の列車とか、特急『つばめ』といった臨時列車です」

十津川がきくと、広報室の係は、現場に問い合わせてみるからといい、いったん、電話を切ってから、七、八分して、回答の電話をかけてきた。

「十二日の午後に、おたずねのような臨時列車は、走らせていませんね。東海道本線だけでなく、どこの線区にもです」

「そうですか」

十津川は、受話器を置き、当惑した眼で、星野を見た。

（これでも、まだ、事件の日に、特急列車を、富士川鉄橋で見たというのだろうか？）

8

「これから、一緒に富士川へいってください」

と、星野が、突然いった。

「富士川へ？」

「今からいけば、午後二時には、富士川へ着けますよ。僕は、十二日の午後二時に、間違いなく、あの鉄橋を渡る下りの特急列車を見たんです。僕は、社長に拾われた男で、今まで、碌《ろく》なことはしてきていません。正直にいいますが、ぐれて、少年院送りになったこともありますよ。でも、社長を殺していないし、特急を見たのも、事実なんです。時刻表にあるかないか知りませんが、僕は、嘘はついていませんよ。だから一緒にいってください」

「いっても、存在しない特急列車が見えるはずがないよ」

「一緒にいってくだされば、もし、十二日のようには見られなくても、気がすみます。そのまま、僕のいい分が否定されるのは、我慢できないんです。一緒にいってください」

「ちょっと、待ちなさい」

十津川は、星野を取調室に残して、上にあがった。

亀井や、西本たちが、寄ってきた。十津川が、星野の主張を伝えると、亀井も、西本も、口々に、

「苦しまぎれに、嘘をいいつのっているだけですよ」

「まさか、星野と一緒に、富士川にいかれるんじゃないでしょうね？　向こうは、外に出てから、逃げるつもりですよ」

「そうかもしれないがね――」

十津川は、あいまいな顔になった。

「まさか、幻の特急を見に、星野と一緒に、富士川にいかれるんじゃないでしょうね？」

亀井が、心配そうにいった。

「正直にいって、迷っている」

「しかし、警部、午後二時に、富士川鉄橋を通過する特急列車なんかないことは、知っていらっしゃるはずですよ」

「そうさ。だが、なぜ星野が、それほど、頑固に主張するのかわからん。時刻表と、国鉄本社への問い合わせで、そんな特急列車もイベント列車も存在しないとわかっているのにだよ」

「それは、最初に嘘をついたからでしょう。しかし、今さら、嘘だったとはいえない。嘘だといえば、アリバイが消えて、犯人であることを自供するようなものだからです。だから、あくまでも、富士川で見たと主張し、向こうへ着くまでの間に、なんとかして、逃げるつもりなんだと思いますね」

「しかし、逃げれば、自分で罪を認めるようなものだろう？」

「このままでも、星野は、犯人として、起訴できるんじゃありませんか？」

「そうかもしれないが、アリバイがない点では、被害者の妻の明子も同じだよ」

「しかし、彼女の場合、動機は、何でしょうか？　すでに別居しているわけですから、夫婦間のトラブルでもないでしょうし。彼女の留守に、被害者が電話してきて、明日の夕方会いたいと伝言していますが、殺されたのは、その日の二時から三時の間です。ですから、何かの大事な話し合いがこじれて、彼女が夫を殺したということもないと思うのです」

「確かにそうだが、彼女も、容疑者の一人だよ。カメさんは、彼女の周辺を洗ってみてくれ」

「といわれると、警部は、やはり、星野と一緒に、富士川にいかれるつもりですか？」

亀井は、呆れたように十津川を見た。

「自分でも、よくわからないんだが、なんとなくいってやりたくてね」

「まさか、幻の特急列車が、見えると思っていらっしゃるんじゃないでしょうね？」

「そうは思わないんだが、星野は、あくまでも、特急列車を見たといっている。普通列車だったかもしれないといえば、なんとか誤魔化せるのにだよ。それに、午後二時ごろと、あいまいにいえばいいのに、二時ジャストともいっている。それがわからないんだ。だから、やはり、星野を、富士川まで、連れていってみる」

十津川は、そういい、星野を連れて、部屋を出たが、そのとき、背後で、

「警部も、美青年を可愛がる趣味があるんですかねえ」

と、誰かがいうのがきこえた。

9

十津川は、星野を連れて、東京駅から「こだま」に乗った。

並んで腰を下ろすと、星野は、

「僕のいうことを信じてくださって、ありがとうございます」

「断っておくが、君の言葉を信じたわけじゃない。午後二時に、富士川鉄橋を渡る下りの特急列車があるなんて、思ってもいない。時刻表にのっていないんだから」

「では、なぜ、一緒に、いってくださるんですか？」

「君が、あまりにも、確信ありげにいっているからだとしかいえないね。君が、なぜ、そんなに、はっきりと、いうのか、その理由が知りたいだけなんだよ」

「僕は、見たんです」

「君は、見たのは、特急列車で、マークも見たといった。それなら、そのマークは、何だったのか、富士川へ着くまででいいから、思い出してくれ」

と、十津川がいった。

東海道本線を走る特急列車は、数が限られている。

寝台特急でいえば「さくら」「はやぶさ」「みずほ」「富士」「出雲1号」「出雲3号・紀伊」「あさかぜ1号」「あさかぜ3号」「瀬戸」と、それに、L特急の「踊り子」は、下りだけでも、1号から19号まで十本、上りは、2号から20号まで十本（奇数番号が下り、偶数が上り）走っている。

臨時列車をのぞけば、特急列車は、これだけである。

星野は、旅行が好きだという。それも、車で走るよりも、列車での旅行が好きだといった。

そうだとすると、好きな特急列車があるのかもしれない。

十津川も、いろいろなブルートレインに乗ったが、それでも、好きな列車は、決まっていた。ふと、走っているブルートレインを見ると、その好きな列車だと、思い込んでしまうことがある。

星野も同じではないのか。

好きな特急列車があって、十二日の午後二時ごろ、富士川鉄橋を通過したのは、普通列車だったが、自分の好きな特急列車が、通ったと、思い込んでしまったのではないだろうか。

思い込んでしまうと、人間は、なかなか、訂正しにくいものである。

（カメさんがきいたら、なぜ、そこまで考えてやることがあるんですか、ときっと怒

るだろうな)

十津川は、亀井刑事の生真面目な顔を思い出して、ひとりで、苦笑したりした。

三島で「こだま」を降りた。

亀井と、西本は、星野が隙を見て逃げ出すかもしれませんよといっていたが、今までのところ、そんな素振りは見せていない。

じっと考え込んで、自分の見た特急列車のマークを、思い出そうとしているように見える。

三島に着いたのが、一二時三五分だった。

一二時五〇分三島発大垣行の普通列車があるので、これに乗れば、一三時一九分に富士川駅に着き、ゆっくり間に合うのだ。

「思い出せたかな?」

十津川は、大垣行の普通列車を待ちながら、星野にきいた。

「もう少しです。平仮名で、特急の名前が出ていて、何か、絵が描いてあったように思うんです」

と、星野がいう。

大垣行の普通列車は、いわゆる通勤、通学の電車である。

昼を過ぎたばかりという時間なので、がらがらにすいていた。

三島を発車すると、沼津、原、東田子の浦、吉原と、停車していく。特急と違って、乗客が乗ったり降りたりする。

問題の富士川の鉄橋を渡った。

「あッ。思い出しましたよ」

と、星野がいったのは、そのときである。

すぐ、富士川駅に着いたので、駅を出てから、きくことにした。

星野は、思い出せたというので、ニコニコしている。

富士川に向かって歩きながら、星野は「よかった」と、繰り返した。

「これで、僕のアリバイも、信用してもらえますね？」

「何というマークか、いってください」

「特急『ひばり』だったんです。『ひばり』です。平仮名で、『ひばり』と書いてあって、斜めの線と、ひばりを図案化した絵が描いてありましたよ。全部、思い出しました」

「特急『ひばり』だって？」

十津川は、急に、渋面を作って、立ち止まってしまった。

星野は、びっくりして、十津川を見た。

「どうなさったんですか？」

「君は、私を馬鹿にしてるのか？」

十津川の声が、荒くなった。

星野は、怯えた眼になった。

「馬鹿になんか、していませんよ」

「私はね、君が、東海道本線を走っている特急列車と、普通列車を間違えたんじゃないかと考えていた。思い違いというのは、あることだからね。それが『ひばり』だって？」

「僕は、あの日、富士川の鉄橋を渡る特急列車を見たし、その列車の先頭車には『ひばり』のマークがついていたんです」

「いいかね。よくききたまえ。特急『ひばり』というのは、上野―仙台間を走る列車なんだ。しかも、大宮―盛岡間に、東北新幹線が開業すると同時に、廃止された特急だよ。今は、日本のどこも走ってない特急なんだ。その特急列車が、どうして、東海道本線を走っていたなんてことがあるのかね？　それが、アリバイだと主張する君は、私を、馬鹿にしているとしか、思えんじゃないか。君が、法廷で、十二日の午後二時に、富士川の土手にいたら、鉄橋を渡ってくる特急『ひばり』を見ました。だから、アリバイがありますなんていったら、物笑いのネタになるぞ。私は、君は、おかしなことをいっているが、シロかもしれないと思っていたんだが、私の勘も、駄目になったものだよ」

十津川は、ぶぜんとした表情になっていた。

「でも、その日、僕は、特急『ひばり』を見たんです」

「まだ、そんなことをいってるのか」

「刑事さん、とにかく、二時に、富士川の土手にいって、鉄橋を渡る列車を見てください。もし、特急『ひばり』がこなかったら、それで諦めます」

「くるはずがないじゃないか。もう、なくなった特急なんだ」

十津川は、吐き捨てるようにいったが、それでも、気を取り直して、富士川まで、いってみることにした。

二人は、また、歩きだした。

馬鹿馬鹿しいと思いながら、十津川は、富士川まで歩き、鉄橋の見える土手に、星野と並んで、腰を下ろした。

(東京に戻ったら、星野を犯人として、送検することになる。二時まで、ここにいてやれば、この男も、諦めるだろう)

時間が、ゆっくりたっていく。

富士川は急流で有名だが、このあたりまでくると、さすがに流れもゆるやかである。

静かで、眠くなってくる。

ふいに、列車が近づいてくる音がきこえた。

「ほら！　きましたよ！」

星野が、土手に立ちあがって、嬉しそうに、叫んだ。

「普通列車がきたんだよ」

十津川は、そっけなくいった。が、腕時計を見て、首をかしげてしまった。腕時計の針は、午後二時ジャストを示している。この時刻に、たとえ普通列車でも、この富士川鉄橋を通過する列車は、上りも、下りもないはずなのだ。十津川は、疑心暗鬼の眼で、対岸を見つめた。

列車がきた。

下りの富士川鉄橋を渡って、こちらへ近づいてくる。

まぎれもなく、特急列車だった。

先頭車に、はっきりと、マークがついている。しかも、なんということか「ひばり」の字が、読めた。

瞬間、十津川は、背筋に、戦慄に似たものが走るのを感じた。

（特急「ひばり」が、やってきたのだ。廃止されたはずの特急が。しかも、東海道本線を走っている！）

十津川は、眼をこすり、何度も見直した。が、いくら見直しても、今、眼の前を通過していくのは、特急「ひばり」だった。

10

十津川は、帰りに、東京駅へ着くと、星野を連れて、国鉄本社を訪ねた。

電話で問い合わせていては、まだるっこかったからである。

列車の運行責任者である運転局長の佐々木に会った。

国鉄で、三十年間働いているという、国鉄一筋の男だった。

「今日、富士川の土手にいたら、廃止されていたはずの特急『ひばり』が、下り線を走ってくるのを見たんですがね。これは、いったい、どういうことなんですか？」

十津川がきくと、佐々木局長は、いかつい顔を微笑させて、

「あれを、ごらんになったんですか」

「午後二時に、富士川鉄橋を、渡ってくるのを見ましたよ」

「警部さんも、鉄道マニアですか？」

佐々木は、ニコニコ笑いながらきく。

「いや、そうじゃありませんが、実は、殺人事件のアリバイに関係しているので、重要なんです。それで、説明していただきたいんですが。なぜ、東北本線で、すでに廃

止になった『ひばり』が、今は東海道本線の下り線を走っていたんですか？」

「あれは、国鉄のやりくりでしてね。東北新幹線、上越新幹線の開業で、この方面で走っていた特急列車が、何本も廃止されたり、減らされたりしたので、車両が余ってしまったんです。それを遊ばせておくほど、国鉄には、余裕がありませんのでね。これらの車両を、各地へ移動させて、新しい列車として、働かせることになったわけです。簡単に、移動させるといっても、これは、大変な仕事でしてね。ダイヤの隙間を利用して、移動させるわけですから」

佐々木は、キャビネットから、厖大な「特急列車回送一覧表」を取り出してきて、十津川に見せてくれた。

東北、上越で余ってしまった特急車両は、次のような形で、移動させていた。

仙台→九州・関西
青森→九州
秋田→金沢
青森→仙台
青森→秋田

このほかにも、貨物列車の移動なども、書き込んであった。

「具体的な例でいえば、警部さんがごらんになった『ひばり』や『やまびこ』『いなほ』などが、消えて、それに使われていた特急用車両の移動が、半年間にわたって、おこなわれたわけです。『ひばり』のような交直両用は、東海道本線、山陽本線を通して、九州の南福岡や、鹿児島に移動しましたし、上越線で使われていた直流用車両は、同じように、直流区間である幕張と長野へ転出したわけです。それに、今回の移動については、一両ずつ、送るというのではなくて、何両編成かのユニットで、移動されています。警部さんが、今日、富士川でごらんになったのも、それだと思いますね」

「八両編成の『ひばり』です」

「そうです。四八五系の『ひばり』は、八両編成で、移動させました」

「しかし、局長さん、こういう移動のときは『回送』のマークをつけて、おこなわれるんじゃないんですか？」

「そうです」

と、佐々木は肯いてから、

「今回の移動にしても、ほとんどの特急車両は『回送』のマークをつけておこなわれました。昔のままのマークをつけて移動させたのは『ひばり』だけです」

なるほど、回送一覧表を見ると、備考のところに、一つだけ「鹿児島行・ひばりマーク掲出　常磐線経由」と、書いてあった。

「なぜ、これだけ『ひばり』マークをつけて、移動させたわけですか？」

と、十津川は、きいてみた。

「それは、こちらの内部事情ですが『ひばり』マークをつけて、昼間移動させたので、鉄道ファンの方からは、喜ばれているようです」

「もう、移動は、終わったんですか？」

「今日で、すべて、終わりました」

「今日で？」

「はい。十二日に続いて、今日、最後の車両が、回送し終わって、すべて、終了しました」

「そうですか——」

「どうかされたんですか？」

「いや、十二日で、すべての移動が終わっていたら、どういうことになっていたろうかと思いましてね」

十津川は、ひとりで、溜息をついた。

もし、十二日で「ひばり」の移動が終わっていたら、今日、富士川で、見られなかったことになる。

たぶん、十津川は、やはり、星野が苦しまぎれの嘘をついていたんだと、きめつけてしまっていたろう。

その結果、星野は、送検され、殺人罪で裁かれることになっていたと思う。完全な誤認逮捕になっていたのだ。

(危ないところだった)

と、思うと、十津川は、冷や汗が出てくるのを覚えた。

11

星野がシロとなると、アリバイの不完全な妻の明子が、重要容疑者となってきた。

問題は、動機がわからないことと、留守番電話だった。

明子は、夫の山本が、美青年の星野を溺愛していたのに腹を立てて、家を出た。が、離婚はしていない。

また、山本は、星野を養子にするという気はなかったらしいと、本人はいう。それなら、明子には、山本を殺さなければならない動機が、ないことになる。

留守番電話の声も、厄介だった。山本は、殺された日の午後二時過ぎに、電話してきて「大事な話があるから、明日の夕方、池袋のマンションにきてくれ」と、伝言している。

これが、明日でなく、今日ならば、心配になって、早く出かけていった明子が、話がこじれて、夫を殺したのではないかとなるのだが、前日では、どうしようもない。

明子が犯人と思いながら、逮捕状がとれず、いらいらしていたのだが、意外なところから、壁が崩れてきた。

留守番電話の録音を、何回もきいていた十津川が、明子の友人である久保寺君子の伝言のバックに、小さな爆発音を聞き取ったことからだった。

君子にきくと、明子に電話しているとき、そんな音は、きこえなかったという。彼女の近くに住む人たちの証言も同じだった。

と、すると、この爆発音は、いつ、留守番電話のテープに入ったのだろうか?

十津川は、そう考えていって、一つの結論を得たのである。

それは、山本の伝言は、殺人事件のおきた十二日にではなく、前日の十一日にきたのではないかということだった。

とすれば、あのなかで「明日」となっているのは、十二日のことになる。

十一日に、外から帰ってきた明子は、留守番電話に、山本の伝言が録音されていたのをきいた。

思い当たることがあったのだろう。そこで、翌十二日夕方より早く、マンションに、夫の山本を訪ねた。そこで、ショックを受けるようなことをきいたのだ。驚いたが納得したふうを装い、安心した山本が、風呂に入ったとき、刺し殺した。

それが、十二日である。

帰宅すると、友人の君子の伝言が、留守番電話に入っていた。

明子は、それを、自分のアリバイ作りに利用することにした。

そのためには、君子と、山本の伝言が、逆に録音されていなければならない。テープをつなぎ直しては、すぐばれる。

そこで、どうしたか。

テープレコーダーを買ってくると、問題のテープを入れて、家を出る。留守番電話には、新しいテープを入れておく。

外から自宅へ電話し、問題のテープを回して、留守番電話を録音しなおしたのだが、そのとき、君子と、山本の伝言を、逆の順番にしたのだ。

だが、そのとき、何かの爆発音までが、録音されてしまったのだ。

明子は逮捕され、夫の山本を殺したことを、自供した。

問題の動機については、次のように証言した。

「星野和郎は、本名じゃなくて、本名は、吉田勇という名前だと、十二日に会ったときに、山本にいわれたのよ。それで、すぐわかったわ。吉田というのは、前の奥さんの旧姓なのよ。そうなの。ホモで、美青年を可愛がっているのかと思ったら、彼の実子だったのよ。勇と、彼の名前を一字とってつけたんだわ。自分の子だから、認知するというのよ。養子にはしないといったけど、当たり前じゃないの。自分の子供なんだから。山本は、私を追い出して、全財産を、子供にゆずる気になっていたからだわ。私には、五千万くらいの慰謝料をやるといったけど、山本の財産は、何十億とあるのよ。それを、突然、出てきた子供なんかに、取られて、たまるものかと思ったわ。星野には、まだ自分の子供だと告げていないといったから、殺すなら、今だと思ったの。いったん、そのマンションを出てから、ナイフを用意して、もう一度、いったのよ。そしたら、彼は、バスルームに入って、鼻歌を唄ってたわ」

イベント列車を狙え

1

電話が鳴った。

井村は、受話器を取った。

あまり、熱のない声で「もし、もし」と、いった。

今の仕事は、面白くないし、仕方なく、惰性でやっている。それが、自然に、声に出てしまうのだ。

「井村透さん、お願いします」

と、若い女の声が、いった。

ちょっと、意外な気がして、井村は、

「僕ですが」

「森口ゆかりを、探しているんでしょう？」

と、女がいう。井村は、一瞬、息を呑んだ。

「なぜ、そんなことを――？」

「彼女は、今度の月曜日、十六日に、伊勢詣《もうで》のイベント列車に乗るわ」

「なぜ、そんなことを、僕にいうんです？　君は、誰なんだ？」

「私が、せっかく見つけてあげたのに、あれこれ、いわないの。十六日から十八日までの二泊三日の旅行だから、休暇を取りなさい」

女は、命令口調で、いった。

「休暇は取れるけど、そんなイベント列車だと、切符を買うのが、大変なんじゃないのか？」

と、井村は、きいた。

「切符は、明日にでも、あなたのマンションに着くはずだわ」

「しかし、君は、なぜ――？」

「そんなことより、森口ゆかりは、かなり顔が変わってるわよ。あなたに見つかるのが嫌で、整形をしたの。でも、右手の甲についている傷痕までは、消えていないわ。名前は、原口みや子と、名乗ってる。イベント列車には、男と一緒に乗ることになっているわ。男の名前は、井上修一郎。あなたと同じように、彼女に欺《だま》された男だと思うわ」

「君は、なぜ、そんなことまで知ってるんだ？」

「そんなことより、すぐ、三日間の休暇届を出すことね」

女は、それだけいうと、電話を切ってしまった。

井村は、しばらくの間、ぼんやりとしていた。

森口ゆかりのことは、忘れられない。愛し合っているつもりだったのに、裏切られた。それだけではない。彼女に欺されて、エリート商社員の地位も失ってしまった。

現在、井村が勤めている会社は、トラック五台を持つ小さな運送会社である。そこの事務員で、仕事ばかり忙しくて、給料は安い。組合なんかは、もちろんなくて、いつ馘《くび》になるか、わからないのだ。

こんなことになったのも、すべて、彼女のせいだと、思っている。

いつか、復讐をと考えてはいたのだが、ゆかりの消息は、まったく、つかめなかった。

彼女が住んでいたマンションからは、消えてしまったし、彼女の友人にきいても、わからないという返事しか貰えなかったのである。

一年間、いくら探しても見つからなかったゆかりを、簡単に、探してくれた女がいる。

（本当だろうか？）

と、どうしても、首をかしげてしまう。

だが、今の自分を欺したって、何のトクにもならないはずだとも、思う。今の会社は、いつ辞《や》めても、惜しくはないし、貯金もない。マンションに住んでいるといっても、1Kの古いマンションである。

欺してても仕方がないとすれば、今の電話は、本当の話なのか。

「おい。井村クン！」

と、営業所長が、大声で、呼んだ。

「何ですか？」

「何ですかじゃない。さっきの計算は、まだ出来ないのかね。大学出てても、何の役にも立たんな」

所長が、いつもの文句をいった。井村を、眼の敵にするのは、向こうが、高校しか出ていないからだろう。

井村は、書類を持っていくと、

「十六日から三日間、休ませて下さい」

と、いった。所長の眼が、じろりと、井村を見て、

「この忙しい時に、何をいってるんだ。三日も休まれて、たまるか。これだから、大学卒の坊ちゃんは困るんだよ」

「それでは、辞めさせてもらいます」

と、井村は、いった。

所長が、眼をむいた。井村は、この会社に勤めてから、初めて、ニヤッと笑った。

「どうせ、退職金は貰えないでしょうが、今日までの給料はいただきますよ」

2

翌日「速達です」という声に、井村は、起こされた。

今日から、あの嫌な運送会社にいかなくてすむと思い、ゆっくり眠っていたのである。

ドアを開けると、配達員が、白い封筒を、井村に、渡した。

(電話の女が、切符を送ると、いっていたな)

と、思い、井村は、あわてて、封を切った。

なかから、切符と、パンフレットが、出てきた。

〈お座敷列車「江戸」で、二泊三日、伊勢詣の旅〉

とある。

お座敷列車の写真も、のっていた。

そのパンフレットに、ボールペンで「森口ゆかり（原口みや子）は、3号車」と、書き添えてあった。

井村に送ってきた切符は、1号車のものだった。

電話の女のいったことは、ここまでは、本当だったのだ。

封筒の差出人の名前を見てみたが、そこには、何の字も、書かれていなかった。

（なぜ、おれのことを、知っているのだろうか？）

という疑問が、まず、わいてきた。

井村と、ゆかりのことをである。

井村は、大学を出ると、中央商事に入社した。五年目で、係長になった。一応のエリートコースである。

もし、彼女が現れなかったら、今頃は、上司のすすめる見合い相手と結婚し、アメリカあたりへいっていたろう。

そこへ現れたのが、森口ゆかりだった。友人といったスナックで彼女と会った井村は、ひと目惚れしてしまった。

彼女は、タレントといっていたが、いわば、売れない女優といったところだったのだ。

しかし、彼女は、美しく、魅力的だった。
井村の上司は、当然のこととして、彼に注意した。あの女は、とかくの噂があると
も、いった。
そうした周囲の忠告や、反対が、かえって、井村の気持ちを、彼女に、傾斜させた
ということもある。
井村は、彼女と結婚するつもりだった。相手が、誰だろうと、結婚するのだから、
誰にも、文句はいわせないという気負いのようなものもあった。
しかし、結婚へとは、いかなかった。ゆかりの方には、最初から、結婚の意思など、
なかったからである。
それだけではない。ゆかりは、彼のCDカードを使って、預金全額を引き出し、ま
た、彼を保証人にして、一千万円を借りて、姿を消してしまったのである。
運の悪いことに、写真週刊誌に、彼女とホテルを出てくるところを、撮られてしま
った。
その写真が、ゆかりの失踪直後に、
〈罠にかかったエリート商社員〉
の見出しで、のったのである。
それを苦にして、福島に住む母が、病気になり、亡くなった。

井村自身も、会社にいづらくなり、ゆかりの借り出した一千万円は、退職金をあてるなどして、何とか、返済したのだが。

（一年前に、あの写真週刊誌を見た人間なら、おれの名前も、ゆかりの名前も、知っているはずだ）

と、井村は、思った。

しつこい週刊誌は、井村が、中央商事を辞めたあとも、追いかけて、記事を書いていた。

〈女のために、エリートコースからはじき飛ばされて〉

という見出しだった。

わざとだろうが、小さな運送会社で働く、井村の後ろ姿を、撮っているのだ。

それも見たとすれば、井村が、どんなに、森口ゆかりを恨んでいるかも、見当がつくだろう。

（それにしても、あの電話の女は、なぜ、ゆかりのことを、知らせたり、こんな切符を送ってきたりしたのだろうか？）

あの女も、ゆかりに、恨みを持っているのだろうか？　それで、井村に、彼女を、やっつけさせる気でいるのか？

（まあ、そんなことは、どうでもいい）

と、井村は、自分に、いいきかせた。とにかく、あの森口ゆかりに、会えるのだ。自分を、エリート商社員から、引きずり下ろした女にである。

その場で、どうするか、井村自身にも、わからない。
二、三発、殴りつけて、それで、気がすむか、それとも、殺してやりたくなるか、井村自身にも、わからなかった。

3

パンフレットによると、十六日は、朝六時までに、品川駅に集合と、なっていた。

そんなに、朝が早いのは、国鉄の細かいダイヤをぬうようにして、イベント列車を、走らせるからなのだろう。

井村は、ナイフを買い、それを、ショルダーバッグのなかに入れて、マンションを出た。

それで、ゆかりを刺すつもりというより、彼女が、男と一緒ときいたからである。その男に、邪魔された時、使うつもりだった。

井村は、生まれつき、気が小さくて、約束の時間には、いつも、早く、着いてしまう。

今日も、五時半には、品川に着いてしまった。

まだ、夜明けには、間があって、外は、暗い。

しかし、品川駅のホームには、こうこうと、明りがつき、井村たちの乗るイベント列車、お座敷列車「江戸」は、すでに、入線していた。

ＥＦ６５形電気機関車に牽引される形で、六両の客車が、並んでいる。

中間の四両が、畳を敷き詰めたお座敷列車で、前後の二両は、展望室付きである。

最後尾の客車には、版画調の波をあしらった図柄に「江戸」というトレインマークがついていた。列車名は「江戸」だが、今回の行き先は伊勢なのでイベント列車「伊勢路」ということになる。

そして、各客車には「鳥越《とりごえ》」「湯島」「深川」「花川戸」「向島」「柴又」といった名前が、つけられている。

子供連れの乗客もいて、その子供たちは、カメラを構えて、しきりに、列車の写真を撮っていた。なかには、ビデオカメラ持参の子供もいる。

井村は、濃い目のサングラスをかけ、コートの襟を立てて、ホームから、列車を、眺めていた。

井村の乗る1号車は、最後尾である。

森口ゆかりが、男と一緒に、乗ることになっているのは、3号車「深川」である。

時間が、たつにつれて、ホームには、この列車に乗る乗客が、集まってきた。

井村のように、一人で参加した人もいれば、十二、三人の団体客もいる。

井村は、ホームのベンチに腰を下ろし、煙草を吸ってから、参加者のなかに、ゆかりの姿を探した。

なかなか、見つからない。

そのうちに、電話の女がいっていた言葉を思い出した。ゆかりが、整形して、顔を変えているという言葉をである。それに、名前も、原口みや子と、名乗っているらしい。

（見つけるのが、大変だな）

と、井村は、思った。

その点、井村は、サングラスをかけているだけだから、ゆかりには、簡単に、見つかってしまうのではないか。

七時〇五分に、伊勢詣のイベント列車「伊勢路」は、品川駅を出発した。

次の停車駅は、熱海である。

井村は、1号車の展望室のソファに腰を下ろして、流れていく景色を眺めた。

すぐにでも、3号車へいって、ゆかりが、果して、乗っているかどうか、確かめたかったのだが、それを、無理に、おさえていた。

伊勢で、二泊する三日がかりの旅行である。ゆかりが、乗っていれば、いつでも、何とか出来るのだ。

（あわてることはない）

と、自分に、いいきかせた。

何しろ、この六両編成の列車には、二百二十四人の乗客が、乗っているのである。ゆかりを、殺すにしろ、慎重にやらなければならない。

1号車「鳥越」の定員は、三十二人である。同じ展望室を持つ6号車も、三十二人で、他の四両は、四十人である。

1号車の三分の二くらいは、畳が敷かれていて、残りの三分の一が、展望室になっていた。

展望室には、赤いソファが、並べられ、大きな窓は、天井にまで及んでいるので、視界は素晴らしい。

若いカップルや、子供たちが、お座敷から、やってきては、流れ去っていく景色に向かって、写真を撮っていく。

すでに、夜は、完全に明けて、大きな窓ガラス越しに、朝の太陽が、展望室一杯に、射し込んできた。といっても、ブルーのガラスが使われているので、眩しい感じはしない。

　八時二〇分に、熱海に着いた。

　ここには、十三分停車して、出発した。

　中間の四両には、カラオケの設備もあるので、カラオケを始めた客車もあるらしい。

（そろそろ、3号車を見てくるか）

　と、思い、井村が、ソファから、腰をあげかけた時、通路を通って、カップルが、展望室に入ってきた。

「素敵な景色だわ！」

　と、女の方が、嬉しそうに、いった。

　井村は、その声に、きき覚えがあった。忘れられないゆかりの声である。

　はっとして、女に、眼をやった。が、そこにあったのは、ゆかりとは、違う顔だった。

　しかし、あの声は、間違いなく、ゆかりなのだ。彼女の声を、きき違えるはずがない。

（電話の女のいったとおり、整形したのか？）

　井村の知っているゆかりは、彫りの深い、鋭角的な顔立ちだったが、今、男と一緒に、並んで、ソファに腰を下ろした女は、もう少し、柔らかい顔の線をしていた。

井村は、じっと、彼女を見つめた。

背格好は、ゆかりによく似ている。声もである。

男は、三十五、六歳で、仕立てのいい、背広を着ている。中肉中背といったところだろう。

男が、あまり強そうでないことに、井村は、ほっとした。

(手の甲の傷痕だ)

と、井村は、思った。

まだ、ゆかりの正体がわからなくて、恋愛していると、井村が、勝手に考えていた頃のことである。

二人で、ハイキングに出かけ、井村は、果物ナイフで、リンゴの皮をむいていた。その時、手が滑って、ナイフで、ゆかりの右手の甲に、切りつけてしまったのだ。かなり深い傷だった。その傷痕は、まだ、残っているという。それを見つければ、ゆかりと、確認できるだろう。

しかし、女も、男も、ソファに、深く身体を沈めて、景色を眺めているので、なかなか、女の右手の甲を見ることが、出来なかった。

女と男は、楽しそうに、何か話しているが、井村には、きこえなかった。

一時間ほど、同じ状態が続いて、二人が、急に、立ちあがった。

井村は、あわてて、視線をそらせた。まだ、自分のことを、ゆかりに、気付かれたくなかったからである。

——あたしは、伊勢へいくのは二度目なの。

——君とのハネムーンは、国内より、ヨーロッパあたりへいきたいね。

そんな会話をしながら、二人は、展望室を出ていった。

どうやら、男の方が、女との結婚を望んでいる感じだった。

だが、そんな会話より、井村は、眼の前を通り過ぎる女の右手に、注目した。

（ある！）

と、思った。

右手の甲に、はっきりと、傷痕が見えたのだ。

4

（やはり、ゆかりだ）

と、思った。

どこか、二人だけになれる場所で、一千万円を手にして、逃げたことを、訊問してやろうか？

しかし、口の上手《うま》いあの女のことだから、あれこれ、いい逃れをするに違いない。

いや、欺された方が悪いんだと、せせら笑うかもしれない。

それなら、ひと思いに、買ってきたナイフで、刺し殺した方が、気分が、すっきりするだろうか。

だが、殺しても、捕まってしまっては、馬鹿らしい。

なかなか、決心がつかなかった。

十二時少し前に、名古屋に着いた。

ここで、全員に、駅弁と、お茶が、配られた。

井村も、ソファに腰を下ろしたまま、駅弁を広げた。

箸を動かしながら、改めて、パンフレットに、眼を通した。

各車両の見取り図が、のっている。

中間の四両は、同じ型の客車である。トイレと、洗面所があり、通路に面して、畳が敷かれている。

畳は、十六畳である。通路にも、畳が敷けるようになっているが、普段は、これを、はねあげた形にしてある。これを、倒して、つなげれば、全部で、二十二畳の広さになる。

井村が、注目したのは、中間の四両は、談話室があることだった。

二畳ほどの狭い部屋で、カギ形に、ソファが置いてある。

もちろん、3号車にも、設けられていた。

(彼女を、この談話室に連れ込めば、あとは、どうにでもなるだろう)

と、井村は、考えた。

井村は、食事を途中で止《や》め、隣の2号車へいってみた。

この車両は、中年の女性の団体客がいるところで、盛んに、お喋りをしながら、駅弁を食べているところだった。そのなかには、子供も四、五人いて、畳敷きの列車が珍しいらしく、通路を走り回ったり、カラオケのマイクを、いじったりしている。

井村は、あの2号車についている談話室を、のぞいてみた。

何のために、こんな部屋を作ったのかわからないほど、殺風景な作りだった。

狭い部屋に、小さな鏡が一つついているだけで、ソファが、カギ形に置かれている。

井村は、なかに入り、ソファに腰を下ろしてみた。このソファ自体も、展望室の豪華さに比べると、スプリングもかたくて、粗末な感じだった。窓はあるが、それでも、狭いので、圧迫感を受ける。ゆかりを、問い詰めるには、こんな無愛想な部屋の方が、いいかもしれない。

突然、ドアが開いて、五、六歳の子供が、顔をのぞかせた。

井村が、睨むと、子供は、あわてて、逃げていった。

列車は、名古屋から、関西本線に入って、亀山に向かって、走っている。

（ショルダーバッグを、忘れてきた）

と、井村は、急いで、展望室に、戻った。

一人用のソファの上に、井村のショルダーバッグが、置かれている。ほっとして、拾いあげて、なかに、手を入れて、顔色が、変わった。

自宅近くで買って、持ってきたナイフが、なくなっているのだ。

昨日、金物店で買い、今朝、ショルダーバッグに、ちゃんと、入れてきたのである。

（盗まれた――）

と、思い、井村の背筋を、冷たいものが、流れた。

あのナイフには、彼の指紋がついている。あれを、犯罪にでも利用されたら、大変なことになる。

井村は、困惑した。失くなったものが、ナイフだけに、車掌に話して、探してもらうわけにもいかない。

（だが、あれで、誰かが、人を殺したら？）

その不安の方が、強くなった。

――間もなく、亀山に着きます。亀山着は、一二時五五分で、二十分停車します。

という、車内放送があった。

二十分も停車するのは、亀山から、方向転換して、伊勢に向かうからだろう。

井村は、1号車の車掌室へいき、今、車内放送をした五十歳くらいの車掌に会った。

「カメラを失くしてしまったんです」

と、井村は、車掌に、いった。

「どこでですか？」

車掌が、きく。

「列車内を、歩いていましたからね。どこで、失くしたのか、わかりません。車内を探してみたいんですが、構いませんか？」

「それは、構いませんが、私は、一人乗務なので、一緒に、探すわけにはいきませんよ」

「いや、ひとりで、探します。ただ、歩き回るので、妙な眼で見られると困るんです。何か文句が出た時は、他《ほか》の人たちに、説明して下さい」

と、井村は、頼んだ。

「ああ、いいですよ」

と、車掌は、いってくれた。

列車が、亀山駅に着いた。

5

ここで、牽引する機関車の交換がおこなわれる。

名古屋で、一度、方向転換されているので、元へ戻り、井村の乗る1号車が、また、最後尾になるわけである。そのための二十分間の停車だろう。

井村は、サングラスをかけ直して、1号車から、2号車の方へ、歩いていった。

お座敷列車なので、普通の客車にはないものが、設けられている。

給茶器が、各車両ごとにあるし、1号車と6号車には、物置きがあり、各客車には、モニターTVや、VHDカラオケが置かれている。

井村は、そんな機械のうしろや、トイレ、洗面所、そして、談話室も、見て、歩くことにした。

1号車、2号車と、調べていったが、ナイフは、見つからない。

乗客は、うさん臭そうに、井村を見た。

井村は、そんな乗客たちに、

「カメラを失くしてしまって――」

と、いいわけをした。

3号車に入ると、すぐ、ゆかりの姿を探した。というより、ゆかりと思われる女性と、いった方がいい。

一緒にいた男の姿も、見つからなかった。出入口のドアが開けられているから、ホームにおりて、写真でも、撮っているのか。それとも、反対側の6号車の展望室へでも、いっているのか。

そんなことを考えながら、通路を歩き、3号車の談話室を開けた。

ソファの上に、女が、一人、寝ているのが見えた。

入口に、背を向けた感じで、横になっているのだが、その服や、髪の形に、井村は、見覚えがあった。

ゆかりと思われるあの女だった。

井村は、部屋のなかに入ると、入口の扉を閉めた。

(この女が、ゆかりに間違いない)

という気持ちが、井村には、ある。

ナイフを持っていれば、そこで、脅してやるところだが、二人だけなら、素手でも、殴りも出来るし、首を絞めることだって、可能だ。

「おい!」

と、井村は、女の肩に手をかけて、強く、ゆすった。

だが、女は、起きあがる気配を見せない。それが、井村には、自分を無視する傲慢な態度に見えた。

「おい! こっちを向いたらどうなんだ!」

井村は、乱暴に、女の身体を、ソファから、引きずり下ろした。

どさッと、音を立てて、女の身体が、半回転して、床に落下した。

「うッ」

と、思わず、井村が、呻き声をあげたのは、女の膝のあたりが、血で、真っ赤に、染まっていたからだった。

気がついてみれば、女の横たわっていたソファも、生地が赤紫色なので、はっきりとわからないが、黒っぽく濡れているのは、血に間違いない。

井村の顔から、すうっと、血の気が引いていく。

何秒間か、ぼうぜんとして、井村は、その場に、立ちすくんでいた。

突然、がくんと床がゆれて、井村は、女の死体の傍に、腰を落としてしまった。

牽引する電気機関車が、反対側に、接続されたのだ。

思わず、片手をついたのが、床ではなくて、死体の腹のあたりで、べたッと、掌に血がついてしまった。

右手の掌が、血で、真っ赤になった。

あわてて、それを、死体の服で、こすった。

なかなか、完全には、落ちてくれない。二度、三度、女の服で、拭いた。それでも、指と指の間の血が、落ちてくれないのだ。

（どうしたらいいのだろう？）

井村は、狼狽《ろうばい》しながら、必死で、考えた。

ここで死んでいるのは、ゆかりに違いない。彼女の死体が見つかったら、一番最初に疑われるのは自分だと、思った。動機を、充分に、持っているからだ。

（とにかく、この列車に乗っていて、死体が見つかったら、それで終わりだ）

と、思った。

死体を隠すか、自分が隠れるか、どちらかにしなければ、ならない。

この死体を、見つからないところに隠すなんて、出来ない相談だった。

だから、井村は、自分が、逃げ出すことにした。

6

井村は、通路に、人がいないのを見すまして、談話室を出て、ホームに、おりた。

同じ乗客たちが、何人か、ホームで、自分たちの乗ってきた列車を、写したりしている。

そのなかの一人、三十歳ぐらいの男が、

「カメラ、見つかりましたか？」

と、井村に、声をかけてきた。

「カメラ？」

「さっき、カメラを探してたじゃありませんか」

男は、変な顔をして、いった。

「ああ、カメラは、見つかりました」

井村は、あわてて、いった。

「そりゃあ、よかったですね。ああ、もうじき、発車になりますよ」

男は、笑顔でいい、3号車に、乗り込んだ。

井村は、何気ない顔で、といっても、自分では、そうしたつもりで、階段へ向かって歩いていき、そのあとは、全速力で、階段を駆けあがった。

跨線橋にあがって、ほっとした時、イベント列車「お座敷列車・伊勢路」は、ゆっくりと、ホームを出ていった。

ほっとして、改札口の方へ歩き出してから、井村は、急に足を止めた。

普通の切符を持っていないのだ。イベント列車の切符はあるが、これで、改札を出たら、駅員が、はっきり、彼のことを、覚えてしまうだろう。

井村は、跨線橋の上で、立往生してしまった。

困ったことは、もう一つあった。

あのゆかりは、明らかに、刃物で、腹部を、刺されて、死んでいたのだ。当然、盗まれたナイフのことが、気になってくる。

（あのナイフには、おれの指紋がついている）

と、考えた。

死体に、突き刺さっていなかったし、あの談話室の床にも、落ちてなかった。

（犯人が、持ち去ったのか？）

それは、考えられない。

井村のナイフを、わざわざ、盗んだのだ。それを、死体の傍に放り出しておけば、警察は、井村に、疑いを向けるからだ。

しかし、ナイフは、なかった。

（窓から、外に捨てたのだ！）

と、思った。

このお座敷列車の車両は、急行用の12形客車を改造したものだから、窓は、手で開けられるようになっている。

犯人は、談話室で、彼女を刺し殺してから、窓を開け、ナイフを、外に捨てたに違いない。

理由は、想像がついた。

もし、死体に刺したままにしておくか、傍に転がしておいた時、井村が、最初の発見者だと、持ち去ってしまうのを、恐れたに違いない。

警察は、凶器のナイフが、なければ、窓から外へ捨てたと考える。そして、線路沿いで、井村の指紋のついたナイフが、見つかれば、警察が、どう考えるか、明らかなのだ。

（ナイフを、見つけて、始末しておかないと――）

と、思う。

犯人は、いつ、彼女を殺したのだろうか？

亀山駅に着いたあとで、殺したのなら、ナイフは、駅の構内に、捨ててあるはずだ。

着く前なら、途中の線路上に、落ちている可能性が強い。

その場合でも、死体の血は、まだ、完全に乾き切っていなかったから、亀山駅に着く寸前だったろう。

従って、犯人が、窓からナイフを捨てたとしても、範囲は、ごく限られているのだ。

井村は、前のホームへ階段をおりていった。

幸い、次の列車は、入っていなくて、ホームに、駅員の姿もない。

井村は、ホームを、ゆっくり、端から端へ向かって歩きながら、線路上を、見ていった。

ナイフは、落ちていなかった。

と、すると、亀山駅の手前で、犯人は、ナイフを、投げ捨てたに違いない。

井村は、ホームの端から、線路上におりて、名古屋方面に向かって、歩き出した。

誰かに注意されたら、さっきと同じで、カメラを落としたとでもいえば、別に、咎められはしないだろう。

そのまま、百五十メートルほど、歩いた時、線路沿いに、ナイフが落ちているのを見つけた。

（あった！）

と、思った。

井村が買ったナイフと、同じものだった。

しかも、刃のところが、赤黒く汚れていた。

（血だ）

と、思った。

やはり、井村の考えたとおり、彼女を殺した犯人は、凶器のナイフを、窓から、投げ捨てたのだ。井村の指紋がついたままである。

（これを、始末してしまえば、死体が発見されても、何とか、いい抜けられるだろう）

凶器が見つからなければいいのだ。

ほっとして、そのナイフを拾いあげた時だった。

「動くな！」

と、背後から、大声で、怒鳴られた。

7

制服姿の警官と、駅員が、井村を、睨んでいた。

井村は、あわてて、手に持っていたナイフを、投げ捨ててしまった。

警官と駅員は、じっと、井村を睨んだ格好で、近づいてくると、警官が、ひょいと、砕石の上から、ナイフをつまみあげた。

「血だな」

と、警官は、いい、横にいる駅員に、

「すぐ、みんなを呼んできて下さい」

と、いった。

駅員が、ホームに向かって、走っていく。

「僕じゃない」

と、井村は、眼の前の警官に向かって、蒼い顔で、いった。

「動くんじゃない」

と、警官は、井村を、睨みすえるようにして、いった。

別の警官と、駅員たちが、ホームから飛びおりて、こちらに駆けてくるのが、見えた。

別の警官は、傍にくると、ぼうぜんとしている井村に、手錠をかけた。

「何をするんだ？」

と、井村は、かすれた声で、抗議した。

「殺人容疑だよ」

その警官は、ニコリともしないで、いった。

井村は、両側を、二人の警官に、押さえつけられるようにして、駅まで歩かされ、そのあと、パトカーに乗せられて、亀山警察署へ、連行された。

井村は、ただ、動転し、困惑していた。まずいことになったのはわかるのだが、どうしたらいいか、わからないのだ。

和田という三重県警の刑事が、井村の取調べに、当たった。

五十歳ぐらいで、一見、柔和《にゅうわ》な感じの刑事だった。

「まず、君の名前から、きこうかな」

と、和田は、優しい声で、いった。

井村は、いくらか、ほっとしながら、名前をいい、東京の住所を、いった。

「君のポケットのなかに、イベント列車『伊勢路』の切符があったが、あの列車に、乗っていたんだね？」

と、和田が、きく。

あの死体が、見つかったのかどうか、なかなか、いわないのだ。

「ええ」

と、井村は、肯いた。

「なぜ、亀山で、おりて、あんなところを歩いていたのかね？」

「カメラを落としてしまったんですよ。あの列車は、窓が開くんです。それで、窓の外の景色を撮っていたら、外へ落としてしまいましてね。大事なカメラだったんで、亀山駅でおろしてもらって、探していたんです」

「嘘をついちゃいけないな」

と、和田刑事が、急に、厳しい眼になった。

「何のことです」

「君のショルダーバッグを見せてもらったら、なかに、カメラが入っていたよ」

と、和田がいう。

（忘れていた――）

と、井村は、唇をかんだ。観光客らしくするため、オートカメラを一つ、持ってきていたのである。

「もう一つ、カメラを、持ってきていたんですよ。一眼レフカメラです」

と、井村は、あわてて、いった。

「もう一台？」

和田は、うさん臭そうに、井村の顔を見た。

「ええ。もう一台です」

こうなると、あとに引けなくなって、井村は、繰り返した。

「血のついたナイフを持っていたのは、なぜなんですか?」

と、和田が、きく。

「あれは、カメラを探していたら、血のついたナイフが、落ちていたんですよ。誰だって、あっと思って、拾うんじゃありませんか。その時、警官に、声をかけられたんです。あの警官こそ、なぜ、あんなところを、歩いていたんですか?」

逆に、井村は、きいた。

「亀山を出てすぐ、あの列車のなかで、女の乗客が、殺されているのが、見つかったんだよ。凶器のナイフがなかったから、窓の外へ捨てたと思い、亀山駅の駅員と、警官が、探していたんだ」

と、和田刑事が、いう。

(やっぱり、彼女の死体は、見つかったんだ)

と、思った。

「そうしたら、凶器のナイフを持った君が、いたというわけだよ」

と、和田は、いった。

8

時間が、たつにつれて、井村の立場は、どんどん、悪くなっていった。

亀山署の刑事たちは、線路に沿って、探したが、カメラは、見つからなかった。

見つからないのが、当然なのだが、嘘をついたということで、井村の心証は、すっかり悪くなってしまった。

列車の山下車掌や、他の乗客の証言も、同じだった。

山下車掌は、和田刑事の質問に答えて、こういった。

「井村さんが、カメラを失くしたから、車内を探したいといったのは、本当です。しかし、あの方が、カメラで景色を撮っていたのは、見たことがありません。第一、今は、二月です。窓を開けて、景色を撮っていたら、他の乗客から、文句が出ますよ」

他にも、井村について、いくつかの証言があった。

子供を連れて、この伊勢詣に参加していたサラリーマンの伊東は、亀山駅のホームで、井村に、声をかけたと、いった。

「あの時、きいたら、カメラは、見つかったと、いっていたんです。列車が出るので、僕は、乗ったんですが、あの人は、乗らずに、階段を、あがっていってしまったんですよ。ひどく、あわててね」

他の証言には、次のようなものがあった。

「あの人と、3号車の出口のところで、危うく、ぶつかりそうになりました。すごい形相で、ホームへ飛び出していきましたね。列車が、亀山駅に、停車している時です。今から考えると、女の人が殺されていた3号車の談話室から、出てきたのかもしれませんわ」

（3号車の女性）

「1号車の展望室で、あの人を見たよ。それが、変な男の人だったなあ。一人の女性を、じっと見つめてるんだ。殺されていた女の人だよ。サングラスをかけてるんで、表情はわからなかったけど、じっと、見つめていたことは間違いないね。女性が、その男の方を見ると、あわてて、顔を隠すようにしていた。あの時から、変な男だなって、思っていたんだ。やっぱり、あの男が、殺したんですか？」（1号車の展望室にいた高校生の男子）

「跨線橋の上で、あの男を見ました。立ち止まって、何か考えているようでしたね。改札口に出るのかと思って見ていたら、また、ホームの方へおりていきました。イベント列車で、人が殺されていたという知らせがあったのは、その直後です」（亀山駅の駅員の一人）

「なぜ、原口みや子を殺したんだね？」

と、和田刑事が、きいた。その表情には、井村を、犯人と、確信している様子が、はっきりと、出ていた。

「僕は、殺していませんよ」

井村は、必死で、いった。

「しかしねえ。君が、被害者の様子を、最初から、じっと見つめていたことは、わかってるんだ。そして、被害者が殺された直後に、あわてて、亀山駅でおりて、凶器のナイフを探していた。君の右手の指の間から、被害者と同じB型の血液反応も検出されてるんだよ。ナイフには、君の指紋しかついていない。どう考えても、君しか、犯人はいないじゃないか」

「あの女と一緒に、男がいたはずなんですよ。その男が、殺したに違いないんだ」

「確かに、彼女には、連れがいたよ」

「その男が、犯人ですよ」

井村が、いうと、和田刑事は、肩をすくめて、

「違うね。彼は、被害者が殺された頃、６号車の展望室にいたことが、確認されているんだよ」

「どんな男なんですか？　ゆかりの恋人なんですか？」

「ゆかり？　君が、殺したのは、原口みや子だよ。東京の女性だ。とぼけるんじゃない！」

和田は、不快げに、舌打ちした。

「本名は、森口ゆかりというんです」

「じゃあ、やはり、前から、被害者を、知っていたんだな？」

「正直に話します」

と、井村は、いった。

ここまで、追い込まれたら、何もかも話した方がいいと、井村は、思ったのだ。

井村は、森口ゆかりに欺されて、商事会社を、辞めることになったこと、一年後の今になって、突然、見知らぬ女から電話があり、イベント列車の切符を送ってきたことなどを、刑事に、話した。

「だから、あの女は、森口ゆかりなんです。殺してやりたいと思って、ナイフを買って、持っていたことも、認めますよ。しかし、僕は、殺していませんよ。殺していないからこそ、犯人にされたら、かなわないと思って、亀山駅でおりて、ナイフを、探したんです」

「ちょっと待て」

と、和田刑事は、井村の言葉をさえぎった。

「じゃあ、信じてくれたんですか？」

「調べてくる」

と、和田は、いい、いったん、取調室を出ていった。

（信じてくれたらしい）

と、井村は、ほっとしながら、待っていた。が、三十分ほどして、戻ってきた和田刑事の顔は、前よりも、なお、厳しく、不機嫌になっていた。

「すぐ、連れの男を、逮捕して下さい。アリバイは、インチキですよ」

と、井村がいうと、和田は、突然、

「いい加減なことをいうな！」

と、怒鳴った。

「しかし――」

「今、病院へ電話をしてみた。被害者を解剖した医者にきいたら、彼女の顔には、整形した形跡なんか、まったくないと、はっきりいった。つまらん嘘なんかつかずに、さっさと、白状したら、どうなんだ？」

和田は、まくし立てた。

井村は、ぽかんとしてしまった。

「じゃあ、あの女は、ゆかりじゃなかったんですか?」

「嘘は、やめろと、いってるだろうが」

「僕は欺されたんだ――」

「何を、ぼそぼそ、いってるんだ。殺したんだろう? あのナイフで。狙いは、何だったんだ? 金でも、取ろうと思ったのか?」

「僕は、嘘はいってませんよ。東京で、調べてくれれば、わかります。あの女が、ゆかりじゃなければ、僕には、殺す理由もないんだ」

「もちろん、君のことは、調べるさ」

と、和田は、相変わらず、怒ったような声で、いった。

9

警視庁捜査一課の十津川警部は、亀井が調べてきた報告をききながら、首をかしげた。

「一年後に、復讐しようとして、別の女を、刺し殺してしまったというわけかい?」

と、十津川は、きいた。

「そうなりますね」

「信じられるかね？」

「井村が、森口ゆかりを恨んでいたことは、間違いないと思います。彼女のせいで、一千万円の借金も出来てしまったし、エリート社員の地位も、失ったわけですから」

「亀山署に捕まっている井村は、二月十三日に、突然、女の声で電話がかかってきて、イベント列車に、森口ゆかりが、別の名前で乗ると教えてくれた上、切符を、速達で送ってきたといっているようだがね。それは、本当なのかね？」

「郵便局へいってきました。確かに、十四日の午前九時半頃、井村宛の速達便を、届けたといっています。しかし、中身は、わからないともいっていますから、それが、切符かどうかは不明ですね。妙な電話の件も、証明は、不可能ですよ」

「ナイフのことは、わかったかね？」

「わかりました。井村のマンションから、歩いて十二、三分、駅の近くに、金物店があるんですが、そこで、十五日の夕方、ナイフを買っています」

亀井は、それと同じナイフを借りてきたといって、十津川の机の上に、置いた。

亀山署からは、凶器のナイフの写真を、電送してきていたが、それと、まったく同じものだった。

十津川は、電話を、亀山署にかけた。

電話口に出たのは、井村を取調べたという和田刑事だった。

「どうも、厄介なことをお願いして、申しわけありません」

と、和田は、いった。

「いや、なかなか、楽しかったですよ」

と、十津川は、いい、亀井が、調べてきたことを、和田に、伝えた。

「井村がいったことの半分は、本当だったわけですか」

和田は、意外そうな口振りで、いった。

「少なくとも、森口ゆかりという女に、恨みを持っていたことと、凶器のナイフを、近所の金物店で、買ったことは、事実のようですね」

「他の点は、どうも、うさん臭いですな」

「妙な女から、突然、電話があったり、切符が、速達で、送られてきたりということですか？」

「そうです。速達の中身も、わからんでしょう？」

「そうですね。しかし、井村は、運送会社に、三日間の休暇願を出したら、怒られたので、さっさと、辞めてしまったのも、事実ですがね」

と、十津川は、いった。

和田刑事は、それをきいても、

「だからといって、井村がシロとは、とても考えられませんよ」

「彼が、嘘をついているとすると、殺人の動機は、どんなことになるんですか？」

「私は、こう思っているんです。井村は、金に困っていた。それで、背に腹は代えられず、強盗を思い立ったんだと思いますね。イベント列車というのは、小金を持った乗客が多いんですよ。伊勢詣となれば、なおそうです。そこで、ナイフを隠し持って、列車に乗った。あのお座敷列車というのは、各客車に、談話室という小さな部屋がついているんです。そこへ、金を持っていそうな乗客を連れ込んで、脅して、金を巻きあげようとしたんじゃありませんかねえ。たまたま、獲物になったのが、被害者の原口みや子だったと思います。ナイフを出して、金を出せと脅したが、彼女が、騒いだんで、カッとして、刺してしまったんだと、考えているんです。自分を捨てた女と間違えたとかいっているのは、捕まってからのいいわけですよ」

　と、和田刑事は、いった。

「ナイフを探していて、捕まったそうですね？」

「はい」

「井村は、なぜ、そんなことをしていたんですかね？　早く逃げればいいと、思うのに」

　と、十津川は、きいた。

「それは、こう、考えています」

と、和田は、自信満々に、いった。
「井村は、カッとして、ナイフで、被害者を刺してしまった。ナイフを、そのままにしておいたら、間違いなく、自分が、犯人だと、わかってしまうと思い、あわてて、窓から、投げ捨てたんだと思います。あの列車は、客車の窓が開きますから。まさか、血まみれのナイフを持って、自分の座席に戻れんでしょう。ですから、ナイフを、投げ捨てるというのは、犯人としては、当然の動作だと思います。そうしておいてから、井村は、亀山駅で逃げ出したんですが、その時になって、ナイフに、自分の指紋がついていることを思い出し、あわてて、拾いにいったところを、捕まったわけです」

10

十津川は、まだ、いくつか、納得できない点はあったが、三重県警の事件である。
電話を切って、煙草に火をつけた時、若い刑事が、面会ですと、いってきた。
名刺をみると、週刊Sの大久保という記者になっている。
とにかく、廊下に出てみると、四十二、三歳の男だった。
十津川は、何の用かわからなかったが、相手を、喫茶室に連れていった。
「イベント列車のなかで起きた事件のことなんですがね」

と、大久保は、いった。

「それなら、三重県警の事件ですよ。亀山署に、電話した方がいいな」

「電話しましたが、ケンもホロロでしてね。こっちのいうことは、まったく、取り合ってくれません」

大久保は、苦笑いしている。

「と、いうと、あなたは、捕まった井村の友人か何かなんですか？」

と、十津川は、きいた。

「いや、違います。友人なら、すぐ、亀山に駆けつけていますよ。実は、僕が、彼を、エリートサラリーマンの椅子から、引きずり下ろしたようなものでしてね」

「一年前の事件を、週刊誌に、書いたわけですか？」

「それも、意地悪くです。からかうような書き方の方が、面白いですからね。うちの写真週刊誌とコンビみたいにして、あの男を、やっつけました。彼が、会社を馘になった時も、別に、良心の呵責は感じませんでしたね。女に甘いのがいけないんだと、思っていましたよ」

「それが、今度の事件を見て、彼に、悪いことをしたと、思い出したんですか？」

と、十津川は、きいた。

「今、思い出してみると、あの男は、純情で、気の小さい、いい奴だったんですよ。

女に欺されるなんて、いい男の証拠ですからね。テレビのニュースを見たんですが、今度も、また、誰かに欺されて、犯人に、仕立てあげられたんじゃないかと、思いましてね」

と、大久保は、いう。

「すると、彼がいってることは、本当だと思うんですか？　ある日、突然、女の声で電話があって、イベント列車の切符を送ってきた。一年前に自分を裏切った森口ゆかりが、乗っていると思い込んで、ナイフを買って、乗った。そういう話を、信じるわけですか？」

「ええ。亀山署では、下手《へた》くそな嘘だと、いっていましたがね。あの井村という男は、そんな嘘をつけない人間ですよ」

「しかし、一年の間に、人が変わっているかもしれませんよ」

と、十津川は、いった。が、大久保は、首を横に振って、

「あの男が、そんなに簡単に、変わるとは思えませんね」

「すると、あなたは、彼が、誰かに、はめられたと、思うんですか？」

と、十津川は、きいた。

「そうです。一年前、あの男は、簡単に、森口ゆかりという女に欺されましてね。それと同じだと思っているんですよ。今度も、罠にかけられたんです。一年前より、も

っと悪質な罠にね」

「それで、私に、何をしろと、いわれるんですか？」

十津川は、コーヒーを持つ手を止めて、相手を見た。

「もう、おわかりと思いますが、彼を、助けて欲しいんです。あなたなら、それが出来ると思うんですよ」

「一年前、あなた方が、彼を、エリートコースから、引きずり下ろしたことへの償いとしてですか？」

「僕がやればいいんですが、亀山署が、あんなに、かたくなでは、民間人の僕には、手が出ないんです。何とかしてくれませんか。あの男は、シロですよ。それだけは、よくわかるんです」

「私が、断ったら、どうするんですか？」

「僕には、どうも出来ません。会社は、そんな事件に、首を突っ込むなというし、出版社を辞めてもと、考えたんですが、個人の僕には、何の力もありません。亀山署へいっても、追い払われるのが、オチですよ」

「相手が、民間人なら、いくらでも、やっつけられた、ということですか？」

十津川は、ちょっと、皮肉をいった。

大久保は、頭をかいて、

「それをいわれると、一言もありませんが」

「あなたが、シロだというのは、単なる勘なんでしょうか？」

「そうです。一年前、彼を追い回していて、彼という人間が、わかったんです。この男は、人は、殺せません」

「しかし、ナイフを持って、列車に乗ったんですよ」

「一年前に、自分を裏切った女に復讐しようとしてね。しかし、あの男に、殺せたとは思えませんよ」

と、大久保は、いった。

11

十津川は、自分の部屋に戻ると、亀井に、大久保の話を伝えた。

「それで、何と、返事をされたんですか？」

と、亀井が、きく。

「ただ、話をきいただけだ。カメさんは、どう思うね？」

「わかりませんね。ただ、何か、出来すぎている事件のような気がしていますが」

「その点は、同感だね。一つ、殺された原口みや子という女性について、調べてみないか。どうせ、亀山署には、彼女のことを、報告しなければならないんだ」

と、十津川は、いい、二人は、警視庁を出た。

原口みや子の住所は、中野のマンションになっている。二人は、地下鉄でいくことにした。

「亀山署は、なぜ、被害者のことに、あまり関心を示さないんですかね？」

と、亀井が、地下鉄の車内で、十津川に、きいた。

「それは、井村の話を、嘘だと思っているからだろう。亀山署の推理では、井村は、誰でもいいから、乗客の一人を脅して、金を奪う気だったというわけだよ。従って、原口みや子は、偶然に、殺されたことになる。彼女の性格とか、仕事や、恋人関係などは、意味がないわけだよ」

「井村の話が事実だとすると、逆に殺された女の人物像が、意味を、持ってきますね」

と、亀井は、いった。

新中野でおりて、五、六分歩いたところにあるマンションだった。

いわゆる豪華マンションで、殺された原口みや子は、月二十万円を払って、２ＬＤＫの部屋を、借りていた。

管理人に、部屋を開けてもらった。

部屋も広いが、調度品も、なかなか、豪華だった。

「原口さんは、何をしていたのかね？」

と、亀井が、管理人に、きいた。

「なんでも、六本木の高級クラブで、働いているとききましたよ」

と、管理人は、いった。

「高級クラブね」

「車も、持っていらっしゃいますよ。小型のベンツですが、地下の駐車場に置いてあります」

「パトロンでもいるのかね？」

「さあ、男の人の声は、時々、ききましたが、顔を見たことは、ありませんね」

「彼女の家族は？」

「いつだったか、身寄りがないということを、きいたことがありますよ。さっぱりしてて、いいんだって、笑っていらっしゃいましたが」

「すると、遺産は、どこへいくのかね？」

「どうなんですかねえ」

管理人も、首をかしげている。

洋ダンスには、毛皮のコートも、何着か入っていた。

「預金通帳や、宝石類が、見当たらないな」

と、十津川は、呟いた。

「ゼロというのは、おかしいですね」

亀井がいうと、それをきいていた管理人が、

「近くの銀行に貸金庫を持っているると、おっしゃっていましたよ」

と、いった。

十津川は、腕時計を見た。二時半。まだ、銀行は、開いている。

二人は、駅前にあるM銀行の新中野支店に、走った。

管理人がいったとおり、原口みや子は、貸金庫を、持っていた。

銀行の支店長に立ち会ってもらって、十津川は、貸金庫の箱を、開けてみた。

預金通帳が、二冊入っていたが、金額は両方で、八百万少しだった。

宝石も、何点かあった。

しかし、十津川が見ても、そんなに高価なものは、見当たらなかった。

「この他に、彼女は何か、このなかに入れていませんでしたか？」

と、十津川は、支店長に、きいてみた。

支店長は、箱のなかを、のぞき込んでから、

「生命保険の証書がありませんね」

「彼女は、生命保険に入っていたんですか？」

「ええ。うちの系列に、M生命がありましてね。原口さんに、入っていただいたんです」

「いくらの保険ですか？」

「五千万円だったと思います」

「受取人は、誰になっていたか、わかりますか？」

と、十津川は、きいた。

支店長は、すぐ、M生命に、電話を入れて、調べてくれた。

「受取人は、佐々木淳という男の人です」

と、いう。

「その保険は、災害時には、倍になるというものですか？」

「三倍です」

「すると、今度のような場合は、一億五千万円ですか？」

「そうなりますね」

と、支店長はいった。

十津川は、礼をいって、亀井と、銀行を出た。

「保険金目当ての殺人の可能性が、出てきましたね」

亀井が、眼を光らせて、いった。

「もし、そうなら、井村は、シロだね。彼は、保険金の受取人じゃないからね」

「被害者と一緒に、イベント列車に乗っていた男がいましたね」

「きっと、その男の名前が、佐々木淳だと思うね」

と、十津川は、いった。

警視庁に戻ると、十津川は、すぐ、亀山署の和田刑事に、電話をかけた。

原口みや子について、報告したあと、

「被害者と一緒に、あの列車に乗っていた男が、いましたね。その男の名前を、教えてもらえませんか」

と、十津川は、いった。

「男の名前は、井上修一郎ですよ」

「井上？　佐々木淳じゃないんですか？」

「違いますね」

「その井上の住所は、わかりますか？」

「ええ。東京都大田区久が原のマンションです」

「被害者との関係については、どういってるんですか？」

「たんなる友だちだといっていますね。彼女が、汽車で、伊勢詣にいきたいといったらいましたよ」
「アリバイもありましたし、何よりも、犯人が見つかっているので、東京に帰っても
「彼は、今、どこにいます？」
ので、つき合って、あの列車に乗ったのだと、いうことです」

「仕事は、何をしている男ですか？」

「K工業の社員です。身分証明書も、持っていましたね」

と、和田刑事は、いった。

十津川は、亀井と、翌日、新宿西口に本社のあるK工業を、訪ねた。

確かに、井上修一郎という社員がいた。

会ってみると、あまり冴えない感じの男だった。三十五、六歳ぐらいだろう。それも、エリートコースに乗っているようには、見えない。

「彼女のことは、全部、向こうの警察の方に、話しましたよ」

井上は、面倒くさそうに、いった。

「しかし、話していないことが、まだ、あるんじゃありませんか？」

「どんなことです？」

「彼女が殺されたのに、あまり悲しそうじゃありませんね？」

「別に、結婚しようと思っていた女性でもありませんからね」

「佐々木淳という男を、知っていますか？」

「佐々木？　知りませんよ」

と、いった。が、井上の顔に、ちらりと、狼狽の色が走ったのを、十津川は、見逃さなかった。

「嘘をつくと、あとで、偽証罪で、逮捕されますよ」

と、十津川は、脅した。

井上は、蒼い顔になって、

「どうなってるんですか？　犯人は、もう捕まってるんですよ。それに、僕は、彼女を殺してなんかいないんだ」

「それは、わかっています。しかし、佐々木という男は、知っているんでしょう？　どうですか？」

「知っているといっても――」

「どこで、知り合ったんですか？」

「新宿のスナックです。向こうから、声をかけてきたんですよ」

井上は、観念したらしく、素直に、話した。

「それから、親しくなったんですか？」

「銀座や、六本木のクラブへ連れていってくれましたよ。彼女には、そこで、会ったんです」

「六本木のクラブで？」

「ええ。僕なんか、ちょっといけないような高級クラブでしたね」

「今度の伊勢詣は、佐々木に頼まれたんですか？」

「ええ。急用が出来て、自分はいけなくなったから、彼女と一緒にいってくれと頼まれましてね。美人と一緒の旅行も楽しいと思って、いいよと、いったんです。それが、あんなことになるなんて――」

「なぜ、佐々木のことを、隠そうとしたんですか？」

と、亀井が、きいた。

「亀山で、佐々木に、電話したんですよ。そうしたら、おれのことは、黙っていてくれと、頼まれたものでーー」

「じゃあ、彼の家や、電話番号を、知っているわけですね？」

「ええ。三度ぐらい、遊びにいったことがありますよ。麹町の豪華なマンションに、住んでいますね」

「何をしている男なんですか？」

「経営コンサルタントをしているといっていましたが、よくわからないんです。ちょっと、得体の知れない男です」

と、井上は、いった。

12

十津川と亀井は、麹町にあるマンションへいってみた。なるほど、素敵なマンションである。

半蔵門に近く、一番狭い2DKでも、月三十万円はするという。

佐々木淳は、八階の部屋にいた。窓から、皇居の緑が見えるいい部屋だった。

佐々木は「経営コンサルタント」の肩書のついた名刺をくれた。

うすく色の入ったサングラスをかけ、長身で、痩せた、得体の知れない男に見えた。

「ええ。井上君に、頼みました。急に、彼女と一緒にいけなくなったものですからね」

と、佐々木は、うすく微笑しながら、いった。

「どんな急用だったんですか？」

と、十津川は、きいた。

「それが、ヤボ用でしてね。仲間と一緒に、マージャンをやることになっていたのを、つい忘れていたんですよ。あわてましてね。いろいろと、探したんですが、ピンチヒッターが見つからなくて、伊勢行の方を、井上君に、頼んだわけです」

「マージャンのメンバーを教えてくれますか？」

「どうやら、僕が、疑われているようですね」

と、佐々木は、笑ってから、十六日の朝から、徹夜でやったというメンバーの名前と、場所を、教えてくれた。

「ところで、死んだ原口みや子さんの生命保険の受取人になっていますね？」

と、亀井が、きいた。

佐々木は、ニヤッとして、

「なるほど。それで、疑われているわけですか」

「そのとおりなんでしょう？」

「ええ。しかし、僕が死ねば、彼女が、同じ額の保険金を、受け取ることになっていますよ」

「保険には、どちらが、入ろうといったんですか？」

「僕が、といいたいんですが、彼女の方なんですよ。彼女、身寄りがなくて、将来、不安だから、お互いに、保険に入って欲しいといいましてね。僕は、あまり、生命保険というのは、好きじゃなかったんですがね」

と、佐々木は、いった。

（どうも、怪しげな男だな）

と、十津川は、思った。が、いったん、警視庁に帰ってから、マージャンのことや、生命保険のことを調べてみると、佐々木のいったことは、事実だった。

十六日の朝から、十七日にかけて、佐々木は、森沢という不動産会社の社長宅で、マージャンをやっていた。

他の二人は、クラブの経営者と、デザイナーの女性だった。

四人とも、いわゆる飲み友達だという。

生命保険の方も、間違いなく、佐々木は、同じ五千万円の保険に入っており、受取人は、原口みや子になっていた。

「どう思うね？　カメさん」

と、十津川は、きいた。

亀井は「そうですねえ」と、考えていたが、

「はっきりしたアリバイがありますから、佐々木は、殺してはいないと、思いますが――」

「だが、臭いか？」

「ええ。これは、何かありますよ」

「どうするね？」

「警部は、どうされますか？」

「亀山へいって、井村という男に、会ってみたいね」

と、十津川は、いった。

13

最初、上司は、十津川の亀山行に、反対した。

理由は、もちろん、三重県警の事件だからである。それに、犯人として、井村が、逮捕されていることもあるだろう。

「実は、週刊誌が、この事件に注目していて、井村は、シロだ、それを勾留しておくのはけしからんと、いっているんです。何とかしないと、冤罪事件として、書き立てられる危険があります」

と、十津川は、週刊Sの大久保の名刺を見せて、本多一課長や、三上刑事部長にいった。

脅したのである。

その結果、一度だけという限定つきで、亀山行を許可された。

十津川と、亀井は、すぐ亀山に向かった。

午後に、亀山署に着くと、和田刑事や署長が驚いて、二人を迎えた。

「井村に、会わせてもらえませんか」

と、十津川は直截に頼んでみた。

署長は、一瞬、迷いの色を見せたが、それでも、許可してくれた。

十津川と亀井は、取調室で、井村に会った。

(なるほど、負け犬の顔をしている)

と、思いながら、十津川は、

「君の話をききたい」

「どうせ、嘘だと思いますよ」

井村は、ふてくされたようにいった。

「それは、話してくれなきゃ、わからないね。君は、絶対に、シロだといっている人もいるんだ」

と、十津川は励ました。

井村は、ぼそぼそと、喋り出した。

前に、和田刑事からきいてはいたが、やはり、直接、本人からきくと、初めて知ることも、多かった。

「奇妙な話だね」

と、十津川は、きき終わってから、井村にいった。

「でも、全部、本当なんです」

「君は、電話の女の言葉を、信じたんだね？」

「ええ」

「なぜ？」

「速達で、切符まで送ってきたからです。それに、嘘でもいいと思ったんです。今の生活に、あきあきしていましたから」

「もし、森口ゆかりが、本当に乗っていたらと思って、ナイフを買ったのか？」

「ええ」

「そして、原口みや子を、ゆかりと思ったのかね？」

「ええ。声が似ていたし、右手の甲に、傷痕がありましたから」

「声が似ている女というのは、よくいるんじゃないかね？」

「ええ。でも、ゆかりだと思ったんです」

「電話の先入観があったからだよ」

「そうかもしれませんが――」

「電話の女は、整形していると、いったんだね？」

「ええ。整形しているし、名前も原口みや子といっている。井上修一郎という男と一緒だと、いったんです」

「なるほどね。君が女に名前をきいた場合でも、いいようにしたわけだ」

「そうかもしれません」

「君は、列車のなかを、歩いてみたかね？」

「ナイフが失くなったあと、ざっと、歩きましたが――」

「そのとき、森口ゆかりを見かけなかったかね？」

「見たら、覚えていますよ」

と、井村はいった。

「彼女の顔は、ちゃんと覚えているわけか？」

亀井が、いくらか、ひやかし気味に、いった。

井村は、ポケットから、女の写真を出して、十津川たちに見せた。

「それが、ゆかりです」

「いつも、持っているのかね？」

「整形しているといわれたけど、一年ぶりに、その写真を持っていったんです。ここの刑事さんに取りあげられましたが、頼んで、返してもらったんですよ」

「本当に、乗客のなかに彼女は、いなかったのかね？」

と、十津川はきいてみた。

「いなかったんです。いればすぐ、わかります」

と、井村はいった。

十津川と亀井は、取調室を出た。

「彼は、まだ、森口ゆかりを好きなんじゃありませんかね」

と、廊下に出てから、亀井が、ぶぜんとした顔で、いった。

「たぶん、そうだろうね」

十津川も、肯いた。

「井村は、シロだと、思われますか？」

「シロだよ。大久保という記者がいったように、あの男は、人を殺せないよ」

「そうだとすると、誰が原口みや子を殺したんでしょうか？　彼女と一緒に列車に乗っていた井上修一郎には、車内でのアリバイがあるし、第一、動機がありません。一番、動機を持っている佐々木は、東京でマージャンをやっていた。犯人はいなくなってしまいますよ」

「もう一人、いるさ」

と、十津川は、いった。

「誰ですか？」

「森口ゆかりだよ」

と、十津川は、いった。

14

「ここに、森口ゆかりがいるとして考えてみようじゃないか」

十津川は、亀山署の外に出てから、亀井に、いった。

二人は、近くの喫茶店に入り、コーヒーを注文してから、十津川は、話を続けた。

「人間の性格なんて、一年ぐらいでは変わるものじゃない。とすると、森口ゆかりは、相変わらず誰かを欺して金をつかもうとしていたとしても、おかしくはない。もちろん、これから先は推測でしかないが、間違ってはいないと思うよ。ゆかりは、獲物を探しているうちに佐々木淳と、知り合ったんだ。佐々木は、獲物にしては金もないし、地位もない男だった。ゆかりと同じように、うさん臭い人間だ。そこで、二人は手を組むことにしたんじゃないかね」

「似た者同士というわけですか」

「そうだよ。それに、佐々木は、インチキ人間だが、女にもてた。例えば高級クラブのホステスの原口みや子みたいな女にだ。そこで、ゆかりと佐々木は、相談した。いや、これは、ゆかりの考えだろう。佐々木と、みや子とは、お互いに、保険をかけ合う。そして、みや子を殺して、保険金をせしめる計画だよ」

　と、十津川はいった。

　コーヒーがきたので、二人は、話を止《や》め、ゆっくりと口に運んだ。

「しかし、佐々木が殺したのでは、すぐ、彼が捕まってしまいますね」

　と、亀井がいった。

「そのとおりさ。といって、金で、殺し屋を傭うのも危険だ」

　と、十津川がいう。

「それで、井村ですか？」

「ゆかりは、一年前に欺した、馬鹿な井村のことを、思い出したんだ。もう一度、欺して、利用してやろうと考えたんだろう。まず、佐々木に、原口みや子をイベント列車に、誘わせる。その時、他に、二枚の切符を、買っておく。そうしておいて、井村に、電話をかける。森口ゆかりが、顔を整形し、原口みや子と、名前を変えて、男と、イベント列車『伊勢路』に乗ると教え、切符を速達で、送りつけたんだ」

「ちょっと、待って下さい」

　と、亀井が、いった。

「何だい？　カメさん」

「森口ゆかりの声は、井村が、よく知っているはずですよ。その彼女が電話したら、すぐ、わかってしまうんじゃありませんか？」

「その点は、あとで証明するよ。先に、進もう。ゆかりが、考えたとおり、井村は、すぐ、そのエサに、飛びついた。井村は、会社を辞め、問題のイベント列車に、乗り込んだんだ。ひょっとすると、ゆかりを殺すことになるかもしれないと思い、近くの金物店で、ナイフを買ってね」

「犯人は、列車のなかで、井村のショルダーバッグから、そのナイフを、盗み出しますね。なぜ、彼が、ナイフを買ったことを、知っていたんでしょうか？」

と、亀井が、きいた。

「森口ゆかりは、電話をかけ、速達で、切符を送りつけておいてから、井村を、監視していたんだと思うよ。彼が、どう出てくるか、わからないからね。彼が、近所の金物店で、ナイフを買ったのを見て、成功を、確信したんじゃないかね。そして、彼女は、たぶん、同じナイフを買ったと思う」

「なぜですか？」

「井村が、そのナイフを、持ってこない時に、備えてだよ」

と、十津川は、いった。

十津川は、煙草に火をつけた。

「さて、問題の十六日だ。井村は、相変わらず、人がいいので、森口ゆかりが、整形して、顔を変え、原口みや子の名前で、イベント列車に、乗っていると、思い込んでいる。目印は、右手の甲の傷痕だ。一方、森口ゆかりと、しめし合わせた佐々木は、直前になって、原口みや子に向かい、どうしても、マージャンをしなければならないので、よく知っている井上修一郎と一緒に、伊勢詣に、いってくれないかという。そのために、前もって、井上を、彼女のクラブに誘ったりしておいたんだろう。だから、井上じゃなくても、ちょっと女に甘い男なら、誰でもよかったんだ」

「マージャンは、もちろん、アリバイ作りのためですね？」

「そのとおりだ。列車に乗った井村は、男と一緒にいる、右手の甲に傷痕のある女を探した。1号車の展望室にいた井村は、そこへ入ってきた原口みや子を見て、ゆかりだと、信じた。たぶん、身体つきも似ていたんだろうと思う。そして、何よりも、男と一緒で、右手の甲に傷痕があった。井村が、ゆかりの手に、傷をつけた痕がね」

「ちょっと待って下さい。井村は、声も、ゆかりにそっくりだったと、いっていますが」

「多少は、似ていたと思うよ」

「多少ですか？」

「多少でいいんだ。井村は、あの列車に、ゆかりが、乗っていると、思い込んでいるんだ。しかも、右手の甲に、傷痕があったんだ。多少でも、似ていれば、ああ、声も、ゆかりに、そっくりだと思うものさ。それに、一年間のブランクがある。よほど、声に特徴があれば別だが、普通の声なら、そんなに、はっきりとは、覚えていないものだよ」

「そのあと、犯人は、井村のショルダーバッグから、ナイフを、盗み出すわけですね？」

「犯人は、というのは、森口ゆかりはということだが、井村が、かっとして、原口みや子を殺すと、考えていたんじゃないかな。井村が一緒にいる男も殺してくれれば、一番いいと、思っていたはずだよ。それで、電話で、井上の名前まで、教えたんだ。しかし、熱海、名古屋と過ぎても、井村が、原口みや子を、殺す気配がない。そこで、計画の二番目、自分で、原口みや子を殺し、その罪を、井村にかぶせることにしたんだ」

「それで、ナイフを、盗んだわけですね」

「ゆかりは、そのナイフで、原口みや子を、刺し殺したんだ。3号車の談話室に、誘い込んでね。そうしておいて、彼女は、血のついたナイフを、窓から外に捨てた」

「そこが、わからないんですが」

「ナイフを、窓から捨てたことかね？」

「そうです。井村の指紋がついているナイフなんですから、そのまま、死体に刺しておいた方が、よかったと、思いますが」

と、亀井が、いった。

十津川は、首を横に振った。

「二つの理由で、ゆかりは、そうしなかったんだと思うよ」

「どんな理由ですか？」

「第一は、そのナイフの柄に、井村の指紋がついているかどうか、わからなかったからだ。井村が、きれいに、拭いて、バッグに入れてきたかもしれないからね。第二は、最初に、死体を、井村が、発見した場合だ。彼は、自分のナイフが刺さっているのを見て、それを抜きとり、隠してしまうだろう。それでは、困るからだよ」

「捨てれば、うまくいくと、思ったんでしょうか？」

と、亀井が、きいた。

15

「ゆかりは、賭けたんだよ。自分は、手袋をはめて、自分の指紋がつかないようにして、原口みや子を刺殺し、窓から、ナイフを投げ捨てた。亀山駅に着く寸前だ。彼女の賭けが成功すれば、ナイフに、井村の指紋を、つけられる。ナイフを盗まれたと知った井村は、あわてて、車内を探した。そして、3号車の談話室で、原口みや子が、腹部を刺されて死んでいるのを発見した。彼女を、ゆかりと思い込んでいる井村は、このままでは、自分が疑われると思い、亀山に停車中に、逃げ出したんだよ」

「そのあと、井村は、ナイフを探しにいったわけですね？」

「そう考えるのが、当然なんだ。ナイフが盗まれ、ゆかりと思い込んでいる女が、刺し殺されていたんだからね。犯人は、彼のナイフで、刺しておいて、そのナイフを、窓から捨てたのではないかと考えた。もし、ナイフが見つかったら、大変だ。彼のマンションの近くの金物店を調べられたら、彼が、ナイフを買ったことが、わかってしまうからね」

「なるほど」

「井村は、ゆかりが、考えたとおり、ナイフを探しに、線路上を歩き出し、見つけて、拾いあげたところを、駅員と、警官に、捕まってしまったんだ」

「タイミングが、よすぎますが――」

「ゆかりは、井村が、亀山駅で、逃げ出したのを見ていたんだ。彼女の推理が当たれば、井村は、亀山駅でおりたあと、ナイフを探す。だから、早く、死体を発見させせなければならない」

「そのとおりだと思いますが、死体の発見者は、女じゃありませんが」

と、亀井は、いった。

「ゆかり自身が、発見者になるわけにはいかないんだ。いろいろと、きかれるし、彼女は、列車に乗っていないことにしておく必要があったからね。しかし、六両編成の狭い車内だし、子供たちは、通路を、歩き回っているんだ。談話室を、開けておくだけで、すぐ、誰かが発見してくれる」

「そうですね」

「車内は、大さわぎになり、犯人は、亀山駅でおりたに違いない。そういえば、一人、男の乗客がおりたという目撃者も出てきて、車掌は、すぐ、亀山駅に、連絡したんだ。そして、井村が、捕まったというわけだと思う」

「なるほど」

「タイミングが、良過ぎたのは、偶然だろうが、多少、時間がずれても、井村は、線路上をうろついているところを、捕まったと思うね」

「そこまでは、わかりました。あとは、肝心の森口ゆかりですが、井村は、彼女は、乗っていなかったと、いっています」

と、亀井は、いった。

十津川は、笑って、

「一年前に、井村の知っていたゆかりはね。森口ゆかりは、たぶん、井村だけじゃなく、何人もの人間を、欺したんだと思う。ただ、逃げ回っていては、すぐ、捕まってしまう。それで、彼女は、どうしたか？」

「整形して、顔を変えた？」

「そうだよ。ただし、原口みや子になったわけじゃなかった。別の顔になっていたんだ」

「声は、どうなんですか？」

「それは、こうだと思う。頬骨や、顎などを、整形すると、声が、微妙に、変わるんじゃないかな。あるいは、一年間、悪い生活をしていたので、声が、変わったか」

「手の甲の傷痕はどうです？」

「ゆかり自身は、手術で、傷を消していたんだと思う。今は、そのくらいの手術は、出来ると思うね。一方、原口みや子の方は、佐々木が、彼女の手の甲に、傷をつけたんだろう。それこそ、果物でもむいていて、果物ナイフが滑ったように見せかけてだよ。それが、自分を殺す小道具になるとは、原口みや子は、気づかなかったと思うね」

「井上という男も、いわば、利用された一人ということになりますね？」

と、亀井が、きく。

「そうだ。井上修一郎は、完全に、佐々木とゆかりに、利用された男だと思うね。今もいったが、ゆかりは、井村が、カッとして、原口みや子と、井上の二人を殺してくれればいいと考えていたと、思うね」

と、十津川は、いった。

「これから、どうしますか？」

「東京に帰って、二つのことを、調べようと思っている」

十津川は、煙草を、もみ消して、亀井にいった。

「一つは、森口ゆかりを見つけることですね？」

「そうだ」

「もう一つは、何ですか？」

「私の推理が正しければ、原口みや子の手の甲の傷は、最近、佐々木がつけたものだ。それを、証明したいね」

と、十津川は、いった。

16

十津川と、亀井は、東京に戻った。

十津川は、亀井に、若い西本刑事をつけて、原口みや子の周囲の人間の聞き込みをやらせた。

その結果、十津川の考えたとおりの結果が出た。

みや子と同じクラブで働く同僚のホステスが、彼女が、手の甲を切った時のことを、覚えていたのである。

半月ほど前、みや子が、右手に包帯を巻いて、出勤してきた。

同僚が、きくと、みや子は、笑いながら、

「佐々木さんが、リンゴの皮をむいていて、手を滑らせ、果物ナイフで、切ってしまったのよ」

と、いったという。

同僚のホステスは、もちろん、何の疑いも持たず、

「仲がよすぎるのよ」

「べたべた、くっついてるから、手を切ったりするのよ」

と、いって、ひやかしたという。

次は、肝心の森口ゆかりを、探すことだった。

これにも、二つの方法があると、十津川は考えた。

一つは、ゆかりが、どんな顔に、整形されているかを、知ることだった。

十津川は、刑事たちに、森口ゆかりの写真のコピーを持たせて、都内の整形医を、

当たらせた。

だが、なかなか、ゆかりを整形したという医者は、見つからなかった。

十津川は、この捜査に並行して、もう一つの方法も、とっていた。

佐々木には、亡くなった原口みや子の保険金一億五千万円が支払われる。当然、ゆかりが、自分の分け前を要求して、姿を現すはずである。

十津川は、日下《くさか》と清水の二人の刑事に、佐々木を見張らせておいたのである。

M生命が、佐々木に、一億五千万円を支払った三日後である。

佐々木が、急に、動き出した。

愛車のベンツに、大きなボストンバッグを積み込み、自宅マンションを、出発したのである。

日下の知らせを受けて、十津川と亀井も、覆面パトカーで、その後をつけた。

夜のなかを、佐々木のベンツは、箱根に向かった。

強羅《ごうら》のホテルに着くと、四七〇号室に入った。

まだ、女は、きていない。

佐々木は、田原進一の名前で、チェックインしている。

三十分も、待ったろうか。

タクシーが着き、ミンクのコートを羽織った女が、ロビーに入ってきた。

彼女は、まっすぐ、フロントにいくと、

「田原進一という人が、泊まっているはずだけど、何号室かしら？」

と、きいた。

フロント係は「四七〇号室です」と、答えてから、ロビーに待機している十津川たちに、手で合図した。

十津川と、亀井が、女に近づいた。

女は、森口ゆかりの写真に、似ていなかった。

だが、十津川が、

「森口ゆかりだね？」

と、いきなり、声をかけると、彼女は、びくっとして、振り向いた。それが、何よりも、雄弁に、女の正体を、示していた。

亀井が、手錠をかけた。

日下と清水の二人の刑事が、すぐ、四階へ、あがっていった。

森口ゆかりと、佐々木が、自供して、井村は、釈放された。

井村は、十津川たちのところに、礼を、いいにきた。

「助かったのが、夢のようです」

と、井村が、いう。

十津川は、そんな井村に向かって、

「助かったのは、あなた自身に、優しさが残っていたからですよ。もし、森口ゆかりに対する憎しみに、凝りかたまっていて、間違えて、原口みや子を殺していたら、森口ゆかりの罠にはまったといっても、殺人罪は、まぬがれませんからね」

と、いった。

井村が、帰っていく背中を見ながら、亀井が、いった。

「警部は、あの男の優しさが、彼を助けたんだといわれましたが、あの優しさでは、これから生きていくのが、大変ですな」

恨みの浜松防風林

1

日下《くさか》刑事の前を、一人の男が歩いていく。

身長百七十三センチ、体重七十二キロ。年齢三十五歳。名前は、佐伯広己。

いや、そんなことより、日下にとって大事なのは、その男が、五日前に、四谷三丁目で起きた殺人事件の容疑者の一人だということだった。

五日前の六月十六日の夜、四谷三丁目から信濃町にいく通りに面したマンションの五階で、二十八歳の女が、殺された。

新宿のクラブ「フェアレディ」のホステスで、店での名前はあいこ、本名は立木ゆう子である。

彼女の死体は、翌十七日の昼近くになって、発見された。

十六日は、店を休むことにしていた。そして、この日の午後十時から十一時の間に、彼女は殺されている。

彼女はネグリジェ姿で殺されていたし、入口のドアがこわされていないことから見て、顔見知りの犯行と考えられた。

洋ダンスの引出しに入っていたはずの現金や宝石類が盗まれていたことで、犯人の目的は個人的な怨恨か、あるいは彼女の現金、宝石類が狙いかのいずれかに違いなかった。

警察は、その両面から、聞き込みを開始した。

その結果、三人の容疑者が、浮かんだ。

一人は、二年前に別れた前の夫、金田勇である。四十歳になっているのに定職がなく、女にたかって生きてゆくような男だった。最近、ゆう子に復縁を迫り、店にも押しかけていたといわれる。

二人目は、店の常連で、ゆう子にぞっこんだった。

名前は、渡辺哲。四十二歳の若さで、S化学の部長の地位にある。クラブ「フェアレディ」には、接待でよくきていたのだが、ゆう子に溺れていった。無理をして、宝石なども買い与えたらしい。それが原因で、奥さんが離婚するといい、現在、家裁に訴えている。

渡辺はそれでも、八年連れ添った妻を捨てて、ゆう子と一緒になろうとしたが、彼女の方は最初からその気はなく、肘鉄をくらわしたらしい。その上、会社での地位も危くなって、カッとした渡辺が、ゆう子を殺したのではないか。

そして三人目が、佐伯である。佐伯は、ゆう子と同じマンションに住んでいた。元ボクサーで、引退してから用心棒のような仕事をしていたが、金に困っていたと思われる。部屋代を溜めていたからである。被害者に、金を貸してくれといって断られ、殴りつけたということがあり、そのとき、一一〇番されて逮捕されている。

捜査本部は、前の二人の容疑が濃いとみて、重点的に調べていた。

佐伯を追わなかったのは、彼には、犯行時刻に友人と、三人マージャンをやっていたというアリバイがあったからである。

ただ、日下ひとりは、佐伯をマークした。友人たちの証言は、佐伯に頼まれての偽証と考えた。

なぜといわれても、日下にはうまく説明できないのだが、佐伯という男を初めて見た時から、この男が殺したに違いないと思ったのである。

だから日下は、ひとりで、佐伯を追いかけた。

2

佐伯は、ゆっくりと歩く。そのくせ、どこか、はねるような感じなのは、ボクサーだったせいだろうか。

彼が、地下鉄の階段をおりていく。間隔を置いて、日下も階段をおりる。

入ってきた電車に乗る。

佐伯がおりたのは、東京駅だった。まっすぐ、新幹線ホームに向かう。

(何処へいくのか?)

と、思いながら、日下は、佐伯の背中に視線を当てて歩く。

佐伯は、自動販売機で切符を買った。何処まで買ったのか、わからない。日下は取りあえず、新横浜まで買って、改札口を通った。

19番ホームにあがると、佐伯は腕時計に眼をやり、そのあと煙草に火をつけた。

次に19番線から出るのは、広島行の「ひかり87号」である。どうやら、それに乗るつもりらしい。

発車まで、まだ十二、三分ある。日下はちょっと迷ってから、ホームの電話で、捜査本部に連絡した。

電話に出た亀井刑事が、怒ったような声で、

「何処にいるんだ?」

「東京駅です」

「そこで、何してる?」

「佐伯広己を、追いかけています。彼は、これから、新幹線に乗ります」

「いいか、今は捜査本部長の命令で、金田と渡辺のことを調べているんだ。勝手な行動は許されんぞ」

「しかし、私は——」

「とにかく、戻ってこい！」

「すいません。今、列車が出てしまうので——」

日下は、勝手に、電話を切ってしまった。

きっと亀井が、困った奴だと、舌打ちしているだろう。そんな先輩の顔がちらっと頭をかすめたが、佐伯が列車に乗り込むのを見て、日下も急いで入口に駆け込んだ。

「ひかり87号」は、定刻の一二時四二分に発車した。

佐伯は、3号車自由席のなかほどに腰を下ろして、窓の外を眺めている。

外はどんよりと曇っていて、夕方には雨になるだろうという予報だった。

車内販売が回ってくると、佐伯は缶ビールを買い、飲み始めた。

列車は、静岡に停まった。

（ああ、このひかりは、静岡に停まる列車なのか）

と、日下は思い、だから佐伯はこの列車に乗ったのだろうかと、考えた。

次は浜松、というアナウンスで、佐伯が立ちあがった。

どうやら、浜松でおりるらしい。

(佐伯は、浜松と何か関係があっただろうか?)

生まれ育ったのは、確か、九州のはずである。

(競艇か?)

と、思った。佐伯は、バクチ好きだった。浜松には競艇場があったから、その関係だろうか。

列車が停まり、佐伯がおりる。日下も、別のドアから、ホームにおりた。

午後二時を過ぎている。日下も、佐伯はタクシー乗場に歩いていく。

階段をおり、改札口を出ると、佐伯はタクシー乗場に歩いていく。

佐伯がタクシーに乗ると、日下もタクシーに乗り込み、運転手に警察手帳を見せ、

「前の車を尾けてくれ」

と、頼んだ。

「何か、事件ですか?」

「まだわからん」

日下は、ぶっきらぼうに、いった。

新幹線の浜松駅は、浜名湖から離れている。佐伯の乗ったタクシーは西へ、浜名湖に向かって走っていく。

やがて、湖が見えてきた。競艇場の看板が眼につく。

「今日、競艇は、やっているのかな？」

と、日下は、運転手にきいた。

「今日は、やってませんよ」

と、運転手が答える。とすれば、佐伯は競艇をやりにきたわけではないのだ。

弁天島から、浜名湖にかかる橋をわたる。

浜名湖の入口に近い場所である。小さな舟が、何艘も出ている。運転手にきくと、あさりを採っているのだといった。

競艇場の先は、湖沿いに、北へ向かった。

「このあたりは？」

と、日下は、前をいくタクシーに眼をやりながら、きいた。

「コサイです」

「コサイ？」

「湖西と書きます」

「ああ、浜名湖の西側か」

「そうです」

「この先に、何があるんだ？」

「そうですねえ。豊田佐吉記念館とか、ヤマハマリーナとか、サニーパークとかですが」

(どれも、佐伯にふさわしくないな)

と、日下は、思った。

車は、湖岸に沿って走っているはずなのだが、道の両側には古びた家並みが続いて、湖はたまにしか顔をのぞかせない。

急に、佐伯の乗ったタクシーが、右に曲がった。

「向こうに、何があるんだ?」

と、日下は運転手に、きいた。

「ヤマハマリーナですよ」

「それだけか?」

「ええ、どうしますか?」

「もちろん、いってくれ」

と、日下は、いった。

確かに、ヤマハマリーナの看板が出ている。

小高い丘の上にレストランがあり、駐車場が設けられている。佐伯のタクシーはレストランの前にとまり、佐伯は車からおりて、そのレストランのなかに入っていった。

（食事にきたのか？）

と、日下は拍子抜けしたが、それでも近くに車をとめて、リアシートに身体を沈めて、待つことにした。

十五、六分して、佐伯が出てきた。そのままタクシーに乗るのかと思ったが、運転手に何かいってから、入江の方へ下っていく坂道をおりていった。

「あの先は？」

と、日下は、運転手にきいた。

「マリーナですよ。たくさんボートが繋留されています」

「他《ほか》には？」

「他には、何もありませんね。ボートの持主にしか、用がないところですよ」

「行き止まり？」

「だったと思いますね」

それでは、後を追っていけば、いやでも佐伯とぶつかってしまうだろう。

「ここで、見張っていてくれ」

と、日下は運転手に、いった。

「どうするんです？」

「あの男が戻ってきたら、警笛を鳴らしてくれ」

と、いっておいて、日下は車をおりると、眼の前のレストランに入っていった。

なかは、レストランという感じではなかった。

客の姿はなかったが、大きなテレビで、クルーザーに乗った若い男女の航海の模様を、延々と映し出していた。

左側には、マリーン関係のグッズが売られている。

壁には、カジキマグロの大きな魚拓が、貼られている。

ここはリゾートホテルも兼ねているらしく、正面奥にはフロントがあって、制服姿の若い女性が、中年の男とこちらを見ていた。

日下は、男の方に、警察手帳を見せ、

「今、ここに、三十代の男がきたはずなんだが、彼は何しにきたんですか？」

と、きいた。

名札を胸につけた男は、ちょっと緊張した表情になって、

「ボートのことを、おききになりました」

「ボートの何を？」

「小笠原あたりまでいけるクルーザーが欲しいが、いくらぐらいかとか、それを買った場合、このマリーナに繋留できるのか、その権利はいくらぐらいかといったことを、お尋ねでした」

「クルーザーを買いたいと、いったんですね？」

「ええ」

「本当に、買う感じでしたか？」

「と、思います。具体的に、ベッドはいくつ、エンジンは何馬力といった数字を出されましたからね。こちらで、ご予算は？　とおききしたら、マリーナの使用料を入れて、三千万なら出せると、おっしゃいました」

「三千万円ね」

「そのあとクルーザーを見たいとおっしゃるので、それならこの下にあるマリーナにいって、ごらんになって下さいと、申しあげました。それから、ヤマハで造っているクルーザーのカタログも、差しあげました」

と、相手は、いった。

その時、外で、警笛が鳴った。

3

佐伯は、再びタクシーに乗り、このあとまっすぐ、ヤマハマリーナのちょうど対岸にある舘山寺《かんざんじ》温泉に向かった。

舘山寺温泉は、昭和三十三年に温泉が出たという比較的新しいところだが、今はホテル、旅館が林立し、近くにはジェットコースターや大観覧車などのある遊園地や、広大なフラワーパークのある、浜名湖観光の中心地である。

佐伯は、Sホテルに入った。予約しておいたのだろう。

間をおいて、日下も同じホテルに入り、フロントに頼んで、佐伯と同じ六階の部屋のキーを貰った。

六〇二号室に入ると、日下は窓のカーテンを開けた。

遊園地から、対岸の大草山《おおくさやま》の山頂の展望台に向かって、ロープウェイが伸びているのが見えた。

入江の上を、ゴンドラが、観光客を乗せてゆっくり動いている。湖上で、ゴンドラ同士がすれ違う。湖面を見下ろすと、五、六人の観光客を乗せたモーターボートが、鮮やかに波の筋を引いて疾走していた。

(佐伯は、三千万円を出してクルーザーを買いたいと、マリーナの係員にいっていたというが、その金は、立木ゆう子を殺して奪ったものではないのか?)

と、日下は、モーターボートを眼で追いながら、考えた。

そうなら、自分の勘は当たっていたのだ。

日下は夕食のあと、部屋の電話で、捜査本部に連絡をとった。

東京駅で電話して叱られたのだから、あのまま浜名湖へきていると知ったら、怒鳴りつけられるだろうと覚悟していた。電話口に亀井が出たので、

「申しわけありません」

と、日下の方から先に謝ると、亀井は意外と優しい声で、

「今、何処にいる？」

「佐伯を追いかけて、浜名湖まできてしまいました。今、舘山寺温泉です。佐伯と同じホテルにいます。私としては、どうしても佐伯のことが諦め切れないのです。捜査本部の方針が、他の二人に――」

「ちょっと待てよ。実は、少し事情が変わってきたんだ」

と、亀井が日下の弁明を制して、いった。

「どう変わったんですか？」

「本命と思われた金田勇に、アリバイが見つかったんだよ。問題の時刻に、池袋で酔っ払って、地元のチンピラと喧嘩して殴られ、救急車で運ばれていることがわかった。金田本人は、泥酔していて覚えていないんだが、救急隊員が覚えていた」

「S化学の渡辺部長の方は、どうですか？」

「こちらはアリバイがないが、被害者が殺される前日、渡辺と大喧嘩をしていることがわかったんだ。渡辺は、そんなことがわかれば、自分の動機が一層強くなると思っ

て、黙っていたんだな」

「それが、事件とどう関係するわけですか?」

「被害者は、ドアを開けて犯人を入れている。前日、大喧嘩をした男を、部屋には入れないんじゃないかということだよ。もちろんそれだけで、渡辺の容疑がまったく消えたわけじゃないが、シロの可能性は強くなったことに間違いないんだ」

と、亀井が、いう。日下は、ほっとして、

「じゃあ、佐伯が、容疑者の第一位になったわけですね?」

「ああ、そうだ。佐伯は、浜名湖で、何をしてるんだ? 前に、そのあたりに住んでいたのかな」

「三千万の予算で、ここのヤマハマリーナに、クルーザーを買いにきたようです」

「クルーザーを?」

「そうです。ここのマリーナにそれを繋留して、小笠原あたりまでのクルージングを楽しむ気らしいですよ」

「しかし、彼は無職で、金がないんだろう?」

「三千万というのは、立木ゆう子を殺して奪った金じゃないかと思うんですが」

「かもしれないな。どのくらいの金額が盗《と》られたのか、今、調べているところだが、同僚のホステスやママの話では、かなりの現金や宝石類を持っていたらしい。三千万くらいはあったかもしれないな」

「それなら、なおさら、佐伯は臭いですよ」

と、日下はいった。

「佐伯は、どうしている？」

「部屋に入ったままです。もし、彼がホテルの外に出るようなら、すぐ知らせてくれと、フロントに頼んであります」

「いいか。君ひとりで勝手な行動をとるなよ。明朝、西本刑事をそちらへいかせるから、二人で、行動するんだ。もし渡辺もシロと決まれば、私と十津川警部も、そちらへいく」

と、亀井は、いった。

窓の外は、もう暗くなっている。どうやら、小雨が降り出したらしい。

日下は雨が嫌いだったが、亀井の話をきいて気持ちが高揚していて、気にならなかった。

（佐伯が、犯人に間違いない）

と、確信し、一刻も早く、何とか証拠を見つけて、逮捕したいと思った。それも、自分ひとりでと思うのは、やはり、若いからだろう。

日下は煙草に火をつけ、腕時計を見た。

午後八時五十分。

（佐伯の奴、今頃、何を考えているんだろう？）

考えることが、それだけになってしまった。

ふいに、部屋の電話が鳴った。受話器をとると「フロントです」と、相手が小声でいった。

「六〇六号室のお客様が、車を呼んでくれといわれました。外出なさるようです」

「ありがとう。私にも、一台頼む」

と、日下は緊張した声で、頼んだ。

午後九時に近い時間に、佐伯は何処へいく気なのか？

飲むだけなら、このホテルのなかにバーがあるし、コンパニオンのいるカラオケルームもある。だから、飲みにいくのではないだろう。

日下は部屋を出ると、エレベーターを使わず、階段を一階ロビーまでおりていった。

まだタクシーはきていないので、佐伯の姿もない。

五、六分して、車が二台着いた。日下はフロントに、二分してから佐伯を呼ぶように頼んでおいて、車の一台に乗り込み、佐伯がおりてくるのを待った。

小雨は、まだ降り続いている。一瞬、勝手な行動はとらないようにという亀井の言葉が脳裏をよぎったが、佐伯が姿を現したとたん、どこかへ消しとんでしまった。

運転手の肩を軽く叩いて、佐伯の乗ったタクシーを尾けさせることにした。

相手の車は舘山寺有料道路に入って、浜名湖の入口の方向に向かった。浜名湖大橋を渡り、弁天島を抜け、今度は遠州灘沿いに伸びる浜名バイパスに入った。

まだ小雨が止《や》まないが、それでも左手に、黒々と遠州灘が広がっているのが見え、窓を少し開けると、波の音がきこえた。

急に、道路の両側に、松林が現れた。たぶん、以前は続いていた松林だったのを、このバイパスが切り裂いたのだろう。

松林は、防風林だと、運転手がいった。

急に、前をいくタクシーが、とまった。ドアが開き、佐伯がおりるのが見えた。

そのまま車は走り去り、佐伯は道路から、松林の広がる浜辺に向かって、コンクリートの階段をおりていった。

日下もタクシーを捨てて、浜辺へおりていった。

いぜんとして小雨は降り続いているのだが、寒さは感じなかったし、街灯の明りで、松林のなかもぼんやりと見わたせた。

佐伯は、松林のなかへゆっくり入っていく。日下も、躊躇せずにそのあとを追った。

このあたりは、松林は密生してなくて、まばらだった。ベニヤで造られた小屋が見えたが、釣り人が何かに使っているものかもしれない。

佐伯は、その小屋の傍《そば》で、立ち止まった。誰かを待つという感じで、雨滴をさけるように手で囲って、煙草に火をつけた。

日下は、松の木の一つに身体を隠して、見守った。

雨が止んだ感じで、松の枝葉を打つ音がきこえなくなった。

佐伯は、相手がなかなか現れないことにいらだちを覚えたらしく、吸殻を踏みつけ、腕時計をライターの火で見たりしている。

我慢しきれなくなったのか、佐伯が急に歩き出した。つられて日下も、松の木から出た。

その瞬間、背後への警戒が消えて、近寄ってくる足音に気付かなかった。

いきなり、固い杖のようなものが、振りおろされた。後頭部を強打され、日下は呻き声をあげて、濡れた地面にくずおれた。

それでも、振り向いて、相手を見極めようとしたが、その時、第二撃が襲ってきた。

激痛に続いて、日下は眼の前が暗くなっていくのを感じた。

（こんなところで――畜生！）

と、胸のなかで呟く。そのまま、急速に意識がうすれていった。

4

めったに夢を見たことのない日下が、夢を見ていた。

日下は、海で溺れかけている。クルーザーが近づいてくる。日下は助けを求めて手を振るが、ボートは日下を無視して、走り去っていく。その甲板《かんぱん》で、佐伯がニヤニヤ笑っているのだ。

「助けてくれ！」

と、日下は必死で、叫んだ。

自分のその声で、日下は眼をあけた。とたんに激痛が蘇り、彼は思わず呻き声をあげた。

うす暗く、頭の上に松のこずえが蔽いかぶさっているのが見えた。

（そうだ。ここは、海岸の松林だったのだ）

と、思い出し、後頭部の痛みに耐えながら、立ちあがろうとした。

突いた手が、何か柔らかな弾力のあるものに、触れた。

ぎょっとして、眼をこらした。

彼の横に、人間が倒れているのだ。男の背中が視界に広がる。

（佐伯じゃないか？）

しかも、その背広が、黒く濡れているように見える。指先を触れると、ぬるっとした。

（血だ！）

と、思った。

（何があったんだ？）

と、日下が周囲を見回した時、遠くから、一つ、二つと、懐中電灯の明りが近づいてくるのが見えた。

人声も、きこえる。今見つかったら、佐伯を殺した犯人にされかねない。

日下は這うようにして、人々がくるのと反対方向に、逃げた。

昼間でなくて、幸いだった。松林を抜け、物かげに隠れると、夜の闇が、日下を包んでくれた。

後頭部は、痛み続けている。日下は歯を食いしばって、時間がたち、人々が散っていくのを待った。

突然、松林のなかが真昼のような明るさになった。投光器が、運び込まれたらしい。持ち込んだのは、たぶん、地元の警察だろう。

「身元確認を急げ！」

「免許証を持ってます！」

「犯人は、まだ近くにいるかもしれんぞ。探してみろ！」

そんな声が、きこえてくる。

日下は、内ポケットを探った。警察手帳があれば、何とか信用してくれるかもしれない。そう思ったのだが、

「くそ！」

と、舌打ちした。警察手帳が、なくなっているのだ。

彼を殴って、気絶させた犯人が、盗んでいったに違いない。

懐中電灯の光が、近づいてくるのが見えた。

今見つかったら、何をいっても、きき入れてはくれないだろう。

今は、逃げるより仕方がないと思い、日下は物かげから、這い出した。

だが、初めての場所で、どう逃げたらいいかわからない。バイパスに出ても、車がつかまらなければ、逃げられない。

それでも、必死で、バイパスに向かって歩く。動くと、頭の激しい痛みが、ぶり返した。

しゃがみ込む。

(今、捕まるのは嫌だ)

ふいに、人影が近づいた。ぎょっとして、日下は身構えた。が、相手は、

「あたしに、ついてきて」

と、優しい声で、いった。

相手の顔は、暗くてはっきりしないが、香水のかおりがした。

「君は？」

と、日下がきくと、細い指先が彼の手をつかみ、

「早く」

と、女の声が、いった。

日下は、いちかばちかの感じで、手を引かれるままに、歩き出した。

バイパスにあがると、女は、そこに駐めてある車のドアを開けた。

「乗って」

と、女が、いった。

日下は、助手席に身体をすべり込ませた。頭痛と同時に、吐き気もする。急に動いたからだろう。

女は、運転席に腰を下ろすと、キーを差し込み、エンジンをふかしておいて、車をスタートさせた。スピードを、どんどんあげていく。

日下はほっとしながら、運転している女を見た。

二十五、六歳に見える女だった。美しい横顔だが、どこか冷たさを感じさせる。いや、彼女も緊張していて、それで冷たく見えるのかもしれない。
「何処へいくんだ？」

と、日下が、きいた。

「とにかく、あそこから離れた方がいいわ。行き先は、それから考えましょう」

と、女は前方を見つめたまま、いった。

日下は、黙ってシートに背をもたせかけた。

今は、黙って眠りたい。やたらに疲れている。あれこれ考えるのは、そのあとでいいだろう。

眠って、眼を覚ますと、車はまだ走り続けている。女は相変わらず、怒ったような顔で、ハンドルを握っていた。

「今、何処を走っているんだ？」

と、日下は、きいた。

「間もなく静岡。国道1号線を東京に向かっているわ」

と、女が、いった。

「東京に？」

「いけないの？　さっき行き先をきこうと思ったけど、あなたが、起きないから」

「いいさ」

と、日下は肯いた。東京に戻って、十津川警部や亀井に相談した方がいいかもしれない。

「なぜ、私を助けてくれたんだ？」

ときくと、女は、

「警察が嫌いだから」

「それだけ？」

「あなた、警察に追われてたんでしょう？　だから、助けたのよ。あなたじゃなくたって、警察に追われてたら助けるわ」

「君の名前は？」

と、日下がきくと、女は、

「あたしは、あなたのことを何もきかないじゃないの。ひょっとしたら、殺人犯かもしれないのに」

と、怒ったような声で、いった。

「わかった。君のことはもう、きかないよ」

と、日下は、いった。

東京に着いた時は、夜が明けかけていた。

日下は、礼をいって、女と別れ、タクシーを拾い、捜査本部に向かったが、その前に彼女の車のナンバーを見て、頭に叩き込んだ。

捜査本部に戻ると、十津川と亀井がいて、驚いた顔で日下を迎えた。

「どうしたんだ？」

と、亀井が、きいた。

日下は、事情を話した。案の定、亀井が、

「あれだけ勝手に動くなと、注意したのに。警察手帳まで盗まれやがって」

と、怒った。

「申しわけありません」

「とにかく、無事だったんだ。カメさんも、そう怒りなさんな」

と、十津川が、いった。

「しかし、西本刑事がいくまで、下手《へた》に動くなと、注意しておいたのに」

「そうだがね。後頭部に、こぶが出来てるよ。休んで、あとで医者に診《み》て貰うといい」

「もう大丈夫です」

「警部が休めといわれるんだ。隣の部屋で休んでいろ」

と、亀井が、いった。

5

無理矢理の感じで、病院にいかされ、手当てを受けて、日下が戻ってくると、亀井が浜松警察署と電話をしていた。

亀井は、受話器を置くと、日下に向かって、

「いろいろ、わかったぞ。佐伯広己は背中を刺されて、殺された。凶器のナイフは、近くで発見され、その柄から指紋が検出された」

「私の警察手帳は？」

「その件の情報はない。何もいっていないから、少なくとも現場には落ちてなかったんだろう」

「そうですか」

「まずいことがある。現場からカルティエのライターが見つかって、君のイニシアルが彫ってあったと、いっている」

「誕生日に、ガールフレンドから貰ったものです」

「柄にもないものを持ってるから、妙なことになるんだ。県警はライターについている指紋と、ナイフの指紋を、照合するぞ」

「私は、ナイフなんか、持ちませんでした」

と、日下がいうと、亀井は舌打ちして、

「何を子供みたいなことをいってるんだ。ライターが、ひとりでにポケットから飛び出して、地面に落ちると思ってるのか？　君を殴って気絶させた奴が、ポケットを探り、イニシアル入りのライターを見つけて、死体の傍に投げ捨てておいたに決まってるじゃないか。そんな奴なら、君が気絶している間に、凶器のナイフの柄に、べっとり君の指紋をつけておくよ」

「申しわけありません。これから、浜松へいって、県警にすべて話してきます」

「そんなことをして、向こうが、よくわかりましたというか？　すぐ逮捕されるよ。それより、真犯人を見つけることだ。君を車に乗せた女の素性は、わかってるのか？」

「わかりませんが、車のナンバーは覚えています」

「それなら、西本刑事が戻ってきたら、二人で、彼女を見つけにいってこい」

と、亀井は、いった。

「西本は、何処へいってるんですか？」

と、日下は、きいた。

「例の二人を調べにいっている」

「例の？」

「佐伯のアリバイを証言した友人たちだよ。三人マージャンをやっていたといった男たちだ。佐伯が犯人なら、偽証ということになるからね」

と、亀井が、いった。

確か、前田久夫と、原口悠という名前だった。

一時間ほどして、西本が清水刑事と帰ってきたが、

「前田も、原口も、行方不明です。自宅に帰っていません」

と、十津川に、報告した。

「逃げたか」

「そう思います。偽証がばれたと思って、逃げたんでしょう」

「二人の経歴は？」

「今、調べて貰っています」

「じゃあ君は、日下刑事と、妙な女のことを調べにいってくれ」

と、十津川は、西本にいった。

「妙なって、どんな女なんですか？」

「詳しいことは、彼からききたまえ」

と、十津川は、いった。

日下は、西本と一緒に外に出ると、パトカーのなかで、浜松で会った女のことを説

明した。

「とにかく、ひどい目に遭ったよ」

「頭は、大丈夫なのか？」

と、西本は、包帯の巻かれた日下の頭に眼をやった。

「医者は、このくらいなら縫わなくても自然に傷口がくっつくと、いってくれた。そんなことより、おれは真犯人を捕まえて、警察手帳を取り返したいんだ」

日下は、怒りの調子で、いった。

「その女が、佐伯を殺したと思っているのか？」

「それはわからないが、何か知ってることは間違いないんだ」

と、日下は、いった。

二人はまず東京陸運局にいき、日下の覚えているナンバーの車の持主の名前を、調べて貰うことにした。

「確か、赤のベンツ190Eです」

と、日下は、付け加えた。

「時間がちょっとかかりますよ」

と、係の人間が、いった。

二人は、待った。

しばらくして、呼ばれてカウンターのところにいくと、

「車の所有者がわかりました。名前は、立木ゆう子。住所は、新宿区四谷三丁目のマンションですね」

と、いう。

「立木ゆう子？」

と、日下はおうむ返しにいって、

「そんなはずはありませんよ」

「しかし、ちゃんと立木ゆう子の名前で、去年の十月二十三日に、登録されていますよ。ナンバーも、あなたのいったとおりです」

と、係員は、むっとした顔でいった。

「しかし、四谷三丁目の立木ゆう子は、六月十六日に死んでるんだ。殺されている」

「そういうことは知りませんが、とにかく、あなたのいわれたナンバーは、この車についているんです」

「わかりました」

と、西本が代わって肯き、日下を引っ張るようにして東京陸運局を出た。

パトカーに戻ってから、日下は、

「殺された女の車だって？」

と、まだ、いっていた。

西本は、運転席に、腰を下ろしてから、

「つまり、立木ゆう子の車を、別の女が動かしているということだよ」

「それじゃあ、浜松の女にたどりつけないよ」

「それは、わからんよ。立木ゆう子と親しかった女友だちなら、たどりつける」

と、西本は、励ますようにいった。

「あのマンションには、駐車場はついてなかったはずなんだが」

「近くの駐車場を借りて、車を置いてあったんだろう。まず、それを探そうじゃないか」

と、西本は、いった。

二人は、四谷三丁目のマンションにいき、その周辺の駐車場を、片っ端から、調べて回った。

このあたり、空地の少ない場所だが、それでもバブルがはじけたせいか、ビルを建てる予定がくるい、駐車場にしているところがあった。

その一つに、立木ゆう子が契約しているのがわかった。

「立木」の名札のついたスペースが見つかったが、肝心の車はなかった。まだ、あの女が乗り回しているのだ。

夜になってから、日下と西本は、立木ゆう子の働いていた新宿のクラブ「フェアレディ」にいった。

ゆう子の車を黙って乗り回しているというのは、盗んだのでなければ、ごく親しい女ということになる。

同じ店で働く同僚のホステスの一人ではないかと考えたのだ。

店には、ママの他に、十二、三人のホステスがいた。

二人は、カウンターに腰を下ろして、ホステスたちの顔を見回した。

「いるか？」

と、西本が、日下にきいた。

「いや。このなかには、いない」

と、日下はいってから、ママを呼んで、

「今日休んでいるホステスさんは何人いるの？」

と、きいた。

「確か三人だわ」

「そのなかに、二十七、八歳で、ちょっときつい感じの娘《こ》はいない？」

と、日下がきくと、ママは笑って、

「そんな漠然としたんじゃ、わからないわねえ」

仕方がないので、日下はメモ用紙を借り、それに、あの女の横顔を描いた。

「声は低い方で、かすれた声だ。耳に、金のピアスをしている」

と、日下は必死になって、あの女の記憶を喋った。

ママは、ホステスたちを集めて、日下の描いた絵を見せてくれた。

「ママミちゃんに似てるわ」

と、年かさのホステスがいうと、他の何人かも、似ているといった。

「そのマミちゃんの本名と、住所を、教えてくれないか」

と、日下はママに、頼んだ。

「本名は確か、篠原エリで、マネージャー、どこに住んでたかしらね？」

と、ママは、奥にいるマネージャーに声をかけた。

「井の頭公園近くのヴィラ・サンライズというマンションの５０８号室です」

というマネージャーの声が、返ってきた。

「すぐいこう」

と、日下がいうと、西本は、

「その前に、どんな女性か、きいておこうじゃないか」

と、いった。

ママは、礼儀正しくて頭がいいといったが、集まったホステスの一人は、

「でも、ちょっと変わってるわ」

といい、もう一人が、

「ちょっとどころか、めちゃくちゃ、変わってるわ」

「どんなふうに変わってるんだ?」

と、西本が、きいた。

「空手をやってるんだって。二段とかいってたわ」

「しかし、今は女だって、空手はやってるよ」

「こんな仕事をやってるのに、男が嫌いだって、いったことがあったの」

と、そのホステスは、いった。

「死んだ立木ゆう子さんとは、仲がよかった?」

と、日下が、きいた。

ホステスたちは、顔を見合わせていたが、一人が、

「あの二人、レズじゃなかったのかしら?」

と、口火を切ると、急に堰《せき》を切ったように、

「そういえば、よく、一緒に帰ってたわね」

「死んだあいこちゃんに、S化学の部長さんがくっついて、パトロンみたいになったとき、ヤキモチをやいてたわよ」

などと、日下たちをそっちのけにして、お喋りを始めた。

その間に、日下と西本は外に出た。

パトカーを駐めておいた場所に戻り、乗り込むと、井の頭公園に向かった。

マネージャーの教えてくれたマンションに着くと、五階にあがったが、肝心の508号室は、灯が消え、留守だった。

「どうする？」

と、西本が、きいた。

「管理人に開けて貰って、なかに入る」

と、日下は、いった。

「そんなことをしたら、家宅侵入になる。女が帰ってくるまで、外で待っていよう」

「駄目だ」

と、日下は、いった。

「何が駄目なんだ？」

「おれは一刻も早く、佐伯殺しの犯人を捕まえなきゃならないんだ。それに、郵便受に新聞が溜っている。待っていても、帰ってこないよ。君は、外にいろ。おれが、開ける」

「仕方がない。管理人を連れてきてやる」

と、西本は、エレベーターで下へおりていった。

管理人に鍵を開けて貰って、部屋に入った。1LDKの部屋だった。十一畳ほどの居間と、その奥に六畳の洋室があり、そこは寝室に使っているらしく、大きなベッドが置かれていた。

どこか、中性的な感じのする部屋だった。

寝室の三面鏡の上に、写真が飾られていたが、それは女二人が、ベッドに腰を下ろし、楽しそうに笑っているものだった。たぶん、セルフタイマーで撮ったのだろう。

抱き合って、ピースのサインをしているのは、殺された立木ゆう子だった。

片方は、この部屋の主の篠原エリだろう。

「この女だったか？」

と、西本が、きいた。

「ああ、間違いない」

と、日下は、肯いた。

「じゃあ、十津川警部に、連絡しておこう」

西本は、部屋の電話を使って、十津川にかけた。

十津川は、西本の報告に、

「女が見つかったか。よかったな」

と、いってから、日下に代われと、いった。

6

日下が電話に出ると、十津川は、

「よくきくんだ。明日、静岡県警の刑事が二人、やってくる」

と、おさえた声で、いった。

「私のことでですか？」

日下は、不安に襲われながら、きいた。

「そうだ。日下刑事に会いたいと、いっている」

「なぜ、私の名前が、わかったんでしょうか？」

「君は、舘山寺温泉のＳホテルで、本名をいったんだろう？」

「そうでした。警察手帳を見せて、ホテルの人に協力を頼みました」

「県警の話はこうだ。現場に落ちていたイニシアル入りのライターについていた指紋と、凶器のナイフの指紋が一致した。一方、舘山寺温泉のＳホテルからは、佐伯を追って出かけた警視庁の日下という刑事が、帰ってこないといってきた。日下刑事の名前が、ライターのイニシアルと一致する。それで、明日、こちらへきて君を訊問したいというわけだよ」

「ご迷惑をおかけして、申しわけありません」

「それはいいが、あの電話の調子だと、うむをいわせず、君を連行する気だ」

と、十津川は、いった。

「身から出たサビですから、私は、構いませんが――」

と、日下は、いった。

「しかし、君は、一刻も早く犯人を捕まえたいんだろう?」

「もちろんです」

「それなら、しばらく、捜査本部から離れているんだ。西本刑事と二人で、犯人を見つけてみろ」

「全力をつくします」

「県警には、君は浜松へいったまま、まだ戻っていないと、いっておいた」

「ありがとうございます」

「しかし、嘘が通用するのも、せいぜい、二、三日だからな」

「何とか、その間に、犯人を見つけ出します」

と、日下は、いった。

十津川は、西本にも電話で、日下を守ってやれといってくれた。

そのあと、西本は部屋を見回して、

「さて、これから、どうするかな？　ここでじっと、篠原エリが帰ってくるのを待つかい？」

「時間がないよ」

「だが、彼女の行き先は、わからないぞ」

「探すよ」

「どうやって？」

「今も彼女は、立木ゆう子の車を走らせているに違いないんだ。それに、東京に戻っている。だから、パトカーで、探すよ」

「やみくもにか？」

「仕方がないだろう。おれひとりでもやるよ」

と、日下は、いった。

「今日は、いやに、突っかかるじゃないか。いいさ。一緒に、探すよ」

と、西本は、笑った。

二人は部屋を出て、パトカーに戻った。

今度は助手席に座った西本が、無線電話で総合司令室を呼び出し、

「都内の全パトカーに、指示を出して下さい。赤のベンツ１９０Ｅ。ナンバーは――。

見つけ次第、運転している女性の身柄を確保してください。殺人事件の重要参考人です。女性の名前は、篠原エリです」

と、伝えてから、日下の肩を叩いた。

「さあ、探しにいこう」

日下はスタートさせ、夜の東京の街を、走り回った。

夜明けまで走ってみたが、問題の車は見つからなかった。他のパトカーからも、発見の報告は入らなかった。

二人は、スナックの前に車をとめ、朝食をとった。

「今日、県警の刑事がやってくる」

と、日下は、小声でいった。

「そうなると、君は、捜査本部にはいかない方がいい」

「わかってる」

「それに、自宅も危険だな。県警の刑事が当然、調べるだろうからね。おれのマンションにいっていたらいい。万年床だが、そこで少し眠るんだ」

と、西本は、いった。

「君はどうする？」

「おれは捜査本部へいって、例の二人の経歴をきいてくる」

と、西本は、いった。

パトカーで、彼のマンションへ送って貰い、敷きっ放しの布団に横になった。

考えてみると、二日間、ほとんど眠っていなかったのだ。

眼が痛い。

それでも眠れずに、朝刊を広げると、社会面に浜松の殺人事件のことが出ていて、

〈有力容疑者浮かぶ〉


と、あった。有力容疑者というのは、日下のことだろう。

昼過ぎに、西本が戻ってきた。

彼は、例の二人の経歴の書かれたメモを、日下に見せてくれた。

「少しは、眠れたか？」

と、西本が、きく。

「ああ、少しはね」

とだけ、日下はいった。睡眠不足だと、口の回転がうまくいかず、自然に口数が少なくなってくる。

日下は黙って、コピーされた二人の経歴に眼を通した。

○前田久夫
三十二歳。山口県山口市の生まれ。東京のW大を卒業したあと、K生命保険に入社。二十八歳で係長。出世コースを歩く。

二十九歳で、同社の営業担当重役の次女と結婚。ところがその翌年、株で二億円の借金を作ってしまい、その穴を埋めるため、K生命の名前を使って詐欺を働き、警察に逮捕されてしまう。

どうにか、刑事事件にはならなくてすんだが、K生命は馘になり、離婚にもなった。

その後の前田は、社会の表面から逃げ隠れするような生活が続く。

彼自身も、地道な生活が嫌になったらしく、大学時代の同窓生の紹介で、都内の興信所に入った時、信用調査にかこつけて、調査した秘密をタネに相手を脅し、百万円をゆすり取ろうとして、馘首されている。

現在も、定職なし。

○原口悠
二十九歳。

高校時代、ボクシング部。二年の時、中退して、Aプロボクシングジムに入り、プロのボクサーになる。

素質に恵まれ、全日本Jミドル級九位にまでなるが、同級四位のボクサーとの試合でKOされ、ボクシングをやめる。

その後、警備保障会社のガードマン、芸能プロのマネージャー（実際には、用心棒）などとして勤めるも、いずれも長続きしていない。現在、無職。

「ここには書いてないが、二人に共通するのは、海が好きだということだそうだ。金がないのに、海でサーフィンをしたりしていたらしい。死んだ佐伯も、同じだったといっているよ」

と、西本が、いった。

「それが、クルーザーにつながっているのか」

「かもしれない。この三人は、彼等なりに、夢を持っていたわけだよ。白いクルーザー、青い海、爽やかな潮風――」

と、西本が、いった。

「人を殺しておいて、夢もないもんだ」

と、日下は、吐き捨てるようにいってから、

「佐伯と浜松とは、何か接点があるのか？」

「佐伯にはないが、前田にはある。そこにも書いてあるが、彼はK生命の重役の娘と結婚して、エリートコースを歩いていた。その頃、K生命の保養所が浜名湖畔にあって、マリーナに、ボートが二隻おいてあったということだ。前田がマリーナで、そのボートに乗って楽しんでいたことは、充分に考えられるんだ。佐伯を含めた三人のなかで、その話が出ていたんじゃないかな」

と、西本は、いった。

「それじゃあ、逃げた二人は浜松にいる可能性があるな。前田には、少なくとも、土地勘があるんだから」

と、日下は、いった。

「君は、二人よりも、篠原エリを見つけたいんだろう？」

「ああ。ただ、パトカーがいくら探しても、赤いベンツ190Eは見つからない。もう、東京にはいないんじゃないかと思うんだ」

「浜松へ戻ったと思うのか？」

「ああ」

「理由は、前田、原口の二人が、浜松へいった可能性があるからか？」

「そうだ」

「篠原エリが、きっと、二人を追うだろうというわけか？」

「そうだよ。おれはね、彼女が、殺された立木ゆう子の仇を取ろうとしているんだと、思ってる」

と、日下は、いった。

「レズ女の仇討ちか」

「レズだろうが、愛は愛だ」

日下は、怒ったような顔で、いった。

「どうしたんだ？　彼女に惚れたのか？」

と、西本は、からかい気味にきいた。

「彼女はたぶん、佐伯を殺している。おれは刑事だ、刑事が犯人に惚れるか」

と、日下は、西本を睨んだ。

西本は、話題を変えて、

「それで、これから、どうする？」

「浜松へいく」

「浜松署は、必死になって、君を探してるんだぞ」

「わかってるさ。きっと、おれが、逃げ回ってると思ってるだろう。まさか、そのおれが浜松へ引き返すとは、浜松署の連中も思わない」

と、日下は、鼻をうごめかせた。が、西本は眉を寄せて、

「そううまくいくかどうかわからないぞ。もし君が浜松へ引き返して、県警の連中に捕まったら、それこそ佐伯殺しの犯人と決めつけられるぞ。犯人が、現場に引き返してきたといってだ」

「それでも、構わん。何としてでも、おれは、犯人を捕まえたい。同じ警察に追われて、逃げ回るのは、嫌だ」

日下は、ひとりでに感情が激してきて、大きな声を出した。

「わかったよ」

と、西本は、苦笑した。

「君を巻添えに出来ないから、おれはひとりで、浜松に戻る」

と、日下は、いった。

「それは駄目だ。十津川警部から、日下の面倒を見てやれといわれてるんだ。君が嫌でも、おれはくっついていく」

「二人で、動き回ったら、相手に警戒されちまう。おれは、ひとりでいく」

と、日下は、いい張った。

7

その日のうちに、日下は隙を見て、浜松に向かって出発した。

こんなことになったのは、自分の過失なのだ。佐伯殺しの犯人にされたうえ、警察手帳まで、奪い取られてしまった。

その警察手帳は、まだ見つからない。奪った人間は、さらにそれを使って、何か恐しいことを計画しているのではないか。そんな危険に西本を巻き込みたくない。

東京駅から、こだまに飛び乗った。

座席に腰を下ろしてから、サングラス越しに車内を見回した。

あの女の顔はない。前田と原口の顔写真も持ってきたが、彼等もいない。

県警の刑事の顔は、知らないから、乗っていてもわからない。そこは、運を天に委せるより仕方がなかった。

浜松に着くと、少し考えてから、タクシーに乗って、ヤマハマリーナへいってみることにした。

死んだ佐伯は、ヤマハマリーナでクルーザーを買い、そこに繋留しようと考えていた。前田と原口も海が好きだということから、ヤマハマリーナへいくかもしれない。

いや、三人で、クルーザーを買おうとしていたのかもしれない。いざとなった時、そのクルーザーで逃げるつもりだったのではないかと、考えたのだ。

前と同じように、浜名湖の西側を、ヤマハマリーナに向かう。

間もなくマリーナという時、突然、後方から、けたたましいパトカーのサイレンが追ってきた。

一瞬、日下の背筋に冷たいものが流れ、覚悟を決めた。

だが、パトカーは、左に寄ってとまったタクシーの横を、走り抜けていった。

拍子抜けすると同時に、日下は、パトカーが何処へいくのか、知りたくなった。

「あのパトカーの後を尾けてくれ」

と、日下は、運転手にいった。

「面倒に巻き込まれるのは、ごめんですよ」

と、運転手が、いう。

「大丈夫だ」

と、日下は、いった。

運転手は、何か口のなかで呟いていたが、それでもアクセルを踏み、パトカーの走り去った方向を追った。

ヤマハマリーナの手前に、湖面に突き出す小さな岬がある。

パトカーは、その岬の突端に向かって、走っていく。

パトカーが他にも一台、前方にとまっているのが、見えた。さすがに、二台のパトカーの傍にタクシーをとめる勇気は出なくて、日下は、少し手前にとめた。

やがて、クレーン車が、重いキャタピラの音をひびかせて到着した。

何か始まるらしい。

野次馬も十五、六人集まっていたので、日下はそのなかにまぎれ込んだ。

パトカーから降りた二人の警官が、ダイバースーツに着がえている。

全体に水深の浅い浜名湖だが、このあたりはかなり深そうである。

二人のダイバーは、クレーン車から下がっているワイヤーを持って、湖に飛び込んだ。

どうやら、何かを、湖から引きあげるらしい。たぶん、車だ。

(あの赤いベンツ190Eじゃないのか?)

突然、そう思った。

沈んでいるものに、ワイヤーを回すのに、時間がかかっているらしい。

日下は、少し離れた場所から、じっと作業を見守った。

日下は、沈んでいるものが、あの車でないことを祈った。もし篠原エリが、車ごとここに沈んでしまっていたら、自分の無実を証明する手掛かりの一つを、失ってしまうからだった。

一時間あまりして、クレーン車が、重い唸り声をあげた。たるんでいたワイヤーが、ぴーんと張り、激しい水音を立てて、赤いものが、持ちあがってきた。

赤い車だった。ベンツの190Eだった。

水が、開いている窓から、滝のように湖面に流れ落ちる。

「誰か乗ってるぞ！」

と、一番近くで見ていた野次馬の一人が、叫んだ。

（まずいな）

と、日下は、唇を噛んだ。今、篠原エリが死んでは困るのだ。

クレーンがゆっくりと回転し、ベンツ190Eの車体が、陸地に二、三度、バウンドしながら着地した。

まだ、水が少しずつ、流れ出ている。

刑事の一人が、運転席のドアを開けた。

どっと、最後の水が吐き出される。これから、車内の死体を、引き出すのだろう。

「男だあ！」

という野次馬の声が、きこえた。

(男――?)

日下は、人垣のなかを、ツマ先立ちでのぞき込んだ。

車の外に出され、仰向けに横たえられていたのは確かに女ではなかった。

(前田久夫だ!)

間違いなく、顔写真の前田なのだ。

彼の経歴を見たとき、エリートサラリーマンの成れの果てという思いがしたのだが、今は、もう死体になってしまった。

検視官らしい男が、死体を丹念に診て、刑事に向かって、

「後頭部に裂傷。死後、十五、六時間だな」

と、いうのがきこえた。

今、午後三時五分だから、昨日の深夜ということになる。

その頃、何者かが前田を殺し、車ごと湖に沈めたことになる。

何者というより、恐らく、篠原エリだろう。

彼女は、立木ゆう子の仇を取っているのだ。

(ゆう子の愛車が、前田久夫の棺というわけか?)

日下は、水に濡れた死体を丁寧に調べている県警の刑事たちの様子を見つめた。彼らは、死体が身につけているパンツや、ブルゾンのポケットを調べ、それから、車の

なかに首を突っ込んだ。

(ひょっとして、おれの警察手帳が、出てくるのではあるまいか?)

その不安が、日下を、立ち去らせなかったのだ。

もし、それが車内で見つかったら、県警は、佐伯殺しだけでなく、前田殺しでも、日下を容疑者と決めつけるだろう。

前田の運転免許証が見つかった。刑事の一人が、前田久夫の名を大声でいっている。

一万円札の詰った財布も、見つかって、若い刑事が、

「五、六十万は入ってるんじゃないか」

と、驚いたようにいうのが、きこえた。

その時、日下は、県警の刑事の一人が、野次馬にビデオカメラを向けて撮り始めたのに気がついた。

(まずいな)

と、思ったが、急に逃げ出したら、怪しまれてしまう。日下は、わざと落ちついた様子で煙草に火をつけ、少しずつ人垣から離れ、タクシーのところに戻っていった。

「何でした?」

と、運転手が、きく、

「車が沈んでいたんだ」

とだけ、日下はいった。

そのあと、危険は感じたが、ヤマハマリーナへ回ってみた。

前にいった、レストラン兼ホテルのあるマリーナビラの建物に入り、前田がこなかったかどうか、きくことにした。

警察手帳を示そうとして、ないことを思い出し、冷汗をかいたが、幸い、相手の係員が日下のことを覚えていてくれた。

「この男の方なら、このマリーナビラにお泊まりになりました」

と、相手は、いった。

「いつ、誰と？」

と、日下はきいた。

「昨日の午後三時頃、女の方と一緒にこられました」

といい、前田が記入したという宿泊カードを見せてくれた。それには、東京世田谷の本田利夫、妻俊子と書かれている。住所もたぶんでたらめだろう。

「連れはこの女でしたか？」

と、日下は、篠原エリの写真を見せると、相手は肯いた。

「それで、二人は、いつ出発したんですか？」

「それが、おかしいんですよ」

「おかしいというと?」

「今朝早く、女の方だけが、ひとりで出発されたんです。なんでも、ご主人の方は、昨夜おそく急用が出来て、東京に帰ったといわれましてね。だから、車でおいでになったのに、女の方はタクシーを呼んで、それに乗って出発されたんです」

「ここで、何処かへ電話しなかったですか?」

「男の方が、一回、市外へおかけになりました」

「それ、記録に残っていますね?」

「はい。その電話料金も、ご出発の時、女の方に払っていただきましたから」

といって、伝票の控えを見せてくれた。

そこにあったのは、東京のNホテルの電話番号だった。

「女も、男がここにかけたのを、知っていますね?」

と、日下は、きいた。

「はい。伝票をごらんになってから、ご出発になりましたから」

という答えが、返ってきた。

日下は、礼をいって、タクシーに戻ったが、パトカーが坂をのぼってくるのにぶつかった。

「浜松駅へいってくれ」

と、日下は顔をかくすようにして、いった。

パトカーから、二人の刑事がおりて、レストランのなかに入っていくのが、見えた。

「早く」

と、日下は、運転手にいった。

県警の刑事たちは、日下のことを、きくだろう。下手をすると、浜松駅に手配されるかもしれない。

「遠出できるか？」

と、日下は、運転手にきいた。

「何処までですか？」

「東京までだ」

「いいですが、東名に入るのに、時間がかかりますよ」

「いや、高速は使わないでくれ」

「そうなると、東京まで、時間がかかりますよ」

「構わないよ」

と、日下は、いった。

ＪＲ浜松駅へ向かっていたのを、Ｕターンさせ、浜名湖の北から、国道３６２号線に入って、東へ向かうことにした。

その途中で、運転手が、

「尾けられてるみたいですよ」

「尾けられてる？」

と、日下は、背後《うしろ》をみた。

「白のソアラです。レンタカーみたいですね」

と、運転手がいった。

確かに、白のソアラが、見えた。だが、運転している人間は男のようだが、その顔は、距離があってはっきりしない。

「あの車、ずいぶん前から、尾けてますよ」

と、運転手が、いう。

県警なら、尾けずに、こちらを止めるだろう。原口なら、尾行するより、逃げるはずだ。結局、誰かわからなかった。

「無視していい」

と、日下は運転手に、いった。

静岡県の外に出てから、東名に入って貰った。

白いソアラは、いぜんとして尾けてくるが、日下は無視して、少し眠ることにした。眠っておく必要があったからだ。

都内に入ったのは、午後八時を過ぎていた。

運転手が、都内の地理に詳しくないというので、日下は東京のタクシーに乗りかえ、Nホテルに向かった。

Nホテルは、山手《やまのて》に最近出来たもので、大きな庭園が売り物だった。二面のテニスコートとプールも付いているといわれている。

日下は、ロビーに入った。

隅のソファに腰を下ろした。ここにたぶん、原口悠が泊まっているはずだ。そして、篠原エリが、彼を殺すためにやってくることも、まず間違いないだろう。

この殺人は防ぎたい、そして二人を捕まえて、真相を語らせたいと思う。

だが、原口は、何号室に泊まっているのだろうか？

警察手帳を持っていれば、それをフロントに示してきき出すのは簡単だ。しかし、その警察手帳が、盗まれてしまっている。ただ捜査一課の刑事だといっても、フロントは信用しないだろう。

日下は、賭けることにした。

すでに篠原エリがここにきて、原口に会っていれば、何か騒ぎが起きていなければならないが、その気配はない。

とすれば、彼女はまだ、きていないのだ。

そう考えて、日下は、待つことにした。

コーヒーを注文し、備え付けの新聞綴りを手にとった。

浜松で起きた事件の続報がのっていたが、事態は、悪い方にすすんでいる。

〈警視庁のK刑事に疑惑か〉

の文字が、躍っていたからだ。Kというのは、もちろん日下のことだろう。

静岡県警は必死になって日下を探しているに違いないし、十津川たちが彼を匿っていると、考えているだろう。

県警は、きっと、いらだちを深くしているに違いない。そして、日下が見つからなければ、非常手段として、日下の名をマスコミに発表するかもしれない。

(今日一杯かな)

と、日下は覚悟した。今日中に犯人を捕まえて、事実をはっきりさせないと、明日の新聞には日下の名前が、はっきりと出てしまうだろう。

篠原エリは、なかなか現れない。

眠気と戦うために、日下は何杯もコーヒーを注文し、飲んだ。

ロビーに人が入ってくるたびに、日下は緊張した。それが女の場合は、特にである。

十一時を過ぎた。

フロント係が、変な顔をして、日下を見るようになった。

三人の男女が、ばらばらに、ロビーに入ってきた。

女は一人。彼女は、夜なのにサングラスをかけ、フロント係に何か話しかけてから、人を待つ感じでロビーに腰を下ろした。

日下はじっと彼女を見つめたが、篠原エリではなかった。

その間に、男二人の方は、エレベーターの方に歩いていく。

「刑事さん」

と、突然、フロント係が、その二人の片方に声をかけた。

よれよれのレインコートを羽織り、帽子をかぶった方が、振り向いた。

フロント係が走り寄って、何か話している。帽子の男は、小さく首を横に振り、エレベーターに乗っていった。

（刑事？）

日下は、あわてて立ちあがり、フロント係をつかまえて、

「今の男は、刑事なのか？」

と、強い声で、きいた。

中年のフロント係は、何んだという表情で、日下を見た。

「今の男を、どうして、刑事と呼んだんだ？」

日下は、もう一度、強い声を出した。

フロント係は、それに押されたように、

「警察手帳をお見せになりましたから」

「写真も見せたのか？」

「写真？」

「警察手帳には、本人の写真が貼ってあるんだ。それを見せたのか？」

「いえ。ただ、表を見ただけです」

「それで、何しにきたんだ？」

「六一二号室にお泊まりのお客様に、用があるといわれました」

「その客というのは、この男じゃないのか？」

と、日下は、原口悠の顔写真を、フロント係の眼の前に突きつけた。

「確かに、この方ですが」

「今の刑事に、何をいったんだ？」

「六一二号室のお客様に、警察の方がいくからと連絡しておきましょうかと、きいたんです。そしたら、必要はないといわれました」

「あの刑事は、偽者だ」

「え？」

「それに、女だ」

「あなたは？」

「警視庁捜査一課の刑事だよ」

といっておいて、日下は、エレベーターに向かって突進した。

ボタンを押した。が、二基のエレベーターが、どちらもおりてこない。

上で、篠原エリが、細工したのか。

日下は、階段を駆けあがった。息が、はずむ。足が、遅くなってくる。

それでも、六階にあがると、廊下を見わたし、六一二号室を探した。

見つけたが、ドアが開かない。

ドアに耳を押しつけたが、部屋のなかはひっそりしている。

（篠原エリが、原口を殺してしまったのか？）

日下は、廊下を見回した。ルーム係が歩いてくるのが見えた。日下はつかまえて、

「六一二号室を開けてくれ！」

と、いった。

「あなたは？」

「そんなことはどうでもいい。部屋のなかが、焦げ臭いんだ。何か燃えてるんだ」

「そんなら、スプリンクラーが――」

「故障だよ。客が、焼け死んでもいいのか！」

と、日下は、怒鳴った。

ルームサービスの男は、口のなかでぶつぶついいながらも、火事ということで、マスターキーを取り出した。

鍵があくと同時に、日下は部屋のなかに飛び込んだ。

ツインの部屋だった。床の上に、人が倒れていた。レインコートのニセ刑事だった。帽子が飛んでしまって、長い髪がむき出しになっている。やはり、篠原エリだった。

その傍に屈み込んでいた男が、立ちあがって日下を見た。

「原口悠だな？」

と、日下は、声をかけた。

「あんたは？」

と、男が、きき返す。

「捜査一課の日下だ。殺人の共犯容疑で逮捕する」

日下がいうと、原口は、

「わかったよ」

と、意外にあっさり肯き、両手をあげた。

日下が原口に近づいた時、倒れていたエリが、急に呻き声をあげた。

日下の眼が、反射的に、彼女に向いた。

その瞬間、いきなり、原口の拳が飛んできた。

8

日下の身体が、壁ぎわまで、吹き飛んだ。

（不覚！）

と、思った。原口が元プロボクサーだったことを、つい忘れてしまっていたのだ。

それでも、日下は、立ちあがった。

容赦のない第二撃が、襲いかかった。

眼の前が暗くなり、日下の身体が、崩れ落ちる。

「どうした？　かかってこい！」

と、原口がいっているのが、きこえる。

右眼が、よく見えない。左眼で原口を見つめ、もう一度、よろめきながら立ちあがる。

「お前を、逮捕――」

途中で、また、殴られた。

今度は、膝から、崩れた。

「だらしがねえぞ。もう終わりか」

勝ち誇った原口の声がきこえる。だが、もう身体が、動かなかった。

眼も見えない。耳だけが、きこえている。

「おい」

と、原口がいい、ぴしゃぴしゃと叩いている音が、きこえた。

エリが、また、呻き声をあげている。

「起きなよ。ききたいことがあるんだよ」

今度は、手ひどく、さらに殴りつけたらしい。

エリが、また、呻く。

「そうだ。眼を開けて、おれを見るんだ。こんなナイフで、おれが殺せるとでも思ったのか？　ええ、おい！」

原口が、怒鳴る感じで、喋っている。

エリが、悲鳴をあげた。ナイフで、どこかを、刺したのか。

日下は、必死で、眼を開けた。ぼんやりと、人の姿が見えてきた。

原口が、エリを、小突いているのだ。

「お前さんが、佐伯と、前田を殺したのか？」

と、原口が、きく。

「仇を討ったのよ。あんたたちに殺されたゆう子のね」

エリが、かすれた声で、いう。

「仇だって？　そうか、お前さんたち二人は、レズってやつか。あの女が、お前さんの恋人か？」

「あんたも殺してやる」

「ああ、殺せるんなら殺しなよ。佐伯や前田なんか、どうでもいいんだ。おれにとってはね。あいつらが持ってた金は、何処へやったんだ？」

「知らないわ」

「殺して、お前さんが奪っただろう？　え？」

「あれは、もともと、ゆう子のものよ」

「死人に金がいるかよ。お前さんだって、これから死んでいくんだから、金はいらないはずだ。何処に隠したんだ？　いえよ！」

原口の手が動くと、エリが悲鳴をあげる。

太股《や》か、腕でも、ナイフで刺しているのだろう。

「止めろ！」

と、日下は、叫んだ。

いや、叫んだつもりだったと、いった方がいいだろう。

かすれた声しか出なかった。

それでも、叫びながら、日下は、二人の方ににじり寄っていった。

原口が、日下を見た。その顔は、ニヤニヤ笑っていた。

「それでも、刑事か。しっかり、かかってこいよ」

原口が、からかうように、手まねきした。

日下は、片手をあげて、原口に殴りかかろうとした。

右手が、辛《かろ》うじて、あがった。

とたんに、原口の右ストレートが、飛んできた。日下の鼻が、ひしゃげて、鼻血が飛び散った。もう呻き声も出ない。

「そんなに死にたいのか」

と、原口は、いい、日下の襟首をつかんで、バスルームに、ずるずる引きずっていった。

抵抗したくても、もう、力が残っていなかった。

日下をバスルームの床に転がしておいて、原口は、浴槽に水を入れ始めた。水の音だけが耳にきこえるが、眼はよく見えない。

バスルームから、何とか這い出そうとすると、原口が、また殴った。一発、一発が、重い拳だった。止まりかけた鼻血がまた吹き出し、唇も切れて、血が滲んだ。

「大人しくしてろよ。すぐ、楽にしてやるからな」

と、原口がいうのがきこえた。

水を出しっ放しにしておいて、原口は、部屋に戻っていく。

また、エリが、殴られる音がきこえた。

「金は何処だ！」

と、原口が怒鳴り、殴る。

エリが呻きながら「畜生！」とか「人殺し！」と叫ぶ。その叫び声も、次第に小さくなっていく。

浴槽から、水があふれ出して、倒れている日下の身体をぬらし始めた。

原口が、戻ってきた。

「さあ、楽になれるぞ。嬉しいだろう？」

まるで、人殺しを楽しんでるみたいに、原口はいい、日下の身体を引きずりあげ、浴槽のなかに放り込んだ。

水が鼻から入ってくる。苦しみ、もがいて、日下は、浴槽の外に滑り出た。

「まだ、元気があるじゃないか」

と、原口は、笑う。

また、引きずられた。今度水に放り込まれたら、もう抵抗する力はない。たぶん、死ぬだろう。

そう覚悟した時、ドアの方で何か、大きな物音がした。

原口は、日下の襟首をつかんでいた手を離して、ドアの方に、眼をやった。

日下の身体は軟体動物のように、ぐにゃぐにゃと、バスルームの床に、伸びてしまった。

突然、激しい銃声がした。

男の声が、何か怒鳴っている。何をいっているのかわからないが、その声は、やけに懐かしかった。

また、銃声がした。

今度は、原口が、悲鳴をあげた。

「日下！　何処だ！」

と、懐かしい声が、呼んでいる。

日下は、返事をしようとするのだが、さっき、飲まされた水が残っていて、むせて声が出ない。

「日下！」

と、また、呼んだ。

声が出ないので、片手をあげて、合図しようとした。

ゆっくりと、のろのろと、右手をあげる。

その手を、誰かが、つかんだ。

「生きていたのか」

と、男の声が、いった。

(西本だ)

と、思ったとたん、日下は、ほっとして、意識を失っていった。

9

身体がゆれている。眼をあけると、天井がゆれ、男の顔が、のぞき込んだ。

「今、何処だ?」

と、日下は、かすれた声で、その男にきいた。

「救急車のなかだよ。これから、病院へ連れていくんだ」

「君は、西本だな?　そうなんだろう?」

「ああ、そうだ」

「おれを助けてくれたんだな?」

「ああ、助けたよ」

西本がぶっきらぼうに、いった。

「次の時は、もう少し早く助けにきてくれよ」

「あの女に話をつけるといってたから、二人だけにしてやった方がいいと、気を利かせたのさ」

「そんな、柄にもないことを――」

「少し、喋るのを止めた方がいいな。あとで、いくらでも喋れるんだから」

と、西本が、いった。

日下は、黙った。喋ると、身体中が痛むみたいだった。

黙って、考えていた。

浜名湖から、東京へ戻るとき、おれの乗ったタクシーを、追っていたレンタカーには、西本が乗っていたに違いないと、思った。西本はそんなことで、おれを守ってくれたのだろう。

病院に着き、日下の身体は、担架で車からおろされ、病院内に運ばれた。

日下は、三日間、入院した。

自分ではわからないが、ひどい顔だったらしい。目尻が切れ、鼻骨が折れ、肋骨も、二本、折れていて、顔は、血だらけだったのだ。

退院の日、西本が、迎えにきた。

車に乗ってから、西本が、

「まず、これを渡しておこう」

と、日下の警察手帳を、差し出した。

「彼女が、持っていたのか？」

「ああ、そうだ」

「原口は、どうなった？」

「おれの撃ったのが、やつの右脚に命中してね。今、警察病院に入っているよ」

と、西本はいった。

「それで、立木ゆう子を、共謀して殺したことは、認めたのか？」

と、日下は、きいた。

「ああ、もう、観念したんだろうな。何しろ、君と、篠原エリを、殺そうとしていたのは、厳然たる事実だからな。原口と、佐伯と、前田の三人は、金がなくて、困っていた。その時佐伯が、おれのマンションに、金を溜めているホステスがいると話した。それで、三人は、彼女を殺して、その金を奪うことを考えた。顔見知りの佐伯が、彼女に、ドアを開けさせておいて、他の二人も、どっと部屋に入り込み、殺したといっている」

「金は、どのくらいあったんだ？」

「現金や、宝石類などで、一億円近くあって、それを、三人で、わけたんだと自供しているよ」

「佐伯が、その金で、浜名湖のマリーナへ、クルーザーを買いにいったというわけか？」

「ああ、実は金を手に入れてから、佐伯に、女が出来たんだ。その女が、いい女で、クルーザーが欲しいと、佐伯にねだった。彼女に参っていた佐伯は、じゃあ、浜名湖のヤマハマリーナにいって、どのくらいのクルーザーが買えるかきいてこようといった」

「その女が、篠原エリだったというわけか？」

「ああ、彼女は、クルーザーが欲しいとねだって、反応を見たんだな。金のないはずの佐伯が、高いクルーザーを買うといったので、立木ゆう子を殺して、金を奪ったと、確信したんだよ。それで、浜松の防風林に誘い出して、殺したんだ」

「前田を殺したことも、認めたのか？」

と、日下は、きいた。

「ああ、認めたよ。彼女は、佐伯のアリバイを、仲間の前田と原口の二人が証言していたと知って、共犯だと考えたんだね。だから、前田を浜名湖へ誘い出して殺し、立木ゆう子の車と一緒に、湖に沈めた。そして、最後に、原口を狙ったんだな」

　と、西本は、いった。

「彼女、おれのことで、何か、いってなかったか？」

　日下は、篠原エリの顔を思い出しながら、きいた。

「君には大変迷惑をかけて、申しわけなかったと、詫びていたよ。最後には、原口に殺されかけたところを、助けていただいた。佐伯殺しの容疑をかぶせたり、警察手帳を奪ったりしたのに、怒りもせずに、助けようとして下さったといって、泣いていたよ」

　と、西本は、いった。

「そうか」

「気が強いが、いい女じゃないか、君が惚れたのも、無理はないな」

「馬鹿なことをいうな」

　と、日下は、怒ったようにいった。

　車は警視庁には向かわず、東京拘置所の前へきてとまった。

「どうしたんだ？　こんな所へとめて」

　と、日下が、きいた。

「篠原エリは、二人の男を殺したということで、今ここに入っている。君が会いたいだろうと思って、手続きをしておいた」

「――」

「おれは先に警視庁へ戻っているから、ゆっくり彼女に会ってこいよ。彼女だって、直接、君に詫びたり、お礼がいいたいと思うよ」

と、西本はいい、日下の身体を車の外へ押し出しておいて、走り去ってしまった。

10

面会室で待つ間、日下の胸を、甘いものが満《み》たしていった。

二人の男を殺した犯罪者だが、純粋な女なのだ。彼女は、刑事と犯罪者という壁を越えて、おれに感謝している。

甘い感傷が、日下の心をゆさぶる。

看守に連れられて、篠原エリが、入ってきた。

原口に殴られたところに白い包帯が巻かれ、髪が少し乱れている。それが凄艶な感じだった。

「どんな具合？」

と、日下は、声をかけた。

「大丈夫です」

　と、エリは、いった。

「警察手帳は、返して貰ったよ」

「あれは、申しわけありませんでした。前田や原口を脅すのに、必要だったんです」

「もう、怒っちゃいないさ。君の気持ちも、よくわかったからね」

「すみません」

　と、エリは、しおらしく頭を下げた。

「君は、原口に殺されるところを、助かったんだ。これから刑務所へいくことになるだろうが、生命を粗末に扱っちゃいけない」

　と、日下は、いった。

「はい」

　と、エリは、短く肯いた。

「それにしても、浜松の防風林で、いきなり背後から殴られた時は、参ったよ。最初は、助けてくれた君が、犯人とは思わなかった。いや、美しい君が犯人とは、思いたくなかった――」

「――」

「その後、君が犯人らしいと思ったが、君にあとの二人を殺させたくないと考えた。

それで、必死になって、君を探したんだ」

「――」

「そのうちに、前田が、浜名湖で殺された。この時は、君が殺《や》ったと、すぐわかったよ。三人目の原口は、殺させたくなかった。それで、あのホテルを見張った。何とか間に合って、君も助けられたし、原口を殺させずにすんだ。おかげで僕は、十三日間入院することになったがね」

「――」

「西本の話だと、君は僕に感謝しているらしいが、そんなことは考える必要はないよ。僕はただ、刑事としての仕事をしただけなんだ」

喋りながら、日下は、自分の言葉に酔っていた。

エリは、黙っている。

「警察手帳を奪われたことだって、今は怒っていないんだ。君にしてみれば、立木ゆう子の仇を討つために必要だと思って、持ち去ったんだろうからね。いい弁護士がつけば、君の場合は、情状酌量されて――」

「ちょっとォ」

と、ふいに、エリが口を挟んだ。

語調も変わっているし、顔付きも変わっていた。

眉が寄り、眼が、日下を睨んでいた。

「あたしは、ゆっくり眠りたいのよ。まだ、お説教が続くの？」

「僕は、そんな気持ちで、いってるんじゃない。西本の話だと、君が、申しわけないといっているというから、そんなに気にすることはないといいたくて――」

「西本？　ああ、あの刑事ね。しつこく、あんたに感謝してるんだろう、申しわけないと思ってるだろうっていうし、返事をしなきゃあ、訊問を止めようとしないから、いいかげんに肯いてただけよ」

「しかし、浜松防風林では、いきなり僕を殴りつけた――」

「むしゃくしゃと、腹が立ったからよ」

「腹が立った？」

「そうよ。あんたが飛び込んでこなければ、簡単に佐伯を殺せたのよ。それなのに、あんたが飛び出してくるから、計画が狂っちゃったじゃないの！」

エリは、叩きつけるように、いった。

日下は、胸のなかで、甘い感傷が音を立てて崩れていくのを覚えながら、辛うじて踏みとどまるように、

「しかし、僕は君を、最後に助けた。君は、原口に殺されるところだったんだ」

と、いった。

エリは、ふと、遠くを見る眼になった。

「あたしには、ゆう子がすべてだったのよ。だからあたしは、ゆう子の仇を取る気だったし、仇を取ったら死ぬ気だったのよ。三人目の原口の奴を殺したら、その場で死ぬ気だったし、逆にあたしがあいつに殺されたって、あいつを死刑に出来ると思ってたわ。あいつは、仲間とゆう子を殺して金を奪ったんだし、あたしまで殺すんだから。あたしは、そう思っていたわ。それなのに、何よ！」

エリは、また、憎しみのこもった眼で、日下を見つめた。

「あんたが余計なことをするから、あたしはこうして、死ぬチャンスを逃がしてしまったわ。これからあたしは、ゆう子のいない世界で、生きていかなきゃならないのよ。それも、刑務所のなかで。そんなことも、わからないの！」

「――――」

日下は、声もなく、怒り狂っているエリを見つめた。

「看守さん」

と、エリは自分で呼んで、立ちあがった。

そのあと、急に立ち止まって、振り返った。今度は、彼女の眼に、皮肉な表情が、浮かんでいた。

「西本という刑事さんに、いっときなさいよ。友情も、ほどほどにってね」

＊

日下は、重い足を引きずるようにして、東京拘置所を出た。

面会室での出来事は、いったい何だったのだろうか？　あれは、悪夢だったのか。

浜松防風林から一緒に逃げるとき、エリが日下の手を摑んだ時の感触は、何だったのか。

（まるで、おれは、道化だな）

と、思った。

ひとりで、浮きあがっていたのだ。それを、思い切り、叩きのめされてしまった。

いや、もっと、嫌な気持ちだった。

このまま、何処かに隠れてしまいたいという恥ずかしさと、重い悲しみが、日下の胸を占領している。

日下は、タクシーを拾うことも、忘れていた。

小雨が降り出した。

それを涙雨と、思う余裕はない。

日下は、ただ、濡れながら、当てもなく、歩き続けた。

解説

山前 譲
（推理小説研究家）

フットワークも軽やかに犯罪の謎を追ってきた十津川警部とその部下たちだが、本書『十津川警部捜査行　東海特急殺しのダイヤ』には静岡、愛知、三重と、東海地方を舞台にした五作が収録されている。

この地方は日本の大動脈だ。戦国時代には、織田信長、豊臣秀吉、徳川家康と有力武将を輩出している。江戸時代に東海道五十三次が整備されると、宿場町が賑わいをみせた。明治維新後は、東京と大阪を結ぶラインの一部として、ますます重視されていく。

その象徴は東海道本線だろう。日本初の鉄道は、周知のように、一八七二年、明治五年に新橋駅（後の汐留貨物駅）と横浜駅（現在の桜木町駅）間を走ったのが最初だった。二〇二二年はそれから百五十年という節目の年だ。一八八九年に新橋・神戸間が開通する。一九一四年には東京駅が開業し、現在のスタイルが確立した。

西村作品では、一九三〇年に東海道本線を走りはじめた超特急「燕」が、『超特急「つばめ号」殺人事件』で舞台となっている。そして、記念すべき鉄道トラベル・ミステリーの第一作である『寝台特急殺人事件』をはじめとして、夜の東海道本線をひた走る寝台特急がよく舞台となっていた。一九六四年に開通した東海道新幹線も含め、西村作品には幾度となく東海地方を走る列車が登場している。

一方、一九六九年には東名高速道路が全線開通し、日本経済の物流の要となっている。太平洋沿いの温暖な気候の地域とあった農業は盛んであり、全国有数の水揚げ量を誇る漁港もある。そして、高度経済成長のなかで、工業地帯として発展してきた地域だ。いろいろな意味で活気のあるのが東海地方だろう。

「愛と死の飯田線」（「別冊小説宝石」一九八五・九）は、東海道本線豊橋駅から愛知県と静岡県を縦断して長野県の辰野駅へと向かう、飯田線が事件の鍵を握っている。

東京の工作機械メーカーに勤める久我が、休暇でふらりと旅に出た。諏訪湖のペンションで知り合ったのは、やはり東京から来たというふたりのOL、小林みどりと若宮夕子である。会ったとたんに夕子に惚れてしまった久我は、誘われて飯田線に乗ることになった。辰野駅発午前四時四八分豊橋行という朝早い電車に乗ったのは、彼女たちの希望である。みどりはすぐ、隣りの車両で眠ってしまった。ローカル線の長い列車の旅も、夕子とならば退屈はしない久我だ。

豊橋でふたりと別れた久我は、京都へ向かうが、観光もそこそこに帰京した。夕子の顔がちらついて離れなかったからだ。しかし翌日、夕子の勤務する会社に早速電話すると、出社していないという。自宅にかけても誰も出ない。不安になってアパートへ行くと、そこに待っていたのは刑事だった。名古屋のホテルであった殺人事件に、みどりと夕子が関係しているというのだが——。

飯田線は、一九四三年、四つの私鉄が国有化されて一本化された路線である。豊橋―天竜峡―飯田―辰野と結ぶ二百キロ弱の路線は、ローカル線としてはもっとも長く、また九十四もの駅があるのも大きな特徴だ。険しい山岳地帯に路線が延ばされていった歴史には、興味深いものがある。

各駅停車の普通列車なら、豊橋・辰野間は六、七時間かかる。なにかと急がされる現代社会とはかけ離れた鉄道の旅だが、景勝地として知られる天竜峡など山峡を縫って走るだけに、車窓風景を愛する旅行客は多い。近年はいわゆる秘境駅で人気の路線だ。

その飯田線の旅を十津川警部も体験する。亀井刑事と、そして久我とともに、早朝、辰野駅から豊橋行きの電車に乗っているのだ。もちろん、日本一忙しい警察官に、のんびり各駅停車の旅を楽しむ時間はない。いかにも十津川警部らしい謎解きが堪能できる。

「見知らぬ時刻表」（「週刊小説」一九八四・一・十三）も鉄道絡みの事件だが、活躍しているのは亀井刑事の長男の健一だ。父親が非番の日曜日、亀井一家が後楽園へ遊びにいく。そこで健一が拾ったのが、奇妙な数字の書かれたメモだった。

そのメモが、沼津で起こった殺人事件の重要な手掛かりとなる。短編ながら、東京－沼津－静岡－名古屋－新大阪を結んでの、複雑なアリバイ崩しが繰り広げられていく。その事件を解決に導くのが、健一少年の見つけたメモなのだ。

つづく「幻の特急を見た」（「オール讀物」一九八三・五）も、鉄道とアリバイのミステリーである。

池袋駅近くのマンションで、男性の惨殺体が発見された。十津川警部は容疑者をふたりに絞る。別居していた妻と個人秘書をしていた青年だ。その秘書がアリバイを主張する。富士川の川岸でのんびりしていた。たまたま富士川に架かる鉄橋を通った特急に手を振ると、車掌が応えてくれたから間違いないと。だが、時刻表によれば、その時間、その鉄橋を通過する特急はないのだ。偽アリバイにしてはあまりにもずさんなものだが……。

沼津から少し東海道本線を下った、富士駅と富士川駅の間に流れているのが富士川である。南アルプスに水源があり、甲府盆地を経て駿河湾に注ぐ。水量が豊富で、日本三大急流のひとつとなっている。現在、その名から取られた特急「ふじかわ」が、静岡・甲府間を走っている。

その富士川に架けられた東海道本線の富士川橋梁を含む国府津・静岡間が開通した

のは一八八九年二月だ。一九八二年八月二日の未明、台風による異常出水で下り線の橋脚が倒壊流出したことがある。日本有数の急流だけに、昔から災害が多かった。この「幻の特急を見た」はその下り線鉄橋が重要なポイントとなっている。十津川警部の現場を確認する捜査の旅によって、真相が明らかになっていく。

「イベント列車を狙え」(「週刊小説」一九八七・四・十七)で舞台となっているイベント列車は、けっしてダイヤグラムに乗っていないわけではなく、幻でもないけれど、注意していないと見過ごしてしまう臨時列車のひとつだ。リバイバルトレインと言われる懐かしの列車の復活など、鉄道ファン向けのイベントは多いようだが、ここで走っているのは、お座敷列車で行く伊勢詣での旅のためのイベント列車「伊勢路」である。

六両の客車が電気機関車に牽引されて品川駅を出発したのは、午前七時〇五分だ。そこに乗り込んでいたのが、かつて騙された女を追いかける井村である。品川、熱海、名古屋と西へ向かう列車の中で、ついにその女性を見つけたのだが……。イベント列車の華やかさと井村の鬱屈した思いが対照的である。

お座敷列車のようなイベント用の列車は、ジョイフルトレインとも呼ばれているようだ。なかでも和式客車のお座敷列車は歴史があるようで、戦前、一九三二年に名古屋の私鉄で走ったのが最初らしい。その後、私鉄国鉄を問わず、お座敷列車はいろいろ走ってきたなか、この「イベント列車を狙え」が書かれたころ、すなわち国鉄がまもなく民営化されようかという時に、大きなブームが訪れている。

座敷で寛ぎながら目的地まで向かうというのは、いかにも日本的な発想だろう。移動中からすでに宴会気分である。カラオケでもあれば最高だ、などと思った人は多かったに違いないが、景気後退のなかで、お座敷列車の需要も減っていった。改造した車両の老朽化も進んだこともあるようだ。今回の捜査の旅では、そのお座敷列車を楽しむことはできなかった十津川警部である。ちょっと残念に思ったかもしれない。

最後の「恨みの浜松防風林」（「オール讀物」一九九三・八）で活躍しているのは、十津川班の敏腕刑事の日下だ。ある殺人事件で三人の容疑者が浮かび上がった。そのうちのひとりを、日下はマークしていた。捜査本部は重視していない人物だったが、日下の刑事としての直感がその方針を否定する。容疑者を浜名湖から舘山寺温泉と尾行し、浜松の海岸へ行った日下が、とんでもない事態に巻き込まれている。

静岡県西部に位置する浜名湖といえば、やはりウナギの養殖だろう。輸入ものに押されて生産量は減っているとはいえ、今も名物であることは間違いない。また、カキの養殖も百年以上の歴史があるという。その浜名湖の東岸にある舘山寺温泉は、一九五八年の開湯と比較的新しい温泉だが、浜松観光の中心として賑わっている。もっとも、日下刑事の視線の先にあるのは、その賑わいではなく、容疑者の不可解な行動なのだ。

二〇〇九年三月のダイヤ改正で、東京から九州へ向かう寝台特急の「富士」と「はやぶさ」が廃止され、大きな話題となった。西村作品でも幾度となく登場した列車であり、そして東海地方を走っている時に事件も起きていただけに、感慨深いものがある。しかし、東海地方が西村作品の舞台としての魅力を秘めている地域であることは、今も変わりない。

本書収録の作品には、現在と違う名称や事実関係が出てきますが、小説作品として発表された当時のままの表記、表現にしてあります。

（編集部）

二〇〇九年五月ジョイ・ノベルス（実業之日本社）刊
二〇一〇年三月双葉文庫刊

実業之日本社文庫 に1 26

十《と》津《つ》川《がわ》警《けい》部《ぶ》捜《そう》査《さ》行《こう》　東《とう》海《かい》特急《とっきゅう》殺《ころ》しのダイヤ

2022年4月15日　初版第1刷発行

著　者　西村《にしむら》京《きょう》太《た》郎《ろう》

発行者　岩野裕一
発行所　株式会社実業之日本社
〒107-0062　東京都港区南青山 5-4-30
emergence aoyama complex 2F
電話［編集］03(6809)0473［販売］03(6809)0495
ホームページ　https://www.j-n.co.jp/
印刷所　大日本印刷株式会社
製本所　大日本印刷株式会社

フォーマットデザイン　鈴木正道（Suzuki Design）

ISBN978-4-408-55724-3（第二文芸）